무경계의
지점에서

무경계의 지점에서

허순애 수필집

도서출판 북인

책을 펴내며

18년 만에 풀어놓는 문학과 철학 책가방

온 세상이 흰 눈으로 덮여 있었다. 대문이 열리지 않았다. 그 고립감이 좋았다. 다람쥐가 겨울 양식을 위해 여기저기 도토리를 숨겨두듯이 내가 그랬다. 굴 속 같은 방안에서 자전적인 글을 써 모았다. 「물만 마시고 온 토끼」「무경계의 지점에서」 등 내가 살아온 이야기들이 주마등같이 스쳐 지나간다.

가지 않을 수 있는 고난의 길은 없었다.
몇몇 길은 거쳐오지 않았어야 했고,
또 어떤 길은 정말 발 디디고 싶지 않았지만,
돌이켜보면 그 모든 길을 지나 지금
여기까지 온 것이다.
한번쯤은 꼭 다시 걸어보고픈 길도 있고
아직도 해거름마다 따라와
나를 붙잡고 놓아주지 않는 길도 있다.

(…)

내가 가지 않을 수 있는 길은 없었다.

—「가지 않을 수 없던 길」 중에서

2004년 달마사에서 시작한 문학과 철학 책가방, 아직도 그 가방을 끼고 있다. 언제인가 풀어서 마음껏 즐기고 싶었다. 첫 수필집이 출간되기까지 18년이 걸렸다.

친가와 외가, 할아버지 할머니가 궁금했다. 어디에서도 그분들의 이야기를 들을 수가 없었다. 우리 아이들에게 들려줄 나의 이야기를 엮기로 마음먹었다. 두 외손녀을 위해서.

정이수, 정이나 사랑한다.

2021년 6월 공명의 집에서

외할머니가

차례

제4부 양털 스웨터

제5부 거리의 아이들

제1부 밧줄놀이

밧줄놀이

오늘은 길동생태공원의 자원봉사 교육일정 중 밧줄놀이가 있는 시간이다.

외부에서 관심이 있어 온 일반 참가자들과 길동지기들 그리고 12기 자원봉사 교육생인 우리 동기들까지 모두 50여 명이 모였다. 자연과 가깝게 살아가는, 삶을 중요하다고 생각하는 숲해설가들로 구성된 자원봉사단원들. 우리는 벤치에 앉았고 진행자는 우리들을 마주보고 섰다.

자그마한 키에 마른 체구, 그녀가 들고 있는 3미터 가량의 밧줄은 둥글게 말려 있었다. 간단한 자기소개를 마치며 거침없이 쏟아져 나오는 밧줄이야기는 밧줄이 주는 의미만큼이나 길고 묵직했다. "밧줄은 탯줄과 같은 생명줄"이라는 소리가 나에게는 큰 울림으로 다가왔다. 언젠가 봤던 영화 〈히말라야〉에서 밧줄과 사람 사이의, 그 절박한 혼연일체의 장면이 스쳐 지나갔다. 탯줄은 생명, 탄생 이전에 이어져

온 모체와 새로운 생명의 연결고리이다. 태반이 생긴 후 탯줄이 생기는 기간은 임신 약 5주 후부터로, 지름은 1.5센티 이상 2.5센티 정도이다. 길이는 50센티에서 3미터까지 다양하다. 탯줄에는 한 개의 정맥과 두 개의 동맥이 흐르고 태아는 모체로부터 탯줄을 통하여 산소와 영양소를 공급받으며 호흡하고 성장한다. 탯줄은 태아에게 산소와 영양소를 보내주는 통로이자 노폐물을 밖으로 내보내는 역할을 하는 중요한 생명의 젖줄이다. 굵기와 길이가 뱃속에서부터 각각 다르게 자라기 시작하여 열 달이 다가오면, 절대절명의 탯줄도 자기의 소임을 다하고는 아기와 모체로부터 분리되고 새 생명이 탄생하게 된다. 인위적으로 잘린 탯줄이 모체로부터 떨어져 나왔을 때 비로소 한 생명은 독립된 인생행로를 걸어가야 한다. "탯줄은 이렇게 생명의 줄이고 생명의 연결 고리"라고 시연하는 그녀. 연이어 밧줄은 탯줄처럼 귀한 생명줄이고 우리가 한 매듭 한 매듭 정확하게 묶고 또 이어나아가야 한다고 강조했다.

50여 명의 교육생들이 숨 죽이며 나눠준 밧줄을 진지하게 만지작거리고 있을 즈음, 그녀는 우리들을 둥글게 원을 지어 마주보고 서게 했다. 어깨가 서로 맞닿을 듯이 좁히고 우리들을 열 살 소녀 때로 데려갔다. 그리고 지금 이 자리에서 생각나는 나의 그때, 그 어린 모습을 생각하고 밧줄로 표현해보라고 했다.

눈을 지그시 감은 채 나는 고향으로 나를 데리고 갔다. 주먹보다 더 크고 무거운 자물쇠로 채워진 창고 문을 열고는 차곡차곡 쌓여 있던 쌀가마니의 새끼줄을 잡고 올라갔다. 그리고 그 옆에 가득하게 쌓여 있던 건오징어더미 속에서 긴 다리만 두 주머니 가득 채워서 조심스럽게 새끼줄을 타고 슬슬 내려오면 먼저 내려간 작은오빠는 내가 발 디딜 곳을 안내해주었고, 발이 땅에 닿을 즈음이면 손에는 땀이 흥건하게 젖어 있었다. 언제부터인지 모르지만 쌀가마니의 숫자와 오징어더미들이 적어지기 시작했다. 어느 날 학교에 갔다 돌아오니 창고는 비워졌고 휑한 것이, 뭔지 모르지만 썰렁하고 쌀쌀한 그 느낌은 입춘을 앞둔 지금 날씨와도 같았다.

나는 밧줄로 두 개의 원을 그렸다. 아래 원에는 오징어 몸체와 위에는 텅 비고 작아져버린 창고, 그리고 그 앞에서 망연하게 서 있는 나를 표현했다. 창고에는 그렇게 모든 것이 언제까지나 가득하게 채워져 있을 줄로만 알았다. 차곡차곡 쌓여 있던 쌀가마니는 우리 식구의 생명줄이었다. 그 후 갑자기 흩어져버린 우리 식구는 가늘디가는 거미줄로 위태롭게 이어져 있을 뿐이었다. 대학 진학을 포기한 큰오빠의 희생이 시작되었고 우리들은 그 줄에 엮였다. 얽히고설켜서 도무지 풀릴 것 같지 않은 길의 연속이었다.

점점 각각의 다른 소재로 50여 개의 우리들의 이야기가 이어져나갔다. 시간이 한참 지난 후 진행자는 다양한 사연을 담은 밧줄의 끈을 서로 닿게 하고 우리는 이렇게 많은 사연들을 안고서 서로 연결된 줄도 모른 채 살아간다고 말해주었다. 매듭의 종류는 사연만큼이나 종류도 다양했다. 매듭으로 이어진 밧줄놀이는 어떤 매듭도 풀 수 있었다. 사람들의 문제도 그렇다는 말인데, 그러나 무엇이 잘못 얽혀버렸는지 우리 형제들은 풀 수 없는 밧줄로 묶여 있어 도무지 풀릴 기미가 보이지 않는다. 밧줄을 내려놓는다.

손에 잡은 밧줄을 내려놓으니, 서늘한 냉기가 와락 뼛속으로 파고 들었다.

아버지의 모습

『아버지 배 침대』라는 수필집을 받아들었다. 책 제목에 시선이 멈추었다. 저자의 어린 시절, 6·25 피난길 교회 예배당에서 아홉 식구가 살아가는 얘기였다. 풀똥을 싸자 아버지는 마룻바닥의 냉기 때문에 생긴 병이라며 밤마다 당신의 배 위에서 필자를 재우셨다는 이야기이다.

피지에서의 일이다. 지배인인 리띠아 고향인 옹헤야 섬으로 향했다. 고향 이야기를 할 때면 어린아이처럼 그녀의 목소리는 톤이 높아지고 눈동자도 반짝거린다. 오랫동안 들어와서일까? 그곳은 왠지 낯설지가 않았다. 일주일 정도면 도착 예정이던 배는 10일이 지나도 그대로 바다 위였다. 아직도 이틀이나 더 가야 될 것 같다는 선장의 말에 나는 걱정되기 시작했다. 준비해온 음식이 거의 다 바닥이 났다. 긴 여행으로 배멀미가 나를 괴롭혔다. 깊은 밤이면 배는 몇 시간씩 멈추어서 항해를 하지 않았다. 칠흑 같은 어둠은 육지와 바다의 경계를 지워버리고 모든 시간을 삼켜버렸다. 잠이 오지 않았다. 슬그머니 일어나 선실로 내려가 보았다. 그 아래에는 원주민들이 출항지인 수바에서 볼 일을 보고 돌아가는지 어른 아이들로 발 디딜 틈이 없었다. 보건소로 발령나서 가는 간호사와 교사, 공무원 등 다양했다. 외국인은 우리 일행뿐이었다. 돼지, 닭 등 가축과 가사용품 및 기름 드럼통으로 만물상을 방불케 했다. 찌든 땀냄새와 기름냄새가 배멀미를 더욱 가중시켰다. 다섯 개 섬을 경유하여 도착하기로 한 배는 풍향과 조류의 흐름에 조정당해야 했고, 숙련된 선장의 경험과 안테나를 세워둔 라디오만이 첨단 장비를 대신하고 있었다.

철썩 철썩 칠흑 같은 바다의 어둠과 여명이 교차하는 시각, 난간에 기대어 있는 한 폭의 풍경화가 점점 석고상으로 다가왔다. 나는 저절로 고양이 발걸음이 되었다. 아버지 품에 엎드린 채 잠든 아들과 뜬눈으로 지새우다 끝내 잠의 유혹을 물리치지 못하고 곯아떨어진 아빠. 희뿌옇던 주변은 주홍색의 본성답게 빠르게 빠르게, 아버지의 뺨을 물들여갔다. 점점 강해지는 햇살이불은 그들을 더욱 깊은 잠속으로 빠져 들어가게 했다. 영화 같은 현실은 기관사가 그들 옆으로 지나가면서 그 장면이 물거품처럼 사라졌다. 아버지는 잠에서 깨어난 아들을 보고 '불편하지는 않았느냐? 춥지는 않았는가?' 흐트러진 머릿결을 쓰다듬으면서 묻는다. 부자父子가 나누는 대화가 파도 소리에 실려왔다. 흔적없이 사라져버린 물거품, 그 풍경은 사라진 것이 아니었다. 더 짙고 깊은 바다 물결이 되어 아직도 내 가슴에서 넘실대고 있다.

1959년 9월 12일, 최대 명절인 추석에 사라호 태풍이 휘몰아치던 새벽. 아버지는 다섯 살인 나를 목마 태우고 이층에서 "저 파도 보래이" 하며 집보다 높이 치솟아오른 파도를 보여주셨다. 파도 높이에 따라서 아버지 목소리도 점점 높아졌다. 파도가 높이 치솟을 때마다 누구네 가게도 다 물에 잠겼을 테고 하면서 부두에 매둔 우리 배 걱정도 한참 하셨다.

밤 사이 머리 위에 두었던 물사발은 자고 일어나면 꽁꽁 얼어 있었다. 윗목은 항상 아버지 자리였고, 우리들은 목화솜이불 속에서 옹기종기 힘겨루기를 했다. 힘이 센 오빠들에게 이불이 끌려가면 아버지에게 일러바쳤다. 오빠 언니들한테 이불을 뺏겨 겨우 몸을 끼워 찬 공기를 막을 수 있었던 시절. 아버지는 외출에서 돌아오면 먼저 이불 밑에 손을 넣어 보셨다. 어쩌다 아버지의 언 손이 나에게 닿으면 내 몸은 소름이 돋았다. 그 얼음 같은 손으로 아궁이에 불을 지펴 새벽녘 우리를 따뜻하게 데워주셨다. 나무껍질 같은 그분의 손은 우리들의 안락한 보금자리였으며 먹을 것을 실어나르던 생명줄이었다.

아버지 카키색 당꼬바지 자락에 매달려 숨바꼭질하던 그 시절, 아버지 손을 잡고 동네 다방에 처음 가보던 날, 의자에 앉아 있는 나에게 마실 것을 주문시키던 언니들이 일부러 아버지 옆에서 보란 듯이 팔짱을 끼면서 내게 약을 올리던 일들이 새록거린다. 점점 아버지에게로 다가가서 그들을 밀어내면 그것이 재미있어 더 나를 약 올리던, 그녀들의 웃음소리가 들리는 듯하다.

아버지는 초등학교 6학년이 되도록 나를 무릎에 앉히고 생선가시를 발라 먹이셨다. 아버지 밥상에만 오르는 특별식은 늘 먼저 내 입으로 왔다. 그런 날은 형제들이 더욱 입을 삐죽거렸고 그런 모습을 보고서는 아버지에게 일러바치면 아버지는 나를 더 깊숙하게 품속으로 숨겨주셨다. 문중의 큰 행사인 가을 묘제를 주관하고 늦은 밤 달빛이 쏟아지는 신작로 자갈길, 오 리나 되는 그 길을 나를 업고 집까지 걸어오셨다. 주변 사람들이 모두 저 큰 것을 업고 온다고 말려도 아버지는 그럴 때마다 나를 더 추스려 업으셨다. 사각거리는 자갈길, 아버지 발자국 소리를 들으며 나는 어느 사이 잠이 들고 말았다.

어느 날 과외공부를 하고 돌아오니 온 집안에 배 향기가 진동했다. 아버지의 엄명으로 첫 수확한 배는 향기를 머금은 채 나를 기다리고 있었다.

아버지 장례식을 치르고 장지까지도 가보지 못한 채로 돌아와야만 했다. 형제가 여럿 있는데 막내까지 갈 필요가 없다는 이상한 논리에 못이겨 돌아서야만 했다. 아버지의 제삿날, 작은 아이가 시집 갈 때까지 가본 적이 없는 친정나들이. 아버지를 향한 나의 이 불효, 이 세상 바닷물이 온통 소금으로 다 변해버린 것만 같다. 아버지의 품과 큰 사랑, 이 글을 그리운 아버지께 바친다.

빗살무늬로 서 있는 야자수

공중에서 기체가 몸을 몇 번 뒤채더니 하강을 시작한다. 약간의 흔들림과 긴장이 싫지 않다. 성급한 마음에 비행기 쪽문의 커튼을 열었다. 눈이 부시다. 이윽고 남국의 쪽빛 바다가 한눈에 들어온다. 드문드문 그림처럼 작은 집들이 정겹다. '쿵' 발통이 땅을 찍는다. 롤러스케이트처럼 바퀴는 미끄러져 나간다. 피지에 도착한 것이다. 피지는 호주와 뉴질랜드의 삼각지점에 위치한다. 적도를 중심으로 북위 17도에는 하와이가, 남위 17도에 있는 섬으로 내가 온 것이다. 검사대를 거쳐 밖으로 나왔다.

불라Bula! 불라(안녕)!

전통복 차림에 기타를 든 원주민들의 노래가 내방객을 반긴다. 공항을 빠져나와 차에 몸을 실었다. 타향이건만 왠지 타향 같지 않은 편안함, 사람은 때로 미지의 자유로움 속에서 완전한 휴식을 얻을 수 있는가보다.

나는 5년째 피지를 드나들고 있다. 난디 중심가에 작은 유스호스텔을 갖고 있기 때문이다. 어느새 익숙해진 거리 풍경들을 무심하게 바라본다. 스쳐지나가는 창밖의 야자수가 아는 체를 하며 고개를 주억거린다. 나도 반가운 마음에 무언의 점두點頭를 보낸다. 잎사귀의 기분 좋은 흔들림으로 보아 얼마간의 바람이 감지된다. 지금 알맞은 바람이 지나가는 중이리라. 바람이 불지 않을 때의 야자수는 멈추어버린 풍차 같다. 그것은 정지된 삶을 보는 것 같아, 차라리 흔들릴 때 모습이 훨씬 더 보기 좋다. 그러고 보면 사물이나 사람의 마음을 움직이게 하는 것은 바람의 위력이며 그 속성인 것도 같다. 그간 내 삶이 멈춰지지 않는 풍차와도 같이 돌아야만 했기 때문일까?

피지에 처음 도착하던 날, 무리에서 떨어져 나와 바람에 찢긴 채 홀로 서 있는 야자수가 이상하게도 나의 눈길을 끌었다. 그때 첫 인상은 지금도 뇌리에서 지워지지 않는다. 사납게 내리꽂히는 작열하는 태양, 그리고 갑자기 높은 파도가 일 때면 더욱 거세지는 해풍, 이 모두를 막아내느라고 그랬을까? 야자수는 제 몸을 찢어 빗살무늬로 그것들과 맞서고 있었다. 이 생존법의 비밀은 더 이상 그들만의 것이 아니었다. 내 아이들을 생각해서라도 일을 놓을 수도 없었던 나. 직장을 옮겨가면서 격무에 건강이 무너져가는 걸 느꼈지만 어쩔 수 없었다.

어느 날 계단을 밟는 순간, 중심을 잃고 그만 나는 우주의 미아가 된 듯 정신을 잃고 말았다. 퇴원 후 다시 새로운 길을 찾아나서야 했고, 직원들이 퇴근한 후의 사무실은 한동안 내 거처가 되기도 했다. 호텔 근무, 국제개발 일들에 전념하다가 이곳 피지와 인연이 닿게 된 것이다.

지금 차창 밖의 야자나무가 한가롭게 일렁이고 있다. 따라서 그것을 바라보는 내 마음도 편안해진다. 남태평양의 이국적 정취를 한껏 더해주는 야자수. 나는 그 외양보다 실용적인 내면에 더 마음이 끌린다. 야자나무는 코코넛 열매가 돋아날 때부터 공작새 깃털 같은 큰 잎을 펼쳐서 그 안의 어린 것들을 보호한다. 겉껍질은 또 얼마나 단단하던지 새가 쪼아도 끄떡없다. 높은 곳에서 열매를 떨어뜨려도 쉽게 깨지지 않는다. 슈거캐인(사탕수수) 칼로 속을 열어보면 웬만한 충격에도 이겨낼 수 있도록 몇 겹의 거친 짚단이 보드라운 속살을 에워싸고 있지 않은가. 실로 눈물겨운 모성이다. 서울에 두고 온 아이들 생각이 간절해진다.

이곳 사람들의 목표는 야자수 같은 삶이라고 한다. 하나도 버릴 것이 없기 때문이다. 코코넛 속의 달콤한 물은 베트남전쟁 당시, 군인들의 영양제 링거 주사약으로 쓰이기도 했던 무공해 식품이다. 어디서나 손쉽게 구해 갈증을 해결할 수 있는 최상의 음료수이다. 그리고 잘 익은 야자열매 속의 하얀 속살은 말려서 짜면 기적의 기름이라고 일컫는 무채색에 가까운 버진virgin 코코넛 오일을 얻을 수 있다. 겉껍질은 땔감과 질퍽한 도로의 덮개용으로도 쓰이며, 재는 화초 거름으로 쓰인다. 그야말로 완전 연소의 삶이다. 부럽다.

바람에 나부끼고 있는 저 새의 깃털 같은 나뭇잎들. 그러나 그 이면에는 땡볕에 벌서듯, 두 팔을 높이 쳐들고 열 손가락으로 버티고 있는 저 빗금무늬가 왠지 늑골에 와닿는 것이다. 놀랍도록 강인한 정신, 가녀린 어느 여인을 보는 것만 같다. 찢겨져 홀로 부대끼는 야자수는 이따금씩 내 안의 존재를 환기시키곤 했다. 그것은 또 다른 나의 표상表像, 삶을 단단히 껴안으라고 내게 말하는 듯했다. 그 때문에도 이곳을 더욱 찾게 되는 것인지도 모른다. 무엇보다 나는 곁가지 없이 올곧게 자란 저 나무들의 삶을 오래도록 주목하고 싶다. 온갖 역경 속에서도 꿋꿋하게 뻗어나가는 정신이야말로 내가 본받고 싶은 으뜸 덕목이기 때문이다.

차창 밖에 줄지어 선 그놈들이 고개를 끄덕이며 아는 체를 한다. 나도 따라서 대꾸하다보니 어느새 집 앞이다. 오늘 따라 대문 앞의 간판도 새롭게 느껴진다.

'호데코 썬뷰 모텔 앤드 유스호스텔Hodeco SunView Motel & Youth Hostel'

태양은 이곳에서도 뜬다.

두 개의 필통

내가 처음으로 갖게 된 필통은 울퉁불퉁하고 찌그러진 양철 필통이었다. 한쪽 핀이 빠져 뚜껑을 닫아도 금방 벌어지는, 언니 오빠들이 먼저 사용했던 대물림한 것이었다.

언니에게서 얻은 몽당연필들, 그리고 조각난 지우개와 녹이 슨 칼로 필통은 걸음을 걸을 때마다 탬버린 소리를 냈다. 초등학교에 입학을 했을 때 나는 다른 아이들처럼 새 필통을 쓰지 못했지만 그 양철 필통 속에는 나무냄새가 좋은 새 연필 두 자루가 들어 있었다.

나는 칠남매의 막내로 자라면서 거의 모든 것을 새 것으로 받았다. 대물림으로 일관되어 오던 우리 집에서 내 차례가 될 때쯤에는 옷이나 신발이 너무 크거나 낡아서 다시 사야만 했다. 그러나 필통은 옷처럼 크기를 따지지 않아도 되니 다른 형제들의 눈치 때문에라도 엄마는 그것을 쓰게 하셨다. 대신 엄마는 형제들 몰래 새 필통을 사주셨다. 새 필통은 우리 두 사람만의 묵계로 장롱 속에서 일 년을 숨어 기다려야 했다.

학교에 가기 전 날, 책가방 속에 양철 필통을 가지런하게 챙겨 넣었지만 학교에 도착하면 하마 입처럼 필통은 입을 벌리고 있었다. 그것을 다시 정돈하고 부러진 연필은 새로 깎아야만 했다. 식구들이 없을 때 몰래 들여다보기만 했던 장롱 속의 분홍빛 플라스틱 필통은 2학년이 되어서야 바깥 구경을 할 수 있었다. 그리고 4학년이 되면서 칸막이 필통도 쓰게 되었다. 연필과 지우개 넣는 칸, 필통을 열면 연필이 가지런하게 놓여 있고 지우개도 늘 제자리에 있었다. 연필은 더 이상 흐트러지지 않았고 부러지지도 않았다. 그놈들의 단정한 모습이 궁금해 자꾸만 열어서 들여다보곤 했다.

중학교에 들어가면서 2단 필통이 나에게로 왔다. 위아래가 분리된 것으로 주로 아래 칸에는 자, 색연필, 컴퍼스, 몽당연필 등이 자리잡고 위에는 긴 연필과 새로 등장한 볼펜이 놓여 있었다. 추억 어린 필통과의 인연은 끈질기게 지금까지 이어지고 있다.

지금 내 핸드백 속에는 두 종류의 필통이 가방의 무게를 더하고 있다. 하나는 업무용이고 다른 하나는 학습용이랄까? 업무용 필통은 검정색으로 분홍색 지퍼가 달린 헝겊으로 된 것이고, 다른 하나는 붉은색 가죽으로 된 고급스런 필통이다. 그 가죽 필통 속에는 뚜껑이 없는 검정색 몽블랑 볼펜과 뚜껑이 있는 붉은 고급 몽블랑 만년필, 그리고 샤프 연필이 들어 있다. 검정색 볼펜은 큰아이로부터, 붉은색 만년필은 작은아이로부터 수필 등단 때 받은 선물이다. 응원하는 아이들 앞에서 나는 학생이 된 듯한 기분이 들었다.

나는 그 붉은 가죽 필통을 항상 핸드백에 넣고 다닌다. 필통만이 아니다. 이로써 두 딸들도 나와 함께하고 있는 것이다. 언젠가는 글을 써야지 하면서도 요즘 학습용인 그 필통은 자주 열어보지 못한다. 그러나 어쩌다 글을 쓸 때는 검정색 볼펜과 붉은색 만년필을 번갈아가면서 함께 사용한다. 아이들을 만나듯 형평에 어긋나지 않으려는 마음이다. 사용을 한 후에 필통 속에 펜을 넣을 때면 뚜껑 부분을 나란히 같은 방향으로 두게 된다. 어깨를 나란히 하는 두 딸을 보듬듯이 꽂아 놓으면 손끝에 행복이 만져진다.

그런데 볼펜이 만년필보다 쓰기 편한 건 왜일까? 검정색 볼펜이 더 편하게 쓰이는 것처럼 큰아이에게 마음이 더 가는 것은 어떤 마음의 움직임일까?

자주 열어보지 못하는 필통처럼 요즘 아이들과의 교류도 뜸한 편이다. 물론 지금 내 문학공부도 지퍼가 닫쳐져 있기는 마찬가지지만, 그러나 가끔 나는 필통을 연다. 그럴 때마다 어깨를 맞댄 고놈들의 응원소리가 손끝으로 전해진다. 제 일을 똑 떨어지게 하는 작은딸과 마음이 넉넉한 큰애의 응원이.

한번만이라도 명기名器를 기쁘게 해주는 연주를 하고 싶다. 그 꿈은 언제쯤이나 이루어지려는지…. 눈으로 그놈들을 쓰다듬는다. 미안한 마음과 무언지 모르게 벅차오르는 두 마음을 지그시 가누게 된다.

만추晩秋의 풍경 속으로

추워진다는 일기예보를 듣고 텃밭의 배추를 뽑기 위해서 늦은 밤 한계리로 왔다. 속이 차고 단단한 것은 먼저 처분했고, 속이 덜 찬 배추들만 일부 남겨두었다. 올 여름 처음으로 밭에 씨를 뿌리고 거름을 주면서 자연농으로 재배한 배추다. 소담스럽게 자란 배춧잎들은 더러 벌레 먹어 있었다. 작물도 영양이 좋아야 병들지 않고 벌레도 생기지 않는 것이 사람과 다를 바 없다. 벌레 먹은 배춧잎을 따면서 나는 집에 두고 나온 아이들 때문에 마음이 편치 못했던 어느 날들이 생각났다. 이러저러하는 사이에 아이들은 모두 잘 자라 제 갈 길로 가고 있지만 토양을 충분히 줄 수 없었던 어미의 마음은 늘 가시방석이었다.

희뿌여니 날이 밝았다. 강한 비바람 소리에 밖을 내다보니 멀리 가로등 불빛이 선명하다. 산과 나무가 눈에 들어오고, 단풍은 벌써 산허리까지 내려와 앉았다. 낙엽은 어지러이 공중을 선회하고 있다. 우수수 떨어지는 11월의 낙엽은 만지면 바스라질 것 같고 또 어떤 것은 물기까지 머금었다. 축축한 대기가 젖은 감성으로 다가왔다.

창 앞의 자작나무 잎이 심하게 요동친다. 무성하게 피었던 잎들은 어느새 떨어지고 소임을 마치지 못해 파르르 떨고 있는 저 잎새는 어쩌면 내 모습 같기도 하다. 어렵고 답답할 때마다 집안에만 있지 말고 훨훨 밖으로 나다니면서 맘껏 쓰라고 용돈을 넉넉히 쥐어주었다는 문우의 친정엄마, 나는 그가 한없이 부러웠다. 이제 나도 그 역할을 하려고 염두에 두고 있다.

며칠 전 문우들이 이곳으로 왔었다. 나는 직접 농사지은 배추를 주고 싶었다. 한 포기씩만 가져가라고 한 나의 말을 뒷전으로 하고 자연농 배추를 보더니 물어도 안 보고 한 포기씩 더 담았다. 다른 것은 그들에게 아낄 것이 없었는데 그 배추만은 그렇지를 못했다. 왜냐하면 딸애 부탁이 있어서였다.

"엄마. 퍼런 잎이 많은 고랭지배추로, 응? 단골손님에게만 접대용으로 쓸게요."

응석어린 목소리로 미안해하던 딸아이의 모습이 전화기 너머로 보이는 듯했다.

"너도 먹어야지. 걱정 말아라, 많이 담글게."

얼마 전 딸아이는 일본에서 요식업을 시작했다. 나는 그 애를 위해 넉넉하게 김치를 담근다. 하나는 손님용, 다른 하나는 친구들 몫, 또 다른 하나는 딸아이 몫이다. 딸아이가 원할 때마다 되도록 듬뿍 보내줄 작정이다.

아이의 초등학교 때 일이 생각난다.

점심시간이면 자기 도시락 반찬이 제일 먼저 떨어진다고 했다. 그 얘기를 듣고 도시락 반찬을 하나 더 싸서 들려 보냈다. 하나는 딸아이 몫, 다른 하나는 친구들의 몫으로 챙겨주었다. 딸아이는 어릴 때부터 김치 맛을 먼저 배워서인지 김치를 무척 잘 먹었다. 그 애의 첫돌 잔치를 준비하면서 나는 고랭지배추로 김장을 했다. 김치가 맛이 들면 배추 밑둥을 칼로 뚝 잘라서 큰 줄기를 물에 살짝 씻은 후 아이에게 주면 제비새끼처럼 입술 주위를 불그스레 물들이면서 잘도 받아먹었다. 고사리 같은 손으로 내가 건네주는 김치를 받아먹고는 손끝을 쪽쪽 빨아먹던 아이. 딸아이도 먼 그때를 기억하는 것일까?

이번에 나는 혼자 서둘러 김장을 했다. 배추를 절이면서 무언가를 빌고 싶었고, 그걸 물에 씻으면서 아이에게 용서받고 싶었다. 양념을 버무리면서 엄마의 향기를 느끼게 하고도 싶었다. 그밖에 내 무엇으로 채울 수가 있으랴, 그때의 그 빈자리를. 배추 포기마다 양념을 정성껏 버무렸다. 어미 없이 춥게 떨고 서 있었을 그때 그 마음의 구석까지도 어루만지듯. 그리고 서러움을 꽉꽉 눌러가면서 김치통을 채워 담았다. 어느새 김치냉장고가 가득 찼다. 그래도 왠지 모자라 보였다. 이 다음에는 땅에도 묻어야겠다. 얼마 남지 않은 아이 생일날, 이제는 미역국 끓여서 생일상 차려줄 수 있는 공간도 생겼다. 매울세라 김치를 씻어서 아이 입에 넣어주지 않아도 되는 나이지만 오늘 아침에는 왜 그런지 아이의 밥숟가락에 기다랗게 쭉쭉 찢은 김치를 올려주고 싶다. 한입 가득 아작아작 씹으면서 입가를 불그스레 물들인 어린 딸아이의 모습을 보고 싶은 11월 어느 아침이다.

이제 제 잎을 다 떨군 가을의 그 아름다운 풍경 속으로 나도 그만 들어가고 싶다. 얼마 남지 않은 저 낙엽마저도 곧 떨어지고 말리라.

석류

잘 익은 껍질은 짙은 핏빛처럼 강하고 어두운 붉은 빛을 띤다. 그러나 안으로는 선홍빛 빛깔을 품고 있다. 석류는 더 붉은 빛을 띠며 놓여 있다. 싱싱한 몸체에 칼집을 넣고 조심스레 열었더니 칼집에 닿는 속살, 그 알갱이에서 붉은 물이 뚝뚝 떨어진다.

고등학교 일학년, 봄방학을 마친 개학 첫날이라서인지 친구들과 이야기가 많았다. 조금 늦은 귀갓길이었다. 바쁜 마음에 서둘러 부엌문 앞에 섰다. 유리문 사이로 비춰진 세숫대야에 가득한 핏물, 부들거리는 다리로 큰오빠에게 연락을 취했다. 뚝뚝 떨어지는 그 핏물은 앰뷸런스 자동차 바닥을 금방 흥건하게 적셨다. 당시 나는 두 오빠와 자취를 하고 있었다. 갑자기 기울어진 집안 형편으로 가족들은 모두 생활전선에 나아가야만 했고, 자립하기에는 현실이 가혹했다. 작은오빠는 연약한 석류 알갱이였다.

강렬한 햇살과 비바람을 잔뜩 머금고 있는 석류는 속이 노란 보호망에 둘러싸여 있다. 마치 벌집 같다. 오빠의 내밀한 상흔처럼.

작은오빠는 이제 한 가정의 가장으로 껍질이 딱딱한 석류로 되어 있다. 많은 시간이 흐른 뒤였다.

샹그릴라에서

70여 명의 참가자들이 인천공항으로 모여들었다. 노란 점퍼에 각자 나눠준 이름표를 목에 걸고 '유쾌한 주파수를 보내자'라는 행동수칙을 외치니 우리는 마치 수학여행 가는 학생들과 다름없었다. 낯선 사람들과 함께 하는 명상여행이다.

우리가 다다른 운남성의 서북부 리장은 금사강의 상류, 해발 2,800미터로 나시족의 중심 자치현이다. 중국 55개 소수민족 중, 30만 명으로 대민족이라 할 수는 없지만 그들만의 '동파東巴문화'를 가지고 있었다. 자기가 꼭 필요한 만큼의 물건만 서로에게 얻어 쓴다는 나시문화를 갖고 있는 나시족 마을에서 '동파문화박물관'을 관람했다. 문득 나의 이삿짐이 생각났다. 필요한 것이 왜 그렇게 많았던지. 부끄러웠다. 눈앞의 뜻 모를 상형문자가 호기심을 자극한다. 전통의상을 입고 꼿꼿하게 앉아 글씨를 써주는 노인의 모습은 동파문화 그 자체로 보였다. 나도 '꿈은 이루어진다'는 글을 한 장 써 받았다. 박물관을 나와 취호취호湖공원 호숫가를 산책했다.

'사람은 땅을, 신은 물을 좋아해서 어울려 산다'는 샹그릴라의 전설이 서려 있는 곳. 호수 사이사이의 작은 섬들은 다리로 연결되어 있다. 금방이라도 연꽃 속에서 금도끼와 은도끼를 든 신선이 나타날 것만 같다. 그 새 아픈 머리도 눈두덩이의 열기도 아무런 감각이 느껴지질 않는다. 허름한 담장이 이어지는 좁다란 골목길로 버스가 천천히 들어갔다. 시골의 큰댁 골목길에 와 있는 듯했다. 나시족 여인네들의 음식 맛을 느낄 수 있는 이곳, 옥산장은 우리 일행의 점심식당 명칭이었다. 식사가 끝날 무렵 노랫가락이 들려왔다. ㅁ자 모양의 마당에서 전통의상을 입은 나시족들의 춤판이 벌어졌다. 단순한 리듬과 동작에는 별 기교가 없다. 타원을 그리며 돌고 또 돈다. 한 사람씩 일어나 서로 어울린다. 슬그머니 충동이 인다. 나도 그 속에 섞여 나시 여인이 되어 빙빙 돌아본다. 혼연일체가 됨을 느낀다. 저녁의 컨디션과는 다르게 상쾌한 아침을 맞았다.

차마고도에 이르니 티베트 마을이 하늘과 가깝다. 위로는 병풍을 쳐놓은 듯, 설산이 성큼 눈앞에 다가온다. 다시 굽이굽이를 돌아 고원지대를 달린다. 내가 온 길이 어느새 저만치 발 아래로 멀어져 있다. 연이어진 골짜기의 소로小路를 얼마나 달렸을까? 드디어 거대한 이상향의 문명도시 샹그릴라에 도착했다.

창밖을 내다본다. 리장과 많이 닮아 있었다. 모처럼 아침식사를 든든히 했다. 오늘의 수칙을 외운다. '배로 숨쉬자.' 가장 높은 고도를 향해 출발하는 우리들에게 경각심을 일깨우는 구호이기도 하다. 열한 시간의 대장정을 향하기 전, 고산증 약 세 알을 삼켰다. 금사강 언덕에서 오메가 모양의 산을 내려다보니 신기하다. 이곳은 샹그릴라와 번치란의 중간지점이다. 또 다시 달린다. 4,000미터가 넘는 산인데 눈은 보이지 않았다. 소라고둥 같은 산을 몇 구비나 돌고 또 돌았다. 거센 바람에 펄럭이는 깃발은 산등성이에도 지붕에서도 펄럭였다. 무슨 염원들이 그렇게나 많은가? 그 염원들 모두 이루어지게 하소서! 마음으로 두 손을 모아본다. 드디어 매리설산의 위용이 눈앞에 펼쳐진다. 청명한 하늘을 배경으로 다섯 개의 봉우리가 나란하다. 일 년 중 드물게 보는 활짝 갠 하늘이라고 한다.

전망대에는 온통 솔가지 향으로 그윽하다. 경건한 마음이 된다. 그저 자연이 있고 우리가 있을 뿐, 먹먹해진다. 걷는 동안 자신과 자연과의 관계에 대해 생각해보게 된다. 매리설산 입구에서 입장권을 구입하고 다리를 지나 게스트하우스에 도착했다. 사방이 금세 어두워진다. 양초를 받아들고 조심스레 방으로 향했다. 갑자기 전등이 들어왔다. 문명을 거부하고픈 내 속내를 조금도 알아주지 않는다.

매리설산의 빙하가 심하게 요동친다. 세상의 모든 찌꺼기는 눈 위에 덮어둔 채 수십 미터 빙하의 그 소리는 내 가슴에 희망의 폭포수가 되어 흐른다. 새가 지저귀고, 폭포소리가 잠시 정신을 빼앗는다. 시원始原의 소리, 또 한번의 징이 울린다. 그러자 사람들은 하나둘씩 자리에서 일어나기 시작한다. 우리는 또 걷는다. 지나간 시간들이 발끝에 와 걸리고 궁극적인 자신의 존재에 대해 물음을 던지게 한다. 걷는 일은 존재에 이르는 하나의 방법인 것도 같다. 내려오는 길에서 걷기 명상에 들어갔다.

불현듯 엄마 생각이 났다. 칠남매를 거두느라 지치신 모습. 소금을 등짐으로 져 나르던 차마고도의 여인에게서 엄마의 모습을 떠올리게 된 것이다. 그래 이것이야! 먹구름 같았던 알 수 없는 울체가 방향을 잡기 시작했다. 나의 모태인 어머니에게로 회귀한다. 얼었던 빙하가 녹아내리고 마음이 점차 편안해진다.

한 발에 사랑을 또 한 발에 사랑을 실어 조심스레 내딛는다. 오십이 넘어서야 가만히 그 이름을 불러보는 불효. 중학교 일학년 어느 가을날 우리 곁을 홀연히 떠나가신 엄마. 홍시처럼 농익어 질펀하게 피고름이 배어 있던 내 겉옷을 가위로 잘라내고 고름을 쓸어내다 종기의 뿌리가 빠지지 않자, 망설임 없이 입으로 그것을 빨아내주셨던 엄마. 더러움보다 나의 아픔을 먼저 걱정해주면서 '조금만 참아라' 달래주시던 엄마. '어머니의 따뜻한 그 입술의 감촉을 사랑합니다! 사랑합니다!'를 되뇐다. 단정하게 빗어 쪽찐 반백의 머리에서부터 명상 마사지를 시작한다. 탯줄로 연결된 어머니와 나의 감각이 떨림으로 다가온다. 어머니를 안고 지성껏 염력을 모아 몸을 쓰다듬어 드렸다. 딱딱한 머리를 생각하면 내 발의 감촉이 어느새 딱딱해진다. 조심스레 이마에서 볼로 그리고 다시 입술에 가서는 그 고름 빨아내던 입술을 깨끗이 닦아드리며 입맞춤도 살포시 해드렸다. 어머니가 내게 하셨던 것처럼.

주름진 목에서 어깨로 그리고 가슴에 와서는 뭉클함이 느껴진다. 병환 중인데도 내가 만지면서 잠을 청했던 바로 엄마의 그 젖가슴이다. 어린 나에겐 푸른 초원과도 같았던 곳. 내 손길이 떨리고 있다. 다리에 이르니 앙상한 뼈가 손끝에 한기로 느껴진다. '막내야, 너도 이제 나이가 들었구나' 하는 그분의 음성이 들리는 것 같았다. 눈앞이 잠시 흔들렸다. 마음을 진정하고 발로 내려왔다. 거북등처럼 사철 갈라져 있던 꺼칠꺼칠한 발뒤꿈치를 두 손으로 찬찬히 감싸드렸다. 그리고 발가락 하나하나 발 마사지에 정성을 쏟았다. 비 오는 날 다리를 주물러 드리면 시원하다고 웃음 짓던 어머니, 마치 어머니의 주검을 눈앞에 두고 입관하기 전 염을 모시듯 어머니를 내 손으로 어루만지며 통과의례를 치렀다.

사람과 신이 어울려 산다는 샹그릴라에 와서 비로소 나는 어머니와 만난 것 같다.

발걸음의 문화는 덧없음의 고뇌를 진정시켜준다는 누군가의 말처럼 내 마음에 평안이 찾아든다. 비로소 등에 업은 어머니를 내려놓을 수 있을 것 같았다. 옷은 비록 땀으로 흥건하게 젖었지만 마음만은 날아갈듯 상쾌했다. 마치 가두어둔 새 한 마리가 창공을 향해 비상하는 듯 그런 해방감이 느껴졌다.

그날의 병풍

겨울방학이 되어 온 가족이 부산에 계시는 시어머님 병문안을 가기로 했다. 평소 어머님은 "아이들을 데리고 복잡한 명절에 오지 말고, 너희들 틈나는 대로 편하게 다녀가라"고 하셨다. 한사코 손사래를 치시는 시어머님의 배려로 명절의 기나긴 교통체증을 모르고 지내왔다.

그해도 여느 해처럼 일상적인 준비만 하고 부산으로 향했다. 당뇨가 심해져 합병증으로 누워계신 시어머님은 큰아이가 인사를 해도 뜻 모를 소리만 하실 뿐, 손녀를 알아보지 못했고, 작은아이를 윗목에다 뉘여놓았는데 '저기 무엇이 있는가?' 하고 손짓으로 물어보는 것 같았다. 나는 어두워진 어머님의 시력을 인지시켜 드리고 싶지 않아 내 짐이라고 얼버무렸다. 그리고는 어머님 앞에 바짝 다가앉았다. 흐트러진 머릿결을 손으로 쓰다듬어드리며 "뭘 드시고 싶으세요?" 하고 여쭈었다. 어머님은 팥죽이 먹고 싶다고 하셨다.

서둘러 팥을 준비해 먼저 약한 불에 올렸다. 찹쌀을 불려놓은 뒤 어머님의 방안을 찬찬히 둘러보았다. 아기자기한 자개장은 묵묵히 한쪽 벽면 전체를 가린 채 서 있고, 빨간 3층 화각장과 넓은 화장대와 한 쌍의 문갑, 그 외 다른 장식품은 없었다. 창 쪽으로 둘러쳐진 자수병풍은 빨간 장미와 노랑 장미가 열두 폭 검은 비단 바탕에 화려하게 펼쳐져 있었다. 손수 저 병풍을 마련하셨을 때의 그 젊음은 어디로 갔을까? 세월이 야속하기만 했다.

아버님의 주사酒邪로 밥상의 국물들이 병풍을 어지럽혀도 깨끗이 손질해 제자리에 세워두었다던 어머님. 두 아이를 연달아 저세상으로 떠나보내고 어렵게 얻은 아들을 낳은 후 한 달간 산후조리를 마치고 친정에서 돌아온 첫날, 고이 접어둔 병풍이 어지럽게 한쪽 방문을 가리면서 제멋대로 서 있었다고 한다. 그 빈 시간 속에 다른 여인의 안방 차지를 지켜보았어야 했던 병풍. 그 여인이 사용했던 넘칠 것 같은 요강단지가 병풍을 적실 것 같아서 가까스로 걸레를 두텁게 대고서야 쏟아버릴 수 있었다. 그 충격으로 핏덩이를 앞에 두고 양잿물 대신 담배를 짙게 풀어서 그 물을 마셔버렸던 어머님.

남편 돌사진과 시할머님 회갑 사진 속에서도 늘 식구들을 아우르면서 한울타리가 되어주었던 병풍을 나는 말없이 바라보았다. 고단한 세월들이 지나갔다.

더 높아진 하늘과 오곡이 풍성하게 익어가던 어느 가을날 배를 한 상자 사들고 처음 시댁에 인사차 들렀을 때, 어머님께서는 '어서 오게나' 그 말 한마디뿐 별다른 말씀은 없으셨다. 묵묵히 안방으로 안내를 해주셨는데 그 방안은 질서정연했고 단아했다. 서먹한 분위기와 달리아주 화려한 병풍과 방석이 나를 기다리고 있었다. 금방 장미 향기가 날 것 같고 손을 대면 가시에 손이 찔려 피가 날 것 같은 자수병풍 앞에 차려진 밥상, 환우 중인데도 손수 정갈한 음식을 차려내놓으셨다. 두런두런 앉아계시는 친척 어른들의 시선을 피해 눈 둘 곳을 몰라 서먹해했던 시간, 나의 시선은 병풍에 머물렀다.

말수가 적은 어머님께서는 후식으로 배를 깎아 내놓으면서 "아가, 어찌 이리 달고 향이 좋은 배를 사왔냐?" 칭찬을 아끼지 않으셨다. 그때의 그 향으로 나는 어머님께 후한 점수를 얻었다. "아가, 이 씨네 집밥 먹기가 힘이 든데이"라며 오랜 투병 중에서도 아버님조차 밥상을 차려주지 않았던 어머님은 내 밥상만은 꼭 챙겨주셨다. 그 후로도 어머님의 배려는 나의 든든한 울타리가 되어주었다. 장손에 외동아들임에도 불구하고 나는 두 번째도 딸을 낳았다. 그때도 "불란서 여자들은 아이를 안 가진다더라"면서 어머님은 그 병풍처럼 나를 막아주셨다.

높은 직위 공무원의 부인으로서 어쩌다 공짜 목욕표가 생겨도 본인은 돈을 내고 목욕을 가셨고, 극장 입장권 또한 마찬가지였다. 어머니의 부엌에 서니 이런저런 생각이 스쳐간다. 부글거리는 팥 불을 조금 낮추고서 한쪽 불 위에서는 찹쌀을 끓였다. 하염없이 젓고 또 저었다. 그동안 자주 모시지 못한 죄송함에 마음이 쓰여 정성을 쏟았다. 금방 믹서에 드르륵 갈 수도 있었지만 그렇게 하고 싶지 않았다. 이제는 팥을 걸러서 채반의 찹쌀과 둘을 섞었다. 걸쭉하고 불그스레한 미음 같은 팥죽이 완성되었다.

겨울 석양이 창문을 환히 비출 때쯤 시작한 팥죽은 사방이 캄캄한 밤중이 되어서야 마무리되었다. 몇 년 전부터 죽만 드시는 어머님께서는 내가 쑨 죽이 더 맛있다고 하면서 동치미 국물에 평소 양보다 조금 더 드시는 것 같았다. 어머님을 병풍 앞에 눕혀드리고 밥상을 물리자마자 본인도 어떻게 할 수 없는 설움이 밀려왔던가? 아니면 못다한 말씀이라도 계셨던가? 잔뜩 품었던 팥죽을 그 병풍에다 품어내고는 자신의 의지 밖인 것을 아셨는지 그대로 고개를 떨어뜨리셨다. 얼마 후 그 병풍은 뜻 모를 한자로 쓰여 있는 뒷부분으로 돌려놓아졌고, 나는 얼떨결에 임종이란 것을 맞이해야만 했다.

삶은 앞면의 병풍처럼 누구에게나 화려한 것이고, 죽음은 뒷면의 병풍처럼 검은 기록이던가? 그날 병풍 뒤로 한 여인의 힘든 생애가 너무나도 쉽게 사라져버렸다. 그러나 장미꽃이 필 때면 그 병풍이 떠오르고, 병풍을 생각하면 어머님의 모습이 떠올랐다. 내 방풍막이가 되어주셨던 든든한 어머님, 방정方正하시던 풍모의 그러나 말씀을 잃어버린 딱하신 모습은 어느새 내 안에 앙금처럼 남아 있다.

제2부 공명의 집

무경계의 지점에서

트랩에서 내려서자 피지의 강렬한 태양이 따갑게 달려들었다. 나는 걸쳤던 두터운 겨울 외투를 벗어들었다. 마중나온 지배인 리띠아와 포옹하며 그동안의 안부를 묻고 싶었지만 그럴 기력조차 없었다. 원주민인 그녀는 이제 머리에 꽃도 꽂지 않았다. 능숙해진 그녀의 운전솜씨와 익숙해져버린 이곳 창밖의 풍경들이 내 일상의 한 단면들을 보는 것 같았다.

모텔에 도착한 나는 터벅터벅 이층 내 방으로 올라갔다. 가방에 넣었던 소지품을 다시 풀었다. 강렬한 태양 아래 옷가지조차도 견딜 수가 없었는지 탈색이 심해졌다. 눈으로만 쳐다보고서는 그대로 잠이 들었다. 얼마를 잤을까? 심한 통증으로 눈을 떴다. 온몸은 움직일 수도 없고 소리조차 지를 수 없는 상황, 가만히 가늠해보았다. 그나마 오른팔의 움직임은 통증이 약했다.

2008년 미국의 금융쓰나미로 나의 의지와는 상관없이 투자했던 사업이 그대로 주저앉았다. 갑자기 들이닥친 좌절과 상실감, 몸조차 지금의 내 여건을 싫다고 거부했다. 선반 위 부황기가 눈에 들어왔다. 반나절 만에 리띠아가 나타났다. 여독이 풀리기를 기다린 듯 조심스레 들어왔다. 놀라워하는 리띠아에게 안심을 시키고, 겨우 움직일 수 있는 한 손으로 사용법을 시연해 보이는데 시간이 제법 흘렀다. 굳었던 몸은 일주일 만에 서서히 회복되었다.

모든 것을 접어둔 채로 무작정 나를 위한 여행을 떠나기로 했다. "자신이 사는 곳을 떠나고자 하는 자는 행복하지 않은 사람이다"라는 밀란 쿤데라의 말을 가슴에 담고 잃어버린 시간을 찾아나서듯 여행객이 된 나는, 저녁 노을이 아름다운 수바 항구에서 오후에 정기여객선에 몸을 실었다. 새벽에 도착한 샤부샤부 항구는 사방을 한 컷으로 액자에 걸어두어도 손색이 없을 만큼 아름다운 풍경으로 나를 반겼다. 선착장에 몰려드는 차량 숫자와 사람들은 늘어났고 그렇게 밀물처럼 몰려왔던 원주민과 손님들은 배가 떠나기도 전 삼삼오오 짝을 지어 총총히 흩어졌다. 종착지인 타뷰니 섬에 도착했다. 선착장에서 만난 민박주인을 따라 한참을 달려 도착한 곳은 바다와 인접한 집이었다.

여정을 풀자마자 바다로 뛰어가 물속에서 반나절은 보낸 것 같다. 하얀 모기장이 쳐진 침대 속에서 유영하는 한 마리 물고기처럼 자유롭게 침대에 드러눕는다. 삐걱거리는 소리를 잠재우듯 일정 시간이 지나자 발전기 전등불이 "퍽" 하고 나간다.

어둠이 오자 파도 소리가 더 크게 와닿았다. 밀물의 소리는 썰물의 소리보다 더 강했다. 철썩 처르르, 밀물과 썰물은 생명이 잦아들어가는 소리 같기도 했다. 들숨과 날숨처럼 끊임없이 반복되는 파도 소리에 리듬을 맞춰보다 나도 모르게 그만 잠이 들었다.

이른 새벽, 배낭에 물만 달랑 넣고 걷기 시작했다. 가끔씩 지나가는 차들이 따가운 햇살을 가로지르며 정적을 깬다. 숨겨둔 애인이라도 있을 것만 같은 설렘, 땀으로 뒤범벅이 된 셔츠 속은 심장 소리로 더 쿵쾅거린다. 퇴색된 줄만 알았던 감성이 소름으로 반응한다.

나는 날짜변경선이 있는 그 지점을 찾아가는 중이다. 날짜변경선은 1884년 워싱턴 국제회의를 통해 정해진 본초자오선을 기준으로 세계시간의 기준이 되었다. 경도 0도인 영국 그리니치 천문대의 180도 반대쪽인 태평양 한가운데로 북극과 남극 사이 태평양 바다 위에 세로로 그은 가상의 선이라고 한다. 택시를 탔다. 한참을 달리던 기사가 차를 멈췄다. 아! 그 지점이 바로 저기다. 그 인터내셔널 데이트라인Dateline은 너무나 평범한 들판이었다. 나는 사방을 둘러보다가 낯선 두 꼬마를 발견했다. 아이들은 장난을 치다 말고 이방인을 물끄러미 쳐다본다. bula! bula(안녕)! 다가가서 나는 그 애들을 꼭 껴안았다. 어린아이와 얼마만의 포옹인가? 이 감촉, 피부색은 달라도 그 느낌은 그대로였다. 아이들도 사람이 그리웠는지 반갑게 안겼다. 꼬마들 뒤에 한 남자가 서 있었다. 그 분은 교회 목사님이면서 애들의 아버지였다.

허름한 양철지붕과 사방이 툭 트인 가건물 안에 십자가와 교단이 있었다. 연이은 양철 지붕은 그들의 숙소 겸 부엌이었다. 나는 서울 사무실이 떠올랐다. 그을음에 찌든 냄비는 달로(마과 식물로 고구마와 비슷)와 생선을 끓이다 말았는지 연기가 모락모락 나고 있었다. 날짜변경선이 어디인지 그분께 물었다. 내가 서 있는 바로 그 지점이라고 했다. 왼발은 오늘(서쪽)이고 오른발은 어제(동쪽)란다. 이곳의 주소는 180' MERIDIAN ASSEMBLY OF GOD CHURCH P.O.BOX 292 WAIYEVO. TAVEUNI. FIJI Is. 성큼성큼 퇴색한 게시판 앞으로 걸어나갔다. 타뷰니 지도가 둘로 나뉘어져 있다. 나는 그 지점 중간에서 한참을 멍하니 서 있었다. 그리고 돌아보았다. 한 발은 어제(동쪽)이고 또 한 발은 오늘(서쪽)이라는 지점이지만 이곳에 어제와 오늘이라는 경계는 없다. 가상의 선만 있을 뿐. 그러나 우리는 이 선을 경계로 초와 분과 시간을 재고 그 틀에서 일상을 수없이 반복하면서 그렇게 길들여 살고 있지 않은가? 호킹의 말이 떠올랐다. 1983년 영국의 물리학자 스티븐 호킹은 『시간의 역사』에서 "우주에는 시작과 끝을 나타내는 시간적 경계가 없고, 또 공간적 부피는 있되 경계가 없다"고 하지 않았는가. 무경계 우주론, 즉 우주는 마치 지구 표면처럼 면적은 있지만 경계선이 없다고 설파했던 것이다.

'시간이란 백대百代의 지나가는 나그네'라고 일컫던 이백의 시구처럼 나는 시간 속 나그네가 되어 이 자리에 홀로 서 있다. 새천년에 밀레니엄 행사가 열렸던 곳, 서로 얼싸안고 열광하면서 이곳에서 전 세계로 생중계를 했었지. 그들은 다들 어디로 갔을까? 이 무경계의 들판에 홀로 선 나는 누구인가? 정작 내가 쉴 곳은 어디란 말인가? 가상의 선임에도 불구하고 우리 모두는 엄격하게 시간이라는 틀 안에서 규칙을 만들고 이분법을 세워 스스로 거기에 구속되면서.

막내를 초등학교에 입학시키면서 시작된 나의 사회생활로 오전 오후반을 혼자서 문을 잠그고 오후반도 잘 챙겨서 다녔던 아이다. 목걸이 열쇠는 한번도 목에서 떼내지 않았던 그 고사리 같은 작은딸의 혼사, 제 일을 잘 처리하는 아이라서 마음이 더욱 쓰였다. 자식에 대한 의무감, 나는 움켜쥐었던 모든 것들이 한꺼번에 무너짐을 느꼈다. 사업상 파트너로서의 존재 또한 마찬가지였다. L씨 또한 어디에 있는 것 같으면서도 어디에도 없는, 그 공간은 퇴색이 되어버렸다. 삼거리에서 서성이는 나, 가상의 선이라는 것을 이미 알면서 왜 여기까지 달려왔을까?

새벽 4시에 일어나서 일과를 시작하고 5시면 늦은 시각이라고 허둥대면서 자동차에 시동을 걸었고 정지된 신호등 앞에서 백미러는 나의 화장대 거울을 대신했다. 그동안의 내 노력과 성과는 일치하지 않았다. 희망과 배반, 낮과 밤, 선과 악의 이분법 속에 선善 속에서도 악惡이 존재한다는 것을 많은 대가를 치른 뒤에야 비로소 나는 알 수 있었다.

혼란스러운 마음을 알았던가. 목사님의 기타 선율이 고요한 대기를 가른다. 단정하게 차려 입은 신도들이 삼삼오오 들어서고 있다. 오늘은 마침 일요일이라고 한다. 이곳도 종교가 필요할까? 요즘은 더 이상 경계를 만들지 않으려는 움직임이 지구촌 곳곳에서 진행되고 있는데…. 유로화도 만들고 국가 간의 경계도 허물고 있지만 어리석게도 종교 간의 갈등은 여전히 사람들에게 피를 흘리게 한다. 지금 여기는 그 어떤 것으로부터 방해받지 않은 텅 빈 공간, 푸른 하늘과 강렬한 태양과 자연과 바람이 존재할 뿐이다. 제한 없고 경계 없는 지점에서 나는 한껏 자유롭고 싶다. 나는 없다. 나를 놓아버린 무아無我의 경지를 그려본다. 우주의 "모든 사물과 사건 사이에는 아무런 경계도 없다"는 화엄의 '법계'를 천착해본다. 경계의 그 지점에 서서 내가 없는 한마음을 크게 그려본다. 경계가 없는 그곳에서 나는 죽는다 해도 좋았다. 부서지는 파도에 쌓고 또 쌓은 모래성도 결국은 물로 돌아가지 않던가.

우리 모두는 매일 밤 살아서 죽어본다. 의식으로 사실의 세계에서, 무의식이 확장된 세계로. 그러자 알 수 없는 어느 커다란 손이 내 온 가슴을 쓸어내린다. 신선한 공기가 폐부를 가득 채운다.

공명共鳴의 집

우리들의 소소한 일상들이 혼돈 속에 일그러져 가고 있다. 코로나19로 세상이 들끓는 즈음, 서울에서 인제로 이사를 왔다. 사회적 거리두기를 피해서 온 것은 아니다. 25년의 집시 같은 삶을 정착하기 위해 꾸러미 꾸러미 사연들을 싣고 온 지 두 달째다.

벌써 십사 년 전의 일이다. 한민족의 시원이라고 하는 바이칼 호수를 한겨울에 찾았다. 블루 컬러와 짙은 인디고 컬러의 물빛처럼 차가운 겨울의 심장, 내면에 얼어붙은 시린 삶의 편린들, 거센 시베리아 바람과도 맞서보고 싶은 욕구가 일었다. 바이칼 호수는 그렇게 나의 근원을 통째로 흔들며 다가왔다. 영하 40도로 급습한 칼바람은 바이칼 호수의 파도 모양을 한 폭의 풍경화로 박제시켰다. 차창 밖 나뭇가지에 걸려 있던 부랴트 족들의 소망의 빛바랜 깃발은 언제부터 저렇게 흩날리게 되었을까? 성황당길이었다. 알혼 섬으로 향하는 '우와직'이라는 소련제 군용차에 몸을 싣고 얼음호수 위를 달렸다. 광활한 동화

속 얼음나라에서 백설공주와 일곱 난쟁이들이 튀어나올 것만 같다. 태고의 신비를 간직한 샤머니즘의 상징인 부르한 바위에 우두커니 앉아본다. 영기靈氣가 세게 느껴진다. 너는 누구냐? 너의 정체성은? 나는 꼭 쥐고 있던 무감각해진 주먹을 놓아버렸다. 석양빛은 서서히 바위를 붉게 물들이고 있다.

알혼 섬에서 제일 큰 마을은 후지르다. 그 마을 중간에 위치한 '니키타하우스'인 숙소로 향했다. 러시아식의 목조건물로 세월을 두고 잇따라 이어 지어진 건물임을 한눈으로 알 수 있었다. 부랴트 족의 고향인 이 마을 사람들은 피부색과 외양도 우리와 비슷하다. 러시아의 밤은 성질이 급했다. 금방 어둠을 데리고 왔다. 몇 해 전, 업무 차 핀란드에 간 적이 있었다. 그곳 자작나무 숲속에서 체험한 핀.우드로 만든 사우나가 현대식이라면 여기는 투박한 시골냄새가 묻어나는 옛날식 그대로다. 낯선 이방인들 틈에서 분주하게 움직이는 남자, 그는 이 집 주인이다. 나도 모르게 그의 향방에 무의식적으로 안테나가 꽂혔다. 나도 이와 같은 일을 하고 있기 때문이다. 모두가 잠이 든 고요한 시베리아의 밤은 나를 잠들지 못하게 했다. 공연이 끝난 텅 빈 무대를 돌아보듯 나는 숙소를 맴돌고 있었다.

공연장의 문지기 같은 이가 페치카 앞에서 불을 지피고 있다. 그는 'Nikita Bencharov'였다. 우리는 감각적으로 서로를 알아차렸다. 다양한 언어들로 장식된 방문 게시판 앞에서 그와 밤새 이야기를 나누었다. 그 시간은 여행의 큰 보람이었다. 그는 1960년 생으로 All-Russia 챔피언십에서 우승한 탁구 금메달리스트였다. 혜택받은 사랑을 나눔으로 실천하기 위해 오지인 알혼 섬으로 1989년 찾아들어왔다고 했다. 시골 마을에 초등학교와 중학교가 합쳐진 오지 학교에서 관혁악 5중주단을 만들고 그 선생님들은 여행자들로부터 숙식을 제공해주는 조건으로 1년에서 6개월까지 도움을 받고 있었다. 그렇게 만들어진 5중주단원들을 데리고 전국 콩쿠르대회는 물론 유럽순회 공연까지 다니고 있다고 했다. 그와의 대화는 긴 침묵으로 혹은 간간히 단답형으로, 때로는 '타닥타닥' 자작나무 타는 소리로 대신 이어져나갔다. 큰 바위 같은 분과 함께 앉아 있었다. 새벽빛이 감동의 전율로 나를 일깨운다. 말없이 그와 깊은 포옹을 나누면서 나는 자리에서 일어났다.

오랜 시간 세입자에게 맡겨진 '공명의 집'은 나를 외면하지 않았다. 사방이 창으로 이루어진 집은 새순들이 앞다퉈 창문마다 춤을 춘다. 밤나무, 층층나무, 자작나무, 벚꽃은 두 팔 벌려 환영하듯 나를 안아준다. 집을 수리하는 사이에 앵두꽃도 화들짝 피었다. 죽은 듯 늘어져 있던 다래나무 줄기는 창밖에서 삐진 듯이 뒤늦게 고개를 내밀었다. 조바심치던 접시꽃도 한쪽에서 잘 크고 있었다. 주인이 온 것을 아는 것일까?

집 밖 세수는 못시키더라도 내부만이라도 우선 단장을 했다. 하루 두세 시간의 수면으로 두 달이 어떻게 흘러갔는지 꿈결 같다. 황금색의 세포가 춤을 춘다. 아무런 계획 없이 무의식적으로 행동에 옮길 따름이다. 실평수 20평의 1층 공간이 작은 문화센터처럼 꾸며졌다.

제일 먼저 이 집에 수필가 맹난자 선생님을 모셔왔다. 내겐 부모 같은 분이시다.

어느 해 스산한 11월 말, 낙엽은 이리저리 거리를 어지럽히고 있는데 길 건너편에서 선생님은 두툼한 쇼핑백을 든 채로 서 계셨다. 문정동 로데오 사거리의 신호등은 그날 따라 왜 그렇게 길게 느껴지던지…. 내게 입힐 옷을 몇 벌 챙겨서 부르셨던 것이다. 내가 가장 추운 시절이었다. 등대같이 서 계시던 그 사거리, 지금도 생각하면 눈시울이 붉어진다.

눈에 보이지 않는 세계에 촉각을 세우고 빛 공부에 열중인 모습을 보신 선생님께서는 이 집 이름을 '공명共鳴의 집' 이라고 명명命名해주셨다. 상대와 내가 하나 되는 '화음和音'을 일러주셨다. 사전에 보면 공명共鳴은 '남의 사상이나 행동 따위에 깊이 공감하여 함께하려는 생각을 가짐'이라고 정의하고 있다. 눈에 보이지 않는 어떤 기운과 사물들, 그들과 나의 시선이 중첩되어 공명을 일으키는 꿈을 꾸어본다. 내 소명의 빛은 그들과의 떨림과 울림이다. 언제나 그 미세한 하모니를 이곳에서 실천할 수 있게 되기를 바란다. 춥고 방황하는 이에게 희망의 빛을 지펴주고 싶다. '공명共鳴의 집'에서 나는 후지르 마을의 그 '니키타'를 떠올려본다.

CPA는 나에게 무엇인가?

Who am I?

몰아치는 태풍으로 창밖 나무가 심하게 흔들린다. 드디어 침묵하던 바람의 속성이 현상으로 드러나는 순간이다. 이 순간 내 마음도 요동치는 바람이 된다. 나무도 된다. 내 안에 너무나도 많은 나, 무엇이 나인가?

20여 년 전부터 그것을 알기 위해 마음공부하는 곳을 찾았다. 그리고 문학과 철학 강의실에 가 앉아 있는 나를 발견하기도 했다. 그 시간들이 더 없이 값지고 좋았다. 그럼에도 불구하고 그런 시간들은 오래 지속되지 못했다. 그로부터 6년 뒤 자연공부를 하는 곳에서 시간을 보냈다. 무엇인지 모르게 이끌려온 이곳 강의실에서 생명의 빛인 '오라'와 '공명'을 즉 에너지장의 정보를 강의하는 교수님을 만났다. '오라 이야기, 컬러이야기'들이었는데, 그것들은 양자물리학의 원리에 기초를 두고 있었다.

누구나 스스로에게 중요한 질문을 던질 때가 있다. 내가 누구인가? 저 우주는 이 세상과 얼마나 다를까? 우주의 끝은 어디일까? 과학이 내놓은 답은 상대성이론과 양자역학이다. 이 두 개의 영감을 불어넣은 것이 바로 '빛'이다. 존재하는 모든 것은 음陰과 양陽, 두 가지로 이루어져 있다. 본질과 현상, 인체도 마찬가지로 두 가지 물질로 되어 있다. 음에 속하는 형체와 양에 속하는 에너지로 이루어졌다. "양자의 세계에서 물질은 파동성(양)과 입자성(음)이 있다. 물질의 입자적 질량을 측정하려면 파동적 속도를 측정할 수가 없고 속도를 측정하려면 질량을 측정할 수가 없다"는 불확정성의 원리, 태양계에서 3번째 행성인 지구, 3천만 종의 동식물이 함께 숨쉬며 살고 있는 이곳. 생명의 필수 원소인 수소, 산소, 질소, 탄소, 칼슘, 칼륨, 황, 인, 철, 마그네슘 등 10원소 외에 19종의 원소가 더 있다. 이 원소들은 모두 색으로 구성되어 있다. 세상 만물과 사람도 원자로 그리고 태양마저도 원자로 이루어져 있다는 미시세계, 그 물질인 빛, 광활한 우주에서 한 점의 빛은 떨림(파장)의 범위에 따라 지구라는 스펙트럼에 투과된다. 투과된 빛은 반사, 굴절, 회절, 간섭, 직진, 분산, 합성, 산란 등 다양한 원인으로 또 '나'라는 프리즘을 통해 똑같은 방법으로 형형색색의 빛(개성)으로 물들여지고 있다. 스크린에 펼쳐진 형형색색의 컬러는 각양각색으로 관찰자들에게 물들여진다.

무지갯빛은 하나에서 시작된 서로 다름을 가장 선명하게 관찰하게 해준다. 거시세계와 미시세계에서도 음양陰陽 간의 변화 속도는 빠르게 변한다. 음즉양 양즉음이다. 양陽은 언제든지 음陰으로 변할 수 있고 음 또한 언제든지 양으로 변할 수 있다. 인간의 마음 또한 이와 같다고 할 수 있다. 사람은 하루에도 오만 가지 생각을 한다고 한다. 지금 이 순간 오만 가지 색(생각)이 끊임없이 현상으로 작용하고 있다. 창밖의 요동치는 나무들을 바라보면서 내 안의 흔들림을 감지한다.

CPA intro

일본의 휴먼 컬러를 먼저 수강했다. 또 무지개의 일곱 가지 색을 그리고 다섯 가지 색(마젠타, 블루그린, 터콰이즈, 골드, 핑크)을 공부하면서 일 년을 넘겼다. 결국 모든 색 이야기들은 우리들의 희로애락과 너와 나의 관계성 이야기를 하고 있었다. 그런 수업 과정 중 인적성검사의 하나인 CPAColor Personal Anylisist의 수업시간이 돌아왔다. 컬러 DNA 정보, 공명과 비공명 컬러 정보, 도형 정보 그리고 혈액형이 합쳐져서 CPA 프로그램이 마련된다. 사람의 마음과 성격, 성향을 찾아주는 안내인의 역할이었다. 오래 전 주역과 명리학을 들은 것이 이것과도 연계가 되고 있었다. 나의 생년월일을 리스트에 적었다. 그리고 혈액형도 적었다. 눈앞에는 열두 가지 컬러 투명 버틀들이 선명하게 반짝이고 있다.

눈을 지그시 3초 동안 감은 뒤 바로 눈을 뜬 그 순간의 컬러를 뽑는다. 자신이 좋아하는 색을 뽑는 것이 아니다. 무의식의 선택, 그 공명으로 퍼플 컬러와 터콰이즈 컬러를 뽑았다. 이번에는 천천히 컬러 버틀을 보면서 남은 버틀 10개 중에서 가장 버리고 싶은 컬러 두 개를 뽑는다. 비공명으로 골드 컬러와 레드 컬러를 뽑았다. 공명도형은 동그

라미였다. 3초 만에 결과가 나왔다. 기질은 수 2형[癸水]이다. 인지(씨앗) 패턴은 블루그린 컬러이며 행동(껍질) 패턴은 터콰이즈 컬러였다. 7남매들 중 제일 생각이 깊고(블루그린 컬러), 독립적이며 독특한 나의 성향은 터콰이즈 컬러의 메시지 그대로였다. 졸졸 흐르는 작은 시냇물처럼 어디든지 스며들어 뚫고 나아갈 줄 아는 삶의 지혜로움도 어쩌면 나의 기질(수 2형)을 그대로 말해주는 듯하다. 인지 컬러란 자신의 세계관 및 가치관을 나타내는 컬러이다. 사람의 생각과 느낌 등을 내면에서 인지하는 성향을 나타낸다. 행동 컬러는 외부와 관계를 맺는 방식을 나타내는 컬러로 말투나 행동 등 외적으로 보이는 모습을 나타낸다. 기질은 사람의 오장육부를 감싸고 있는 살과 같다. 기후와 같이 전체적인 기운을 나타내는 성질로 사람의 전반적인 분위기와 성향을 보여준다.

CPA는 "언어가 아닌 무의식의 끌림으로 만난 빛과 컬러의 메시지는, 내면의 나와 깊이 있는 만남"을 제공한다. 본색本色 DNA 컬러(인지 패턴)와 후천적으로 형성된 행동 패턴을 분석하여 그들의 인적성 검사를 통해 꿈과 개성, 욕망, 성격 등을 분석하며 그들의 일생을 조망해보는 시스템이다. "사람의 근본적인 성향과 심신 상태를 분석하는 특허받은 신개념의 성격검사 프로그램으로서 4가지 요소(생년월일/컬러/도형/혈액형)를 이용하는 단순한 것 같지만 본질을 알 수 있는 검사이다. 성격은 현재 환경이나 심신 상태 또는 개인의 경험과 교육에 따라 변하기도 하지만 변하지 않는 본래 성질이 있다.

CPA 검사는 타고난 성격과 성장 환경, 현재 상태의 다양한 요소의

합리적인 판단과 분석으로 도출된 결과이다. CPA는 Color(빛깔은 사람의 꿈, 개성, 욕망 등을 상징), Personality(성격은 사람의 말, 생각 , 행동으로 만들어진 습관), Analysis(분석은 얽힌 실타래를 풀어냄)의 약자이다. CPA 내부 구성은 컬러 DNA/오행기질(선천적인 기질과 성향을 파악하는 것은 자신과 타인을 이해하는 데 의미 있는 소통도구), 공명/비공명(빛의 정보를 가진 컬러는 공명의 힘으로 생명에너지를 활성화, 심신에 필요한 메시지를 전달), 도형/혈액형(잠재력과 학습법 등의 성향파악) 등이다. 타고난 성격(50%), 6세 이전 형성된 것(약 25%), 경험과 교육에 의한 것(약 25%)을 말할 수 있다. 다시 정리하자면 "언어가 지닌 한계를 뛰어넘어야 본질에 가닿을 거라는 믿음으로 비언어적인 검사법을 사용하여 세계 공통어인 숫자와 도형, 그리고 혈액형과 무의식의 언어인 컬러를 도구로 삼는다"는 것이다.

CPA 검사법은 단순하다. 질문 문항이 많지 않다. 왜냐하면 우리는 이미 우리 자신이 모든 것(존재의 본질)을 갖고 있기 때문이다. 기존 검사들은 이성적 언어로 길들여진 페르소나(가면)로 답을 얻고 있다. CPA 목표에서 인성도 능력이다. 자신의 사고 패턴과 행동 패턴을 앎으로써 나의 성격유형을 이해하고 객관적으로 나를 바라볼 수 있는 시각을 가지게 한다. 반복적으로 문제가 되는 상황에서 나를 의식적으로 제어함으로써 성숙한 자아로 성장할 수 있게 한다. 자신이 경험하는 시행착오 안에서 나의 장점은 살리고, 단점은 보완할 수 있게 한다. 사람의 본래 성향을 이해함으로써 나의 관점이 아닌 객관적인 관점으로 타인을 바라볼 수 있는 시각을 갖게 한다. 4차 산업혁명의 핵

심 키워드인 빅데이터를 이용한다.

CPA는 사람의 성격유형을 분석하기 위하여 빅데이터 분석을 기반으로 한다. 기존의 도구로 수집, 저장 분석이 어려운 데이터들을 빅데이터는 가능하게 해준다. 삶의 기록을 남긴 전 세계의 수많은 인물들의 고유번호를 오랜 시간을 공들여 분석하였고, 그 결과 12가지 특징이 분명한 고유한 성격유형들을 분류할 수 있었다. 좀 더 온전한 분석을 완성하기 위해서는 한 사람의 성격 형성에 큰 영향을 끼치는 부모와 형제자매 등 모든 관계된 사람들의 고유번호를 함께 분석해야 한다. 너무나 방대한 작업이지만 가까운 미래에 그 역시도 완성되고 활용될 것으로 믿는다. 기존의 MBTI는 사람들의 성격을 16개 유형으로 나누며 에니어그램은 9가지로, 디스크는 4가지로 분류하며 CPA는 12가지 컬러 DNA로 나눈다. 왜 12가지 컬러인가? 충만과 완전한 수이기 때문이다. 시간의 단위인 12, 그리고 태양의 운행경로를 12지역으로 거친 순회를 묘사하여 12달로 나눈 숫자, 12동물의 12지支 등의 숫자를 사용하였다.

컬러는 빛의 정보로 공명의 법칙으로 인간의 심신과 컬러 상호관계를 말하며 자신과 공명하는 컬러를 제대로 찾을 수만 있다면 컬러 속에 깃든 의미와 삶의 문제 해결에 도움이 되는 정보의 발견이 가능하며, 끌리는 컬러를 찾는 것은 곧 자신의 심리적 육체적 정보와 공명하는 빛의 메시지를 찾게 된다.

사람을 배에 비유한다면 감정은 출렁이는 물결과 같다. 우리들은 스스로에게 중요한 질문을 던질 때가 있다. 나는 나다웠는가? 이와 같이 세상에서 가장 중요한 것은 어떻게 하면 내가 진정 나다워질 수 있는가를 아는 것이다. "세상에서 가장 위대한 일은 자기 자신을 아는 일"이라고 했다. 나 자신을 안다는 것은 우리가 지녀야 할 필수과정 중 하나이다. 내게서 떨어진 주파수는 증폭되어 나에게로 돌아온다. 모든 상황은 결국 내가 만들어낸 결과이다. 너와의 관계가 모두 나이다. 우리는 빛으로 이루어진 존재, 빛의 소명을 주기 위해 왔다. 에너지장場으로 온 우주는 서로 연결되어 있다고 한다. 마음의 힘을 바꾸어주는 순간 나의 에너지장의 색도 바뀐다.

빛의 여정, 60조의 세포는 색色으로 말한다. 긍정적인 생각은 뇌세포를 춤을 추게 한다. 부정적인 생각은 자기 자신은 물론 주변에 특히 가까운 가족에게 가장 큰 영향력을 미친다. 맑은 하늘을 올려다보다가 갑자기 스키드 데이비스의 노래가 떠올랐다.

왜 태양은 저리 밝게 빛나는 것일까? Why does The Sun Go on Shining

왜 파도는 해안으로 밀려드는 것일까? Why does the sea rush to shore?

왜 새들은 계속 노래하는 것일까요? Why do the birds go on singing?

왜 별들은 저 하늘에서 계속 빛나는 것일까요? Why do the srars glow above?

(…)

어떻게 삶은 이렇게 계속되고 있는지! How life goes on the way it

does!

왜 내 가슴은 이렇게 뛰고 있는지? Why does my heart go on beating?

왜 내 눈에서 눈물이 나는 것일까요 Why do these eyes of mine cry?

—〈The end of the World〉 중에서

그의 노래로 내 몸 안의 세포들은 아름다운 빛깔로 춤을 추기 시작한다. 우주와 함께 '빛의 속살'을 공감하며 그들과의 조화를 꿈꾸게 한다.

내 빛의 소명은 무엇인가?

3년 전 딸의 산후조리를 하기 위해 미국에 갔었다. 밤이면 블랙홀처럼 캄캄한 어둠과 손에 잡힐 듯한 별빛과 현란한 춤사위의 반딧불이는 내 원초적인 본능을 일깨우기에 충분했다.

매일 새벽에 일어나 도마 소리와 함께 유튜브를 통해 듣게 되는 우주와 '빛' 이야기는 내 마음을 설레게 했다. 광활한 미국 대륙이 가져다주는 환경 탓일까? 뒤늦게 찾아온 우주의 신비, 그리고 빛 이야기. 그렇게 3개월을 경이로움으로 지내다 귀국한 후 그 강력한 떨림은 나를 양재동 '에너지사이언스' 사무실로 이끌었다.

귀국 후 외손녀 두 꼬맹이들을 유아원에 등원을 시키고 부지런히 양재동 사무실을 향해 걸어간다. CPACColor Personality Analysis counselor 강사과정 리뷰를 듣기 위해서이다. 12월 연말과 1월 정초에 걸친 수업 일정이 마음에 든다. 10주간의 강행군, 보신각 종소리가 울리고 신년을 카운트다운하는 부산스러움을 뒤로 하고 계속되는 '빛' 이야기의 파동은 떨림을 수반하고 울림이 되어 온 종일 이어지는 수강임에도 지치지 않았다.

나는 누구인가? 그동안 끊임없는 질문에 명상센터를 찾았고 또 찾아 헤매었다. 내 안에 너무나 많은 나, 60여 년이 넘도록 가시덤불 속을 헤치고 또 헤치며 살아왔다. 그 숲 속에서 만난 삼십 촉 백열등 같은 희미한 불빛, 그 미약한 빛의 떨림은 점점 큰 울림으로 확대되어 내 앞에 다가왔다.

"모든 존재는 본래 빛이며, 육체를 빌어서 살아가는 동안 우리는 이 땅에서 어떤 소명을 다하도록 태어났는지, 빛의 정보를 담고 있는 12컬러를 통하여 이를 전달하고자 한다"는 것이 국제 CPA 인적성검사의 목표라고 한다. 나는 내 빛의 소명이 무척 궁금했다.

'CPA 인적성' 검사의 구성은 세계 공통인 컬러, 도형, 혈액형, 그리고 생년월일로 검사한다. 그 방법은 굉장히 단순하다. 빛깔Color은 사람의 꿈, 개성, 욕망 등을 상징하고, 성격Personality은 사람의 말, 생각, 행동으로 만들어진 습관을 유추하고, 분석Analisis은 얽히고설킨 마음의 실타래를 풀어내는 것이라 한다.

눈으로 보이는 거시세계에서 눈으로 보이지 않는 미시세계로 나는 점차 빠져들고 있었다. 노벨상으로 세계를 주목시켰던 아인슈타인, 그리고 빛으로부터 색의 영역을 발견한 뉴턴, 우주가 상식 밖의 법칙들로 가득하다는 닐스 보어 외 여러 양자물리학자들에 이르기까지 그들 모두는 '빛' 이야기로 일관되었다.

138억 년 전, 빛의 탄생은 150여 년 전에 와서야 비로소 빛의 궁금증이 해소되었고, 빛은 굴절과 반사, 투과, 회절, 흡수, 산란, 간섭 등의 다양한 성질의 파동(떨림)들이 눈으로 보이는 몸, 눈으로 보이지 않는 마음에까지 영향을 미친다고 한다. 나는 이 점을 주목하게 되었다. 빛은 눈에 보이는 세계보다 눈에 보이지 않는 세상이 훨씬 더 폭이 넓다. 색이 없는 가시광선의 영역을 보통 '빛'이라고 부른다. 다만 파장의 길고 짧음 즉 떨림에 따라 사람의 뇌가 색으로 인식할 뿐이다. 빛은 떨림(파장)의 범위에 따라 프리즘을 통하여 무지개색으로 나눠진다. 또한 적외선과 자외선은 사람의 눈으로는 인식할 수 없으나 인체에는 반응하는 특성을 가지고 있다. 이와 같이 실제로 우리는 항상 컬러로 둘러싸여 있으나 대부분 그것의 의미를 모르고 있고, 컬러가 가진 영향력 또한 느끼지 못하고 있을 뿐이다. 우리 몸의 60조의 세포는 모두 컬러로 이루어져 있다고 과학자들은 말한다.

러시아의 생물학자 블라드미르 포포닌은 염색체의 DNA는 빛과 색채, 소리와 생각에 따라 재再 프로그램 되고 증식한다는 것을 증명하였다. 즉 인간의 몸은 컬러를 빼고는 설명할 수 없다는 것이다. 이와 같이 색은 사람의 감정을 움직이고 사람의 생리현상이나 신체활동에 크나큰 영향을 미친다. 또한 의식의 떨림(진동) 즉 살아 있는 모든 조직과 세포, 그리고 인간의 신체부위는 각각 고유한 떨림(진동)의 주파수를 가지고 있다는 것이다. 그렇다면 내 몸의 DNA는 무슨 컬러일까? 빨강, 주황, 노랑, 초록, 파랑, 남색, 보라, 핑크, 골드, 마젠타, 블루그린 등 12가지 버틀을 테이블 위에 놓고 '순간적(무의식적)'으로 눈에 띈 색을 고른다. 평소에 좋아하는 색이 아니다. 내 몸의 세포의 색이 떨림으로 다가가서 버들의 색과 마주친다. 버들의 파장과 내 몸의 파장이 중첩되어 나타나는 현상, 이것이 '공명'이다. 또 반대로 천천히 끌리지 않는 색을 고른다. 신중할수록 좋다. 이것은 '비공명'이다.

사고 패턴인 나의 인지 컬러는 블루그린 컬러이고 후천적으로 형성된 행동 컬러는 터콰이즈 컬러이다. 타고난 블루그린 컬러는 통계에 따르면 조용하게 소리 없이 목표를 이루고 성공하는 사람들이 많다고 한다. 올곧은 성격과 시련이나 장애에 굽히지 않으며 흔들림 없이 자신의 길을 가고 긴 시간 생각하는 사람이며 어린아이들은 애늙은이 같다고들 한다. 돌이켜보면 중학교 일학년 때 엄마를 불러보고 지금까지 불러 본 일이 없는 나로서는 그때 이런 다짐을 했다. 버릇없는 아이로 자라지 말자고. 그리고 손가락질받는 사람도 되지 말자고. 50여 년 만에 만난 동창생들의 한결같은 말이 넌 집에 들어가면 밖을 나오지 않더라는 것이다.

그리고 나의 후천 컬러인 터콰이즈 컬러는 남들이 걸어가는 방식보다 나만의 방식으로 독창적으로 잘 걸어가는 '마이웨이형'이라고 한다. 독립적인 자립형을 말한다. 그러고 보니 나는 굉장히 독립적이었다. 7남매의 막내인 나는 학업 진로, 직장, 결혼 등 모든 것을 혼자서 독립적으로 결정하고 행동해야 했다. 해외까지 사업을 확장하여 블루오션을 찾아서 혼자서도 현지 적응을 해나갔다. 자신의 사고 패턴과 행동 패턴을 앎으로서 나를 이해하고 객관적으로 나를 바라볼 수 있는 시각을 가지게 한다. 또한 사람의 본래 성향을 이해함으로써 나의 관점이 아닌 객관적인 관점으로 타인을 바라볼 수 있는 시각을 갖게 해준다. 사람은 하루에도 오만 가지 생각(떨림)을 한다고 한다. 부정과 긍정의 잣대로, 특히 부정의 떨림은 내 자신을 괴롭히고 그 영향은 주변사람에게 특히 가장 가까운 가족들에게 지진처럼 큰 영향을 미치게 된다. 그러므로 컬러로 사고 패턴과 행동 패턴을 아는 일은 그만큼 중요하다고 하겠다.

"컬러는 빛이고 에너지(떨림)이고, 곧 생명(울림)이다. 빛은 평등하다. 모두에게 주어지는 선물이다. 태양은 매일 매일 생명을 키워낸다"고 말한다. 이 세상 만물은 모두 미세한 떨림의 하모니이다. 지금 이 글을 쓰고 있는 나도 떨고 노트북도 떨고 있다.

사람은 누구나 늙어간다. 그러나 성숙은 선택이라고 한다. 미세한 빛의 떨림은 울림이 되어 나를 성장시키고 성숙시키고 있다. 왜냐하면 '컬러는 에너지를 지닌 무의식의 언어로 깊은 통찰과 내적 치유의 도구로 적합하기 때문이다.' 흔히들 사람들은 성공의 잣대를 물질적으로 생각한다. 그러나 나는 인생의 성공은 얼마만큼 자기를 성장시키고 성숙시키느냐가 성공의 잣대라는 말에 더 공감한다. 기울어진 사업을 정리한 후, 마음의 허허로움을 맞아준 곳은 숲이었다. 숲해설과 산림치유공부를 시작했다. 자연의 리듬이 내게 제일 편안한 옷임을 깨달았다.

자연의 흙으로 빚은 작음 악기인 오카리나의 교습은 빛의 '떨림과 울림의 꽃' 그 자체였다. 나는 오늘도 오카리나 가방과 함께 숲으로 자원봉사를 하러간다. 그리고 컬러 버틀 가방도 빠뜨리지 않는다. 내 소명의 빛은 그들과의 떨림과 울림, 언제나 그 미세한 하모니를 꿈꾸게 한다.

셰익스피어의 본색本色, 컬러를 말하다

'에세이문학'에서 영국으로 문학기행을 떠났다. 그의 고향인 스트렛퍼드 읍에 도착한 시간은 2008년 4월 14일 오후 4시경이었다. 생가를 찾아들어가는 길목에서 그가 헌금했다는 도로는 이 길이었을까? 시간을 거슬러가본다.

또 다른 한 조각의 기억이 나를 어린 시절로 데려간다. 5학년 때 담임선생님은 아동문학가였다. 나와 몇 명의 친구들을 도서관 책 정리를 담당하게 했다. 그 중 손에 잡히는 책이 셰익스피어의 『로미오와 줄리엣』이었다. 책을 읽다보니 혼자였고 주변은 벌써 캄캄해졌다. 화들짝 놀라 무서움에 울면서 운동장을 가로질러온 기억이 새롭다.

한국에서 런던까지의 거리는 5,522마일, 고성古城 같은 그의 생가를 지나 홀리트리니티 교회에 들어섰다. 묘비명 계단 위는 그가 잠들어 있는 성상안치소이다. 수백 년 전 대문호와의 조우. 나는 대리석 바닥에 몸을 던졌다. 유구무언有口無言, 큰 절 외에는 다른 방법이 없었다.

컬러애널리스트인 나는 그의 본색本色 컬러 DNA가 궁금했다. CPA로 풀어보기로 했다. 세계 공통언어인 컬러와 도형, 혈액형, 생년월일로 검사를 한다. CPA 시스템은 빛과 컬러로 나의 본성을 찾아보는 검사로 사람의 근본적인 성향과 심신의 상태를 분석하는, 특허받은 신개념 인적성검사이다.

1564년 4월 23일생인 셰익스피어의 본색本色 인지 패턴(씨앗)은 골드 컬러이고, 행동 패턴(껍질)은 옐로 컬러이다. 그리고 그의 추구 패턴은 블루그린 컬러이며 목2형[木]이다. 셰익스피어는 18세 때 여덟 살 연상의 앤 하서웨이와 결혼, 장녀 수잔나와 쌍둥이 남매인 햄닛과 쥬디스를 낳았다. 햄닛은 어렸을 때 죽고 자녀들 모두 단명했다. 셰익스피어는 불우한 가정형편으로 상급 학교에 진학하지 못했다. 실패한 아버지를 도와야만 하는 수작업의 장갑제조업은 퇴학의 서러움을 안겨주기도 했다. 셰익스피어의 밑바닥 생활은 마을의 극장에서부터 시작된다. 그는 닥치는 대로 일을 했다. 1586년 22세 때 런던으로 상경, 시골 극장의 경험을 살려 극장에서 일했다. 말지기는 물론 온갖 잡역을 가리지 않으면서 그 주변을 맴돌았다. 그는 드디어 무대에 설 기회를 얻었고 연극배우로서의 재능을 인정받았다. 헨리 로트슬리 백작의 호의로 궁정에 출입하게 되고 운 좋게 여왕 엘리자베스 1세와의 만남으로 왕궁극장에서 가장 중요한 배우가 되고, 상영용 각본에 가필하는 전속작가가 되었다. 배우 겸 극작가로서 희곡 창작에도 손대기 시작했다.

그는 지난 날의 가난을 잊지 못했다. 고향에서 토모스 루시 경의 사슴을 훔쳐 곤욕을 치르던 일, 아버지의 치욕을 생각하며 그간의 불명예를 자신의 가문에서 지워버리듯 필사적인 노력으로 부와 명예를 일구어냈다. 고향 땅 스트렛 퍼드에서 두 번째로 큰 저택인 'New Place' 매입, 고향에 내려와 1613년 6월 29일 「헨리 8세」를 무대에 올렸고 제1막 4장에서 국왕의 입장 시 발포한 예포에서 튀긴 불꽃이 극장의 초가 지붕 위로 날아가 화재가 발생하였다. 그의 창작생활은 여기서 마감된다.

1590년 초, 연극계로 진출한 이래 약 10년 동안 사극과 희극을 써왔는데 36세를 전환점으로 비극의 시대로 돌입하게 된다. '비극은 인간의 마음을 정화시킨다'는 아리스토텔레스의 말처럼 우리들의 카타르시스를 자극하는 비극의 주제들, 4대 비극의 주인공들의 운명은 국가와 국민 전체의 복지와 삶에 큰 영향을 미친다. 「햄릿」, 「맥베스」, 「오셀로」, 「리어왕」 등 최고 권력가들이 위기를 맞는 일대기이다. "인간의 뜻과 운명은 정반대로 진행되어 인간의 의도는 언제나 무너지고, 인간의 생각은 자신의 것이지만 그것의 결과는 인간의 것이 아니다"라며 셰익스피어는 재난과 파국을 초래하는 비극적 행동들의 주된 원천은 주인공들의 성격이라고 생각했다. 비극의 경우 성격이 운명이라는 인간 본성에 대한 깊은 통찰로 인간관계의 복잡함을 아주 실감나게 다루고 있으며 이로써 인간학의 시작을 알려주었고, 기독교의 시선으로 바라본 것이 아닌 고전과 자연 자체로서 바라본 것이었다. 셰익스피어는 자신의 세계와 다른 세상이 연계되어 있다는 것을 깨닫고 문文의 힘으로써 마침내 '인도와 바꾸지 않겠다'던 최고 '명예의 전당'에 주인이 된 것이다.

CPA는 "언어가 아닌 무의식의 끌림으로 만난 빛과 컬러의 메시지는 내면의 나와 깊이 있는 만남"을 제공한다고 한다. 컬러의 기운도에 의하면 양의 세계에서 즉 눈에 보이는 물질의 세상에서 일상적인 상승의 기운이 아니고 다른 컬러들의 궤도에서 이탈하여 자기만의 세계에서 질주한다. 그리고 부와 명예를 좇는다는 것이 골드 컬러(씨앗)의 특성이다. 8년 연상의 여인과 이미 임신 4개월째의 일상의 궤도를 이탈한 그의 결혼, 그리고 성공과 명예를 목표로 한 결과물도 이루어냈다. 권력과 물질에 유난히 집착하는 연금술사요, 배우와 연극 등의 인적성 분야로 본다면 그것이 그에게 최고로 적합하다. 씨앗의 껍질인 행동력의 옐로 컬러는 지적 호기심과 정보력의 안테나이다. 목2형은 자연과 하늘에서는 바람 같은 역할을 하고 땅에서는 넝쿨식물같이 작고 유연해서 어디든 감고 뻗어 나아간다. 끈질긴 생명력과 화려한 것을 좋아하고 직업도 화려한 것을 택한다.

그는 타고난 '골드'의 메시지처럼 부와 명예를 움켜쥐었고, 또한 행동 패턴의 '옐로'처럼 빛의 확장성과 빠른 정보력처럼 그 당시 정보의 집결지인 시골의 극장가를 맴돌았고 22세 때 런던으로 향했다. 목2형의 특성처럼 열악한 환경에서도 사업을 번창시켰으며 티처로서 빛의 소명을 강하게 남겼다. 추구 패턴인 블루그린 컬러의 끈기로서 그는 37편의 명작을 남겼다. 셰익스피어의 작품은 이제 하루라도 이 지구상에서 공연되지 않는 날이 없다. 과연 인생은 짧고 예술은 길다. 그는 1616년 4월 23일 53세로 사망했다.

다섯 작가 이야기

마당에서 계단을 세 단계 올라서면 '공명의 집' 나무 대문과 마주한다. 2층 문을 열고 들어서면 안이 들여다보이는 격자무늬 유리문, 그 문을 열고 서너 발자국을 앞으로 나아가 좌측 방향으로 몸을 돌려서 보면 3층으로 향하는 통나무 계단이 있다. 그 계단 앞에서 고개를 들어보면 바로 정면 높은 곳에 다섯 명의 작가 사진이 걸려 있다. 가로 45센티 세로 65센티의 나무 액자다. 간격을 두고 맨 끝 좌측으로 콧날이 우뚝하고 눈이 깊게 패인 사무엘 베케트가 앉아 있고, 5센티 간격을 두고 금방 무언가를 말할 것만 같은 표정의 말라르메, 심약해 보이는 보들레르는 중간에서 정면을 응시하고 있다. 그 오른쪽으로는 도스토예프스키, 그리고 헤르만 헤세가 모자를 쓴 채 미소를 지으면서 오른쪽 맨 끝자리에 있다. 문학도가 아니더라도 한번쯤은 그들의 명성과 그의 책 제목을 들어보았을 것이다. 그분들은 모두 흑백 사진이다.

인사동에서 잠시 'Moon' 카페를 운영할 때 걸었던 것들이다. 그 당시 '젊은수필' 작가모임, '송현수필문학회' 모임, 관여 맹난자 선생님 출판기념회와 김홍근 박사 등 다수 문인과 철학박사들의 이런저런 모임이 있었던 곳이었다. 초등 동창생 정수 결혼을 계기로 고향에서 동기들이 대거 상경했다. 그동안 동기모임은 물론 애경사를 잊은 채 지내왔지만 마침 기회가 되어 동창들도 자리를 함께할 수 있었다.

그 후 몇 년을 박스 속에 갇혀 있던 액자의 먼지를 털고, 이곳 제일 중요한 곳에 자리를 잡았다. 그분들은 나와 동거를 하며 매일 나의 일거수일투족을 내려다보고 계신다. 눈만 뜨면 가슴 떨리고 벅찬 다섯 명의 작가들과의 눈인사. 나는 문학과 함께 산다.

첫 번째 작가, 사무엘 베케트Samual Beckett(1906-1989)

어떤 날은『고도를 기다리며』의 작가 베케트에게 말을 걸어본다. 베케트 씨, 작년 가을 맹난자 선생님께서 이곳에 오셔서 당신의 정신세계를 다시 한번 그려보아야겠다고 하던데 만나 보셨는지요? 저는 두 분 다 알 수 없어요. 그 정신세계를 말입니다. 그래서 저는 열흘 동안 당신에 대하여 글을 쓴 관여 선생님의 책『시간의 강가에서』(200~211p)를 펼쳐놓고 읽고 있습니다. 머리에 와닿지를 않아서 내 평생 처음으로 판서를 시작하면서도 열흘이 걸렸지요. 소제목은「지금 어디인가?」「지금 언제인가?」「지금 누구인가?」「어디로 가는가?」입니다. 제일 진도가 나가지 않은 소제목은「지금 언제인가?」였습니다. 당신의 사리들을 나열해보면『게임의 종말』,『코미디』,『오! 행복한 나날』, 『고도를 기다리며』 등 너무 높은 곳에서 들려오는 메아리를 못 듣고 있는 석녀랍니다. 판서를 잠시 빌려 다시 써보면 '몸만이 존재할 뿐인 공간'이라는 이 말은 바로 저를 두고 한 말입니다. 또 판서를 해봅니다. 『아무것도 아닌 텍스트』라는 책에서도 다음과 같이 세 가지 질문이 던져집니다.

> 내가 갈 수 있다면 어디로 갈 것인가?
> 내가 만약 존재할 수 있다면 나는 무엇일 것인가?
> 내가 만약 목소리를 가지고 있다면 무엇을 말할 것인가?
>
> —『시간의 강가』 중에서

저는 요즘 블라디미르와 에스트라공과 친구가 되었지요, 그들과 친구하기에 잘 어울리는 나이니까요.

창백한 그의 얼굴은 여전히 말이 없습니다. 그는 아일랜드 더블린 태생, 프랑스 극작가입니다. 83세 사망, 1969년 노벨문학상 수상자입니다.

두 번째 작가, 스테판 말라르메Stéphane Mallarmé (1842-1898)

연필을 들고 절대 고독을 떨쳐버릴 수 없어서 한동안 실어증으로 괴로움을 삼켰다는 당신, 화요모임의 멤버였던 마네의 삽화는 당신의 그림책 커버를 장식해주었고, 화요모임을 이끌면서 럼주로, 문학을 안주삼아 즐겼죠? 저도 사탕수수로 만든 럼주가 있어요. 우리 모임은 무슨 요일에 할까요? 제 거처는 문화센터White lounge 같은 공간이랍니다. 언제든지 문학과 통합예술을 사랑하는 사람은 모두 환영이지요. 그때 당신이 또 이끌어주실 거죠? 저는 기꺼이 차를 나르고 걸레질을 하겠어요. 당신과 또 한 사람의 인품을 무척 닮고 싶습니다.

총 110행으로 이루어진 「목신의 오후」는 음악, 무용 등 다양한 장르에서 현대예술의 출발점을 그리게 했습니다. 목신의 독백은 꿈과 현실의 경계에서 이루어지는 독백입니다. 백합은 정숙하고 장미는 관능적인 여자로 묘사했는데 저는 그 반대로 보일 때도 있었어요. 목신은 풀피리 소리를, 저는 흙피리 소리로 두 악기가 모두 자연의 소리입니다. 어릴 적 나는 음악 하는 사람으로 꿈을 꾸었는데 요즘 비로소 작음악기*를 다루게 되었어요. 같이 하모니를 이루어볼까요? 당신의 영감은 예술 하는 사람들 특히 드뷔시에게는 〈목신의 오후에의 전주곡〉을 작곡하게 만들었죠? 당신의 주옥 같은 시어詩語들을 이해하는 날을 그려봅니다.

세 번째 남자, 보들레르Charles-pierre Baudelaire (1821-1867)

자칭 화가였던 62세 아버지와 28세의 어머니 사이에서 태어난 천재 시인 보들레르, 태생부터 남달랐다. 신神과 사탄, 두 개의 모순됨을 인식하는 내면이 복잡하고 조숙한 어린아이였다. 탐미주의자로 성장한 그는 아름다움이라면 그것이 신이든 악마이든 개의치 않는다는 '미의 찬탄'에서 선언한 당신. 여자를 현상계의 숨어 있는 미美로 바라보지는 않았는지요? 흑백 혼혈녀 잔느 뒤발의 검은 매력은 가려진 미를 소유하고 있었겠지요. 세속적인 흑백의 논란과 부정을 저질렀음에도 병들어 비참하게 된 그녀를 끝까지 돌봐준 그대, 결혼이라는 형식의 틀에 갇혀 살고 있는 사람들보다 더 인간적인 보들레르 씨. 온갖 멍에를 짊어진 채로 그대 이름은 진정한 휴머니스트입니다.

『악의 꽃』은 너무나 인간적인 인간미가 바탕이 되어 탄생되지 않았나요? 당신과 운명적으로 만난 시詩, 원수였나요? 그 시를 위하여 당신의 몸은 마루타가 되었지요. 일생 한 권으로 이렇게 세상 사람들을 흔들어놓을 수 있다니요.

그 옛날 고서점거리를 상상하면서 며칠 전 청계천으로 가보았습니다. 올망졸망한 식당들 사이에서 겨우 명맥을 유지하는 곳에서 마젠타 컬러의 시집 『악의 꽃』을 발견했습니다. 컬러의 기운도氣運圖에 의하면 제일 정점에서 제왕적 위치를 기반으로 움직이는 마젠타 컬러의 기운과 같이 당신의 그 글들이 말을 해주네요. 반가움에 서울대병원 진료를 기다리면서 잔디밭에 앉아서 책을 펼쳤습니다. 보들레르 씨, 당신과 만나고 있었지요. 등 뒤로 햇살이 따가웠습니다.

> 두 손으로 턱을 괴고, 높은 지붕 밑에서 나는 보리라.
>
> —「풍경」 중에서

당신이 말한 대로 당신은 우리 집 높은 지붕 밑에 위치해 있어요. 그래서 저는 2층에서 3층으로 올라가지 못하겠어요.

네 번째 작가, 도스토예프스키Fyodor Mikhail Dostoevskii (1821-1881)

폭설은 주변 산과 논밭을 한 폭의 그림으로 담기에 벅차게 했습니다. 며칠이 지난 오늘 새벽, 잔설이 머물러 있는 먼 산에는 희끗희끗하고 음산한 기운이 우리 민족의 시원인 바이칼을 연상시킨답니다. 도스토예프스키 당신에게 말을 걸어봅니다. 당신이 쇠사슬 차고 4년간 유형생활하던 시베리아는 이곳보다 훨씬 더 혹독했죠. 생활을 위해 글쓰기를 시작한 당신, 생과 사의 경계에서 얻어진 간질병은 사형대 앞으로 서기까지 얼마나 애간장을 끓였던가를 대변해주기에 부족함이 없었죠, 저도 요즈음 원인 불명의 머리 통증이 나를 급습하고 있어요. 예고 없이 왔으니 조용히 사라지길 소원 해봅니다. 잃는 것이 있으면 얻는 것도 있다고 했으니 세상사는 참으로 공평하다는 것을 피부로 느끼고 있습니다.

당신과 처음 함께한 곳은 인사동 카페 'Moon' 오픈 때였지요. 문학카페로 열었던 그곳에서 당신을 처음 가까이에서 바라보았죠. 그 카페도 문을 닫고 포장지에서 몇 년을 지내다 작년부터 걸어두게 되었습니다. 이곳의 다섯 작가들은 맹난자 선생님의 애인들이라고 저는 생각해요. 그 의견에 불만이 없으시겠죠?『그들 앞에 서면 내 영혼에 불이 켜진다』(영혼의 순례, 52명의 작가 묘지기행) Ⅰ,Ⅱ권 중 Ⅱ권에서 "모든 사람들은 모든 사람들 앞에서 죄를 졌다"는 제목으로 당신에 관한 글이 실려 있었답니다. 당신의 고백은 명언입니다. 2012년 7월 20일에 읽고 줄 쳐진 그곳을 며칠째 반복해서 읽고 있답니다. 책장이 안 넘어가고 있어요. 형무소와 도박장에서, 일그러진 인간의 모습들을 관찰하고 그 위에 분연히 일어서서 심오한 영혼을 성찰하여 마침내 어느 종교서적보다 더 높은 경지를 그려준 당신의 정신세계는 전 세계로 향하여 거침없이 날아갔지요. 영혼의 떨림은 울림이 되어 여기 대한민국 강원도 설악산 골짜기까지 영혼의 촛불이 막 켜지려고 합니다. 감사합니다.

다섯 번째 작가, 헤르만 헤세Herman Hesse (1877-1962)

집에서 걸어서 15분 거리에 원시림이 있습니다. 시냇물 소리를 들으며 한참을 걷다보면 요들송이 곧 울려퍼질 것 같습니다. 잔설이 희끗희끗합니다. 산줄기가 다 드러나 보이는 산등성이 위로 구름이 따라옵니다. 구름의 작가 헤르만 헤세의 고향 같습니다. 까악까악 까마귀도 웁니다. 졸졸 흐르는 시냇물 소리에 버들강아지도 못 견딘 듯, 기지개를 한껏 켜고 있습니다. 자연을 동경한 헤세, 맨 오른쪽에 걸려 있는 그대는 모자를 아주 좋아한 것 같네요. 칼프에 있는 동상에도 모자를 왼손에 잡고 있고, 액자 속 사진에서도 모자를 쓰고 있네요. 겨울은 봄을 잉태하고, 봄은 또 여름을 잉태합니다. 인생의 가을을 봄보다 더 아름답게 이룬 당신, 85세의 나이로 생을 마감하셨습니다.

카를 융을 만나 정신치료도 받았다지요. 지금 카를 융의 책 6권이 저를 기다리고 있습니다. 카를 융과 만나 정신치료 후 저작된『데미안』, 중학교 1학년 때 읽고 또 읽었지요. 무슨 뜻인지 몰라 일 년에 걸쳐서 읽었던 기억이 납니다.

데미안이 싱클레어나에게 들려준 이야기, "우리 마음속에는 모든 것을 다 알고 모든 것을 원하고 우리 자신보다 모든 것을 더 잘해내는 누군가가 살고 있어"라는 그 글을 일기장에 적어둔 것 때문에 훗날 마음공부하는 곳을 기웃거리게 되었는지도 모릅니다. 그 '마음'을 찾아서요.

구원의 길은 오른쪽에도 왼쪽에도 없고, 자신의 마음에 이르는 길이다. 거기에만 신神이 있고, 거기에만 평화가 있다.

—『방랑』 중에서

제가 아끼는 구절입니다. 빛의 메시지인 DNA로 인적성검사하는 공부를 했어요. 당신의 것도 궁금해요. 곧 당신과 마주 앉을 겁니다. 탁상 위에 12컬러 버틀을 올려놓을 그날이 기다려집니다.

* 작음作音 악기 : 가야금, 대금, 해금과 같이 연주자가 정확한 음정 감각이 없으면 음계를 내기 어려운 악기를 말하며 오카리나도 이 작음악기에 속한다.

오카리나의 소리를 찾아서

숲해설가 회원끼리 매주 모여 하루 한 시간 반씩 오카리나 연주를 배웠다. 2년이 지난 어느 날 영화 〈타이타닉〉 주제곡을 만났다. 그 곡 연주를 시작한 후부터 자꾸만 그 음악에 손이 갔다. 주제곡 선율도 좋았지만 영화 잔상 때문인지 〈My Heart Will Go On〉의 노랫말이 내 안에 오래 머물렀다. 이상하게도 그 곡이 주는 묘한 울림은 매일 불어도 지치지도 싫증나지도 않았다. 1년을 그 한 곡에만 매달렸다. 다른 곡은 귀에 들어오지 않았고 아니 들으려고도 하지 않았다. 그러던 어느 날 그 연주를 녹음해 들어보았다. 내 호흡에서 나무막대기 소리가 났다. 절망이었다. 그 후로 유튜브를 통해 이 곡을 오카리나로 노래한 사람들의 음색을 모두 찾아 듣기 시작했다. 그들은 모두 감미로운 선율을 노래했다. 휘어질 듯 이어지는 애조哀調띤 음색, 감성을 울리는 영혼의 소리였다.

그 무렵부터 동네 오카리나교습소와 오카리나를 만드는 곳도 기웃거렸다. 처음에는 피리 불듯이 쉽게 접근한 작음 악기였다. 흙으로 빚은 13개 구멍으로 들숨과 날숨의 압의 조화 가운데 들숨은 날숨을 위해 한없이 엎드려야만 하고 날숨은 들숨의 공기압의 기운으로 속도와 강약을 절제하면서 공기와 만나게 된다. 파장은 또 다시 소리를 듣는 이의 감성을 자극한다. 엎드린 들숨 위에 날숨과 감성의 어울림, 절제되고 단아한 음색, 그 묘한 기운이 나를 소리의 세계로 점점 더 강렬하게 이끌었다.

꿈 같은 기적, 어느 날 우연히 이 곡이 유튜브를 타고 나에게로 왔다. 그것은 '타이타닉 오카리나 특강'이었다. 하루 종일 그 강의를 들었다. 오전에 듣기 시작한 강의는 창밖에 네온사인이 켜질 때까지 멈추지 않았다. 곡의 배경도 들을 수 있었다. 첫째 소절과 둘째 소절은 아일랜드 사람들의 장송곡으로 도입이 되었다는 설명에 그만 숨이 멎을 것만 같았다. 알 수 없던 그 음악에 끌림의 원인을 알게 되었다. '죽음'을 노래한 거였다. 또한 선생님이 간간이 들려주는 소리는 내가 찾던 음색이었다. 당장 손과 마음이 바빠지기 시작했다. 저녁 아홉 시가 되어서야 선생님과 첫 통화를 할 수 있었다. 내일 내려가겠다고 했다.

부산으로 가는 새벽길은 흰 눈이 하얗게 내려쌓였다. 차가 출발하지 못하면 어떡하나 조바심이 났다. 우람한 열차가 시동을 걸어놓고 승객을 기다리고 있었다. 낯선 외국 땅의 어느 역사를 서성이는 기분이 들었다.

문화센터에서 첫 강의가 시작되었다. 그는 오카리나를 30년이나 불었다고 했다. 기초반, 중급반, 소수정예반, 고급반으로 하루에 모두를 듣게 했다. 그 다음부터는 기초반과 중급반을 추천해주었다. 나는 유학생이 되었다. 음악시간에 듣는 이론은 내 머리에 쏙쏙 깨알 박히듯 들어왔다. '올림박 소리'는 밥상을 들었다놓는 소리, '조화로운 소리'는 생로병사의 소리, '슬라이드'는 입 기술이고 휘파람 소리이다. '혀치기'는 터닝. '싱크페이션(당김음)' 등 몇 년을 배워도 듣지 못한 이 강의는 소풍가는 날을 받아놓은 아이처럼 다음 시간을 기다리게 했다.

아일랜드 사람들은 습하고 추운 날씨에 적응하고 살아남기 위해 끊임없이 움직여야 했고, 그러다 보니 탭댄스가 발달하게 되었다고 한다. 멋보다 살아남기 위한 수단으로 움직여야만 하는 그런 사람들의 장송곡으로서 우리나라의 아리랑처럼 작가 미상의 상여곡, 화살의 시위가 닿을 만큼 적당한 거리가 주어졌을 때 불화살로 수장을 하는 장례문화를 가진 그들. 앞 소절의 두 마디를 가져와 접목한 그 음악, 일 년 동안 같은 곡을 불어도 가시지 않았던 그 무엇, 그것은 내 안의 슬픔이었다.

23여 년 전부터 이어져왔던 해외사업의 꽃은 피다가 말았다. 개척의 선봉에서 블루오션을 찾아나선 남태평양. 그곳은 나의 제2의 고향과 같은 곳이다. 숙박업을 하던 나는 자연스럽게 그들을 만날 수 있었고 여러 작은 섬나라 사람들과의 교류, 시간이 지남으로써 점점 그들의 애환을 접하게 되었고 그들은 나를 신뢰하기에 이르렀다. 크게는 국가적인 시책에서부터 소소한 무역으로 다져질 것 등등. 숙제를 한 아름 안고 한국으로 돌아온 나에게 찾아온 그 한 사람은 선장 K였다. 남태평양 30년 경력을 가진 선장은 나와 똑같은 이유로 고뇌를 하다 나를 찾아왔고 나 역시 적임자를 만난 셈이었다. 그는 태풍의 눈 속에서 48시간 핸들을 놓지 않았고 선박과 선원을 구출한 경력을 가진 마도로스 김, 〈노틀담의 곱추〉에서 연기한 안소니 퀸 같은 자질을 듬뿍 가진 능력자이다. 마지막 남은 시간과 정열을 국가를 위해 일하자고 우리들은 도원의 결의에 찼었다. 돛대도 없고 삿대도 없는 배를 타고 남태평양을 오갔던 그 질곡의 세월들, 숙식을 제공하면서 개발계획을 세우고 또 점검하던 그런 날들은 8개월째 이어졌건만, 활기에 차 있던 사람이 병원을 찾아간 어느 날 췌장암으로 3개월 만에 죽음을 맞았고 또 한번의 시련이 나를 급습했다.

영화 속의 연인들. 그 영화는 호화 여객선의 침몰 과정을 그리고 있다. 배 안에서 만난 잭(레오나르도 디카프리오)과 로즈(케이트 윈슬렛)는 배가 기울면서 물속으로 가라앉는데 필사적으로 탈출을 시도한다. 마침내 로즈를 구하고 어두운 밤바다에서 싸늘해진 잭, 사랑하는 그의 손을 놓아야만 했던 로즈. 그날을 회상하는 여주인공의 우수에 찬 눈망울과 깊게 파인 주름을 타고 흐르던 그 선율의 감동. "가까이 있든 멀리 있든 그 어디에 있든지 그 마음은 변함이 없음을 믿고 있어요. 내 마음은 영원히 그대를 향할 겁니다"라던 그녀의 사랑을 담아 나는 연주를 거듭한다. 시간의 흐름에 따라서 슬픔마저 승화한 우수에 찬 눈망울, 결국은 차가운 바다 속에 가라앉은 사람들. 로즈처럼 그 슬픔과 아픔을 이 소리로서 스스로 치유하고 싶다.

드디어 타이타닉을 다시 배우는 시간이 왔다. 그 노래의 역사와 배경을 한번 더 상기하면서 내안의 슬픔의 바위 덩어리도 점점 작아져

가는 것을 깨닫게 된다. 한 영혼이라도 치유하는 선율로 다시 피어나고 싶다. 그 소리를 향하여 오늘도 나는 오카리나를 만지고 있다.

요세미티 국립공원에서

미국에서 출산을 한 딸이 귀국을 앞둔 나에게 어딘가 여행을 보내주고 싶어하는 눈치다. 몇 년 전부터 관심이 있었던 숲해설의 요람지인 요세미티국립공원을 선물받기로 했다.

불과 한 달 전, 화재로 뒤덮인 그곳으로의 여행이 가능할지 모르겠다고 우려하는 딸 내외의 염려를 받으며 디트로이트에서 LA행 비행기에 올랐다. 5시간 비행이었다. 기다리고 있던 여행사와 만나 버스에 올랐다. 총 인원 35명이 요세미티로 향했다. 사막을 일구어 끝없이 펼쳐지는 포도밭, 아몬드와 호두 농원 등 농작물이 이어지고, 풍력을 일으키는 발전기가 수십만 대도 넘어 보였다. 가지런하게 놓인 풍차들이, 파란 하늘을 배경으로 바람개비처럼 돌아가고 있다. 돌고 있는 그의 끝은 어디쯤일까? 파란 하늘이 눈부시다.

가이드에 의하면 '요세미티'는 인디언 언어로 "미친 곰"이라고 한다. 요세미티공원은 캘리포니아 주의 시에라네바다 산맥중앙부에 위치하며 면적은 경상북도보다 조금 더 넓고, 미국에서 세 번째로 지정된 국립공원이다. 이 요세미티 계곡은 U자형으로 형성된 지역이면서 빙하 침하로 생긴 대장바위와 폭포 등이 거대한 화강암과의 조화를 이루고 있다.

요세미티는 에노스 밀(1870~1922)의 노력에 의해 '해설가'라는 전문직이 처음으로 창시된 곳이다. 아울러 자연보호 개념이 가장 먼저 발생하게 된 지역이기도 하다. 숲해설의 창시자인 에노스 밀과 틸튼은 가고 없지만 그들의 영향력은 독일과 일본에 이어 세계에서 3대 산림 국가로 우뚝 선 우리나라에까지 크게 영향을 미치고 있다. 요즘 백과사전 식으로 진행되는 숲해설 현장을 지켜보면서 안타까운 것은 내방객의 대상을 고려하여 사전답사할 때, 얻은 현장 감각을 살려 자연물의 생존방식과 그 환경과의 연관성을 이해하며 그것을 삶의 지혜로 이어주는 가교자와도 같은 역할을 하는가 하는 의구심이 들었다. 내방객들로 하여금 스스로 자연을 느끼게 하는 시간을 마련해주는 것이 좋은 숲해설자의 역할이 아닌가 생각한다.

내가 특히 가고 싶었던 곳은 공원 남쪽지역인 마리포사 그로브 지역이다. 그곳에서는 이천 년 이상을 살 수 있다는 메타세쿼이아 숲과 요세미티 문명의 역사를 한눈에 볼 수 있기 때문이다. 그러나 안타깝게도 화재로 인해 후일을 기약이나 할 수 있을는지 궁금했다.

신령스러운 거목 메타세쿼이아처럼 자연물 중에서도 나는 오래 살아 있는 나무를 특히 좋아한다. 인고의 세월을 묵묵히 한자리에서 견딘 나무, 온갖 역경을 이기고 척박한 환경에서 살아남으려고 애쓴 흔적을 지닌 나무, 이리저리 꼬아져 목재로서의 가치를 잃고서도 살아 있는 나무, 후미진 비탈길에서 벌서듯 안간힘을 다해 버티는 나무, 나무뿌리가 돌과 바위를 휘감아서라도 척박한 환경에 굴하지 않고 끝내는 예술품으로 승화된 나무 등 그들 앞에 서면 숙연하게 두 손을 모으게 된다.

하늘은 낮은 구름으로 축 쳐져 있고 사방은 바위와 숲이 병풍처럼 둘러져 있는 분지 모양이다. 가장 깊숙한 지역에 도착했다. 화마가 여기까지 번지지는 않았지만 약간은 매캐한 냄새를 맡을 수 있을 뿐, 주변은 평화롭기만 하다. 관광객들의 걸음은 하나같이 활기차다. 울창한 숲이다. 우람하고 거대한…. 또 무슨 말이 필요할까? 그 앞에서 한없이 작아져버린 나, 룸메이트인 화가 선생과 폭포 밑으로 향했다. 폭포까지는 멀지 않았다. 도중에 거대한 나무 한 그루가 소임을 다한 듯 쓰러져 있었다. U자 형태이다. 그 모양에 마음이 끌려 나무 위로 올라가 누었다. 맑은 바람과 고요, 나무의 시간 속 여행, 그 일체감에 황홀하여 눈을 감았다. 이대로 자연 속에 산화散華될 수 있다면 하고 생각하던 바로 그 순간이었다. "움직이지 말라"는 화가의 다급한 소리에 눈을 떴다. 다람쥐 한 마리가 바로 내 눈앞에 있었다. 그 놈과의 해후, 삶이 신선하게 다가왔다.

존 펄린의『숲의 서사시』에 의하면 메이플라워호를 타고 영국에서 갓 건너온 청교도들은 "거칠고 야만적인 숲"에서 불안감을 느꼈다고 한다. 밤이면 늑대들의 울부짖음으로 공포에 떨었고, 그 모습을 바라보던 원주민들은 숲으로 도망쳤다고 한다. 그러나 숲은 사람뿐만 아니라 많은 동물을 먹여 살린다. 벌새, 비버, 포효하는 곰, 집채만 한 야생 무스 사슴…. 맑고 풍부한 물과 인디언들이 바구니로 가득 퍼올릴 정도로 빙어들이 많다고 한다. 개척자들이 숲에서 나무를 베어내면서부터 모든 것이 달라지기 시작했다. 작은 시냇물이 말라버렸다. 제재소용 저수지를 위해 댐을 만들고부터는 시내와 자연의 흐름이 가로막혔고, 인디언들도 오랜 생계 터전을 잃게 되었다. 버팔로 한 마리를 죽이면 인디언 10명이 죽는다는 버팔로 멸종작전이 이어졌고 뿐만 아니라 문화 말살작전의 일환으로 인디언 아이들을 동화교육정책으로 기숙사에 합숙훈련을 시켰다.

시애틀은 미 북서부 최대 도시이다. 제14대 대통령 프랭클린 피어스(1853~57)는 유럽에서 이민자가 많아지자 인디언 추장에게 땅을 팔라고 요구했다. 그때 추장의 답장은 이러했다.

> 반짝이는 개울물과 강물은 그저 물이 아니라 우리 조상의 피와 같다. 강물이 흐르는 소리는 우리 조상의 목소리이다. 강은 우리 형제이며 우리 목을 축여준다. 향기로운 꽃은 우리 자매이고 사슴과 말과 큰 독수리는 우리 형제이다. 우리가 어떻게 공기를 사고팔 수 있는가? (…) 당신들은 알아야 한다. 땅이 우리에게 속한 것이 아니라, 우리가 땅에 속한 존재라는 것을, 만약 우리가 당신들에게 우리 땅을 팔더라도 당신들은 이 땅이 성스럽다는 것을 알아야 한다.
>
> —「자연과 사람은 원래 한몸이다」 시애틀 추장의 답장 중에서

결국, 시애틀은 미 정부에 속해 있지만 그들의 정신만은 꺾을 수가 없었다. 당시 미 대통령은 이 편지에 감동하여 시애틀 추장의 이름을 따서 도시 이름으로 명명하였다고 한다. 또 미 동부지역에 걸쳐서 살고 있던 북아메리카 원주민인 체로키 부족은 유일하게 고유문자를 가진 문명화된 다섯 부족 중 하나였다. 1830년 인디언 이주법 규정에 따라 미 제7대 대통령이던 앤드류 잭은 1838년 미 군대 인원 7,000명을 투입하여 체로키 인디언들 15,000명을 2,000㎞나 떨어진 허허벌판 오클라호마 원주민보호지역으로 이주케 했다. 도보로 이동하는 과정에서 추위와 허기로 4,000여 명이나 목숨을 잃었다.

18세기 미국 역사학자 제레미 벌크납에 의하면 인디언들은 자신들이 베푼 환대를 후회하며, 숲을 태고적 모습으로 되돌려 본래의 생존방식을 되찾기 위한 유일한 방법으로 새 침략자들을 몰아내야 한다고 판단하기에 이르렀다. 물론 백인들도 이에 맞섰고 이해가 대립되는 사이에 평화는 불가능해지고 말았다. 이 요세미티도 마찬가지였다고 한다. 시원하게 쏟아져 내려오는 폭포수에 헝클어진 마음을 씻고 돌아나왔다. 얼마쯤이나 걸었을까, 오른쪽 검은 돌더미 속에 바위굴이 보였다. 나도 모르게 발걸음이 그 앞으로 향했다. 어떤 기운이 동굴 속으로 나를 잡아끌었다. 스펀지 같은 흙바닥이 걸음을 멈추게 한다. 동공이 어둠에 적응되면서 점차 주변이 훤하게 드러났다. 넓이는 3~4평이나 될까. 천장은 3미터 이상의 높이다. 굴 속을 천천히 둘러보니 밖에서 보기보다 넓고 아늑한 곳이다. 천장과 벽은 시커멓게 타들어간 숯덩이 같은 것들이 덕지덕지 붙어 있고 마치 울분을 머금은 듯한 돌더미들은 울퉁불퉁하다. 바닥 표면도 무엇이 응어리진 채로 서로 뒤엉켜 있다. 그들의 상흔이었을까? 백인들과 마지막까지 사투를 벌였을 것 같은 이 굴 속, 이곳에서 깨진 럼주 병을 양손에 들고 오열했을 추장의 모습이 갑자기 떠올랐다. 백인들의 술수術手로 이용된 럼주는 전쟁과 질병으로 인한 죽음보다 더 많은 인디언들의 생명을 앗아갔다고 한다.

옅은 빛이 들어오는 입구 쪽 평편한 바위에 자리를 잡고 앉았다. 그리고 배낭에 들어 있던 오카리나를 꺼냈다. 나는 〈Amazing Grace〉를 불기 시작했다. 이 노래는 체로키 부족의 애국가이기도 하면서 '눈물의 길'에서 죽은 자의 명복을 비는 피맺힌 기도의 노래이기도 하다. 눈을 감고 그들의 영혼이 이 자리에 와서 함께하기를 바라며 나는 천천히 호흡을 다해 정성껏 불었다.

Amazing grace!

놀라운 은총이죠!

How sweet the sound

얼마나 듣기 좋은 소리인가요

That saved a wretch like me!

그 소리가 나 같은 불쌍한 이를 구하셨어요!

I once was lost, but now am found;

나는 한때 잃어버린 자였으나, 지금은 찾아졌어요

Was blind, but now I see.

눈이 가리웠으나, 지금은 볼 수 있어요

— 존 누턴(1725~1808) 작곡 〈Amazing Grace〉 중에서

나는 그들의 공포와 불안 그리고 오열을 도제 오카리나에 실었다. 그들의 절규를 실은 선율이 애잔하게 굴 속으로 퍼져 들어갔다. 눈을 뜨니 울퉁불퉁한 석벽 위로 원주민의 모습이 어른거린다. 마치 그들의 영혼이 답하는 것처럼. 지나가던 여행객들도 굴 앞에서 걸음을 멈춘다. 나의 뇌세포도 전율한다. 수많은 목숨이 잦아들어간 곳, 이 동굴은 그날 일을 기억하고 있을 테지.

칠흑같은 어두운 밤하늘에 영롱한 불빛으로 위안이 되어 주었을 그들을 생각하며 나는 〈개똥벌레〉를 마지막으로 골랐다. 숲해설가로서 나는 그곳에서 에노스 밀과 틸튼을 다시 한번 더 생각했다. 그리고 그들을 만난다면 인디언들의 영혼을 위해 '위령제' 숲해설을 해주었노라고 말해주고 싶다. 눈을 감으면 그날의 선율이 굴 안으로 번져나가는 게 느껴진다.

제3부 너도바람꽃

내 안의 작은 행복

해 묵은 서류를 정리하기로 했다. 차분히 앉아서 들여다보니 그놈들이 무척 반기는 눈치다. 먼지를 뒤집어쓰고 있기도 하고 그동안 찾던 것들이 두서없이 꽂혀 있기도 했다. 들춰보다가 지저분해진 손을 닦고 싶었다. 밖으로 나왔다. 벌써 어둠이 차분하게 내려앉아 있었다. 한해를 마감하는 거리 풍경들은 부산스러웠다. 앙상한 나뭇가지들 사이로 네온사인의 불빛이 싸아했다. 70미터 큰 대로변에 위치한 사무실 주변에는 꼬마전구로 치장된 나무가 없어서 그나마 다행이었다. 여름철 왕성한 잎들을 듬뿍 껴안았다가 적당한 시기에 이파리를 모두 떨어뜨리고 다시 새 잎을 움트게 하는 나목裸木, 그 자체로 훌륭한 장식이 아닌가 싶다.

골목길을 막 돌아서려는데 어느 해 겨울 바이칼에서 느꼈던 것과 같은 쌩쌩한 칼바람이 볼에 스쳤다. 어둑어둑한 뒤꼍에서 바스락대는 소리가 들렸다. 호기심이 일었다. 다가가보니 리어카를 옆에 두고 휴지통을 계면쩍게 뒤적이는 한 남자가 있었다. 남들이 다 줍고 간 뒤에 뒤적이고 있음을 알 수 있었다. 나는 바람이 부는 쪽을 막아선 채 아저씨를 불렀다. "아저씨, 내일 사무실로 오세요. 신문지 좀 드릴게요." 그는 나를 의식도 하지 않은 눈치다. 언 몸이라 움직이기도 어려웠는지 모른다. 나는 반복해서 말했다. 보통 사람 같으면 하던 일을 멈추고 와보기도 할 텐데, 왠지 챙겨주고 싶었다. 폐지를 문 밖에 내다두면 빨리 없어졌던 것이 떠올랐다. 나는 이튿날 아침부터 아저씨를 기다렸다. 사무실 공간이 복잡하지만 내다놓을 종이들을 입구에 모아두면서 가끔 뒤쪽으로 나가보기도 했다. 신문지가 많이 있다고 할 걸, 후회도 되었다. 어제 저녁에 보았던 텅 빈 리어카에 신문지를 가득 채워 드리고 싶었다. 누군가가 조금만 밀어주면 어려운 고비를 훌쩍 넘길 수 있었던 순간들이 스쳐지나갔다.

어제 저녁과는 다르게 오후 햇살이 따스했다. 아저씨를 찾으러 밖으로 나왔다. 몇 번을 들락거렸다. 그런 와중에 폐지를 줍고 다니는 다른 사람들이 더러 지나갔다. 나이든 사람도 있지만 젊은 사람도 있었다. 어려워진 경제 탓인가보다. 이럴 줄 알았더라면 좀 더 자세히 얼굴을 익혀둘 걸…. 그렇지만 어제 그 아저씨는 직감으로 알아볼 수 있을 것 같았다. 이런저런 생각을 하다 문득 뒤쪽을 바라보니 아파트 담장을 바람막이 삼아 폐지를 정리하는 모습이 눈에 띄었다. 나도 모르게 반가워서 큰소리로 그를 불렀다. 그러나 아저씨는 기척이 없었다. 다가가서 사무실 위치를 다시 한번 가르쳐주고서 돌아왔다. 시간이 얼마 지났는데도 그는 오지 않았다. 다시 밖으로 나가니 이제야 겨우 사무실 뒤편에서 어눌한 동작으로 옷매무새를 가다듬고 있었다. 먼지를 털고 옷깃을 바로잡는 아저씨 모습은 남루했지만 태도에는 반듯함이 배어 있었다. 그의 손을 덥석 잡는데 거친 나무껍질을 만지는 것 같았다. 사무실 안으로 안내했다. 그가 가져가야 할 양을 가르쳐주고서 나는 하던 일을 계속했다. 싱긋 웃기라도 해야 할 아저씨는 웃기는커녕 난감하게 한참을 머뭇거렸다. 그러고는 더듬거리는 말투로 먼 동네에서 빌려온 리어카이므로 어둡기 전에 돌려주어야 한다고 했다. 딱하기도 했다. 나는 가까이에 있는 고물상에 가져가서 폐지를 팔고 다시 오라고 말해주었다. 그제서야 안심이 된 듯 빙그레 웃어보이면서 폐지에 눈길을 주기 시작했다.

신문지를 가져간 아저씨가 웬일인지 오지 않아 밖에 내다놓은 남은 신문지를 도로 사무실 안으로 들여다놓고 하던 일을 계속했다. 어둠이 짙어지기 시작할 쯤, 창 밖에 그가 서성이고 있는 게 보였다. 나는 문을 열고 어서 들어오라고 손짓했다. 순간 그의 몸에서 술냄새가 났다. 술값으로 다 새버리지는 않았는지 조바심이 났다. "아저씨 술 많이 잡수시다가 추위에 큰일나요." 그러자 아저씨는 아는 분이 사줬다고 어눌하게 말을 했다. 아저씨께 술을 사준 사람이 궁금하기도 했고 원망스럽기도 했다. 이번에는 노파심에 "얼마 벌었어요" 하자 아저씨는 주머니에서 소중하게 접은 돈 만 원을 정중하게 내밀었다. 그러고는 어눌한 목소리로 "다 가지세요" 했다. 그 돈은 내 몫이 아니고 아저씨 몫이라고 내민 손을 강하게 밀쳤다. 그래도 수긍을 못하고 서 있는 아저씨 용태를 찬찬히 살피기 시작할 무렵 주춤거리며 서 있던 그가 갑자기 큰절을 하는 게 아닌가. 너무 갑자기 일어난 일이었다. 나는 그를 일으켜 세웠다. 그러자 비틀거리면서 밖으로 나갔다. 조금 전과는 달리 빠른 행동으로 찬바람과 함께 재빠르게 문을 열고 들어와 비닐 커버가 약간 벗겨지다 만 새 핸드백을 내밀었다. "고맙습니다만 그 가방은 팔 수도 있잖아요." 내 말은 들은 척도 하지를 않았다. 끈 달린 털모자, 거무스레하고 무표정한 얼굴, 퍼포먼스의 한 장면을 보는 것 같기도 했다. 아저씨는 좋은 수입원이 될 수도 있는 가방을 한사코 나에게 내밀었다. 나는 더 이상 실랑이를 할 수가 없었다. 거기에 담긴 마음 때문에. 그는 나머지 폐지를 모두 싣고 리어카에 힘을 주기 시작했다. 서서히 굴러가는 리어카 위로 털모자가 솟았다 내려갔다 몇 번인가 반복하더니 속도가 점점 빨라져 갔다. 어둠이 내린 골목길을 바라보면서 왠지 나는 마음이 화평해졌다. 가로등 불빛이 어른어른했다. 이튿날 아침, 사무실 주변이 깨끗했다. 누군가가 청소를 말끔히 해놓은 것이다. 내 안에서 작은 행복이 번져 나오고 있었다.

로사리오의 반지

12년 전 가을, 만해 한용운 문학행사가 인제 용대리에서 열렸다. 패널로 참가한다는 문학평론가 고노에이지鴻農映二 선생이 일행들과 인제(공명의 집)에서 함께 유숙했다. 맹난자 선생님으로부터 그의 활동상황을 전해 듣고 있던 터라 친숙한 생각이 더욱 들었다. 한국문단의 글들을 일본문단으로 소개하는 가교자 역할을 하는 중요한 사람이었다.

1948년 일본 전범재판 중에서 나왔던 자료는 현재 미국 국립도서관 문서에도 명시되어 있다. 전쟁 중이던 일제가 부족한 수혈용 혈액을 대신할 물질을 찾고 있었고 민족시인은 그 실험의 대상자로 죽어갔다. 그는 일본인으로 일간지와 모 방송사에서 방영한 윤동주 민족시인의 죽음은 생리식염수를 수혈하는 생체실험을 당하다 숨졌다는 의혹을 모 채널인 〈그것이 알고 싶다〉에서 구체적인 증언들로 내놓기도 했다.

내 글도 몇 편 일본어 번역을 의뢰했다. 그가 원고를 받으러 왔다. 무척 반가워하며 선생님이 오시면 언제든지 원하는 것을 대접해 드리라고 주방의 미스 송에게도 귀띔을 해두었다. 그는 맥주 한 병과 땅콩 안주뿐 더 이상의 대접을 원하지 않았다. 일본인의 좋은 장점을 갖고 있었다. 어느 날 번역한 원고를 들고 왔다. 비자 만료일로 일본을 다녀와야 한다고 했다. 처음에는 무심코 전해듣고 잘 다녀오라고 인사를 했다. 번역료를 받고 돌아가면서 뱃삯이 좀 부족하다고 했다. 그 말을 듣자마자 맡겨둔 돈을 주듯이 선뜻 채워주었다. 몇 달이 지나도록 그가 돌아오지 않았다. 나머지 내 글도 일역을 의뢰해야 했기에 그를 기다렸다. 한두 번 하숙집으로 확인도 해보았다. 어언 4개월이 지난 어느 날이었다. '여보세요' 약간의 혀 짧은 소리였다. 내가 일터에 있는지 확인하는 전화였다. 반가웠다. 원고를 받고 일한 것을 이메일로 몇 번 넣어주었다. 하루는 아주 유머러스하고 짧은 시 한 편을 가지고 와서는 선걸음으로 주고 돌아갔다. 일본어로 된 간결한 성性에 대한 조크를 보면서 모처럼 배꼽을 잡고 웃었던 기억이 난다. 그 내용도 우스웠지만 무표정한 그가 그런 글을 가져온 것이 더 재미있었다. 그런 일이 있은 후 그가 다시 나타났다. 오후 4시경이었다.

우린 마주 앉았다. 지난 번 조크 글에 대한 미진한 해석과 설명을 들으며 한참을 더 웃었다. 그런 후 그는 내가 끼고 있던 묵주반지에 시선을 멈추었다. 대모님으로부터 받은 반지가 너무 가늘어 18K로 다시 맞추어서 20여 년 동고동락한 반지라고 알을 굴려보였다. 로사리오는 라틴어로 장미화관을 뜻하기도 한다. '로사리우스'에서 유래한 말로서 천주교의 성물 중 하나이다. 열 개의 알이 박혀 있다. 반지를 쳐다보는 그의 태도에 나는 로사리오 반지를 빼서 그에게 보여주었다. 나는 그가 그 반지를 신기해서 보는 줄 알았다. 반지를 뺀 나의 왼쪽 약지손가락은 하얀 원을 그리고 있었다. 그는 자기 새끼손가락에 끼어보고는 가져가고 싶어하는 눈치였다. 그 순간 모든 물건도 다 때가 있나보다. 금의 가치보다 그 반지의 의미에 더 무게가 실려 있던 나로서는 더 필요한 사람에게 가는 것이 마땅하다는 생각이 들었다. 선뜻 그에게 반지를 빼주었다. 한동안 연락이 없던 그가 다시 돌아왔다. 어머님이 돌아가셔서 장례를 치르고 돌아왔다고 했다. 어머님이 남기고 간 유산을 삼남매가 나누었는데 그 돈은 일본에서 살면 한 달치이지만 한국에서는 6개월을 살 수 있다고 했다. 그래서 한국으로 다시 돌아왔다고.

그때도 나는 심각한 그의 생활을 엿보지 못하고 귓전으로 흘려들었다. 학위를 가진 분이니 어딘가에 쓰임이 있으리라 당연하게 생각했다. 그는 그 반지를 팔아서 뱃삯으로 사용했다고 들려주었다. 그 시절 금값이 최고가였다. 그러함에도 그의 참담한 현실이 피부에 와닿지 않았다. 당시 나는 빈껍데기 허수아비였다. 십여 년 넘게 공들인 사리 같은 해외 자료들을 모두 가슴에 묻어야 하는 충격적인 일들이 내 귀와 눈을 막고 있었고, 해외사업을 위한 만남의 장소로 사용될 인사동 문학카페도 문을 닫기로 했다. 갑자기 눈앞에 목적과 목표물이 없어졌다. 모든 것이 그렇게 썰물처럼 빠져나갔고, 숨쉬기가 어려울 정도의 갈비뼈 통증, 대상포진 등 또 다시 젊은 날의 그 아픔이 쓰나미처럼 급물살을 타고 왔다.

로사리오 반지는 그의 모친 장례식을 위해 움직이는 동력으로 쓰였다. 다시 돌아 온 후 그는 6개월을 살다가 일본으로 돌아갔다. 어느 날 문득 하숙집에 연락을 해보았다. '그는 다시는 한국으로 돌아오지 않을 것이다'라는 하숙집 주인의 전갈이다. 그 로사리오 반지는 그렇게 자기 소임을 다했다. 용광로에서 다시 태어나는 보석처럼 그의 고국에서 생활인으로서 또 문학인으로서 잘 꾸려나가길 소원해본다. 오늘은 왠지 만해문학관으로 가봐야할 것 같다.

지금 이 순간

길 건너 13층에서는 이른 새벽에 입실한 딸이 산고를 치르고 있고, 나는 부산에서 올라온 젊은 동업자를 병원 근처에서 만나고 있었다. 테이블 위에 놓여 있는 핸드폰에 눈길이 자주 갔다. 딸아이는 입덧이 심하여 휴직을 하였고, 출산일이 가까워질 때까지 순산을 위해 아파트 열한 개 층의 계단을 오르내리기도 했다. 심한 입덧에도 달려가보지 못한 채, 새로 시작한 일에 여념이 없었던 나는 좌불안석, 앉은 자리가 편할 리 없었다.

정오가 넘자 집중할 수 없음을 감지했는지 동업자는 빨리 병원으로 가보라고 한다. 서둘러 배웅을 하고 병원으로 들어서니 사위 얼굴은 보이지 않았다. 아마도 산실에 있는 듯하여 발걸음을 돌려 위층으로 올라갔다. 10여 명의 신생아들이 나란히 누워 있는 창가에 섰다. 창 안에서는 노련한 간호사들의 손길이 바삐 움직이고, 또래의 친정엄마들이 새로운 탄생을 축하하고 있다. 그 장소에 사돈의 얼굴은 보이지 않았다. 시대의 반영일까? 창 너머에 꼬물거리는 아기들과 손녀손자들을 보면서 환희에 찬 음성, 그것은 곧 닥칠 나의 모습으로 비쳐졌다. 오후 2시가 지나자 일본에서 큰딸이 달려왔다. 아이는 덥석 나의 팔짱부터 꼈다. 조카를 보려고 온 큰아이의 심정을 다독이듯 나는 거칠어진 그 아이의 손을 꽉 잡았다.

'그날의 너도 저런 모습이었지.'

친정엄마 없이 출산을 치르던 옛 일이 떠올랐다. 세 시가 가까워오자 평소에 통 말이 없고, 감정표현도 없는 편인 사위가 상기된 얼굴로 순산을 알려왔다. 아무런 준비 없이 면접실에 들어선 수험생의 심정이 이보다 더 할까? 막막하고 먹먹했다. 조금 서성이다보니 첫 외손녀의 모습이 보였다. 우리의 첫 만남, 간호사는 아기를 안고 우리 가족들을 향해 이리저리 포즈를 취해주었다. 다복한 머리와 반듯한 이마를 지나 유난히 크고 머루 알같이 검고 깊은 눈과 마주했다. 무심하게 쳐다보는 검은 눈동자 앞에서 나는 그만 블랙홀에 빨려들어간 듯 온몸이 휘청거려졌다.

어촌 마을에서 태어난 나는 칠남매 막내였고, 두 딸의 어미였으며, 사업 파트너를 만나 사업진행 중이고, 아이템을 넓혀 새로운 사업구상도 진행 중이었다. 살면서 선택은 했으나 끝까지 완결하지 못한 것도 있고 진행 중인 것도 있었다. 온전한 마음으로 새 생명의 탄생을 축하해야 하는 것이 마땅한데 그러지 못하고 풀어야 할 숙제를 끝내야만 진정으로 축하를 할 것 같은 지금 이 순간, 이 심정을 어떻게 설명해야 할까? 풀지 못한 숙제를 안고 허둥대는 내 모습이 머루 알 같은 눈 속에서 언뜻 지나갔다. 왜 하필 주마등처럼 고단한 나의 일생이 거기에 들어 있는가.

살아남은 최후의 승자는 머리가 좋은 종도 아니고, 힘센 종도 아니며, 변화하는 환경에 적응하는 종만 살아남는다는 다윈의 말처럼 부단하게 환경에 적응하려고 노력해왔다고 말하고 싶은 걸까? 언제가 본 〈지구〉라는 다큐멘터리영화에서는 46억 년 전, 행성과의 우연한 충돌로 지구는 태양을 향해 정확히 23.5도로 기울어짐에 따라서 사계절의 변화가 생겼고, 생명이 존재하는 축복받은 지구의 탄생을 설명했다. 그러나 그 변화의 시작으로 인해 철새는 히말라야 산을 넘어야 하고 고래가 남극해를 가야만 하는 대장정의 모험이 시작된 것이 아닌가.

인생의 생로병사라는 질곡 속에서, 나는 그냥 새 생명의 탄생 앞에서 고해성사하듯 내 삶과 인생을 고백하고 있는 것은 아닌지 또한 행여 이 아이가 물어왔을 때 아니면 묻지 못하고 느낌으로라도 전하는 것에 대한 방패막이를 미리 준비하고 있는 것은 아닌가, 자신을 돌아보게 되던 것이다.

세상에 첫 외출을 나온 아기 천사의 검고 깊은 그 눈동자에서, 태평한 듯 무심한 고요 속에서 나는 그만 석고상이 되어도 좋았다. 수많은 잰걸음들이 발밑을 지나가고 있는 지금 이 순간, 나는 새로운 행복을 조심스레 끌어안아본다.

너도바람꽃

12월 24일 제주도로 명상여행을 떠났다. 올레길을 좀 실컷 걷고 싶었다. 피지 하늘에서 내려다본 바다가 익숙한 것이라면 오랜만에 내려다본 제주 바다는 친숙했다. 공항을 나서니 갯내음과 해풍이 먼저 나를 반겼다. 목에 둘렀던 스카프를 풀면서 공항을 빠져나왔다.

첫째 날은 오리엔테이션을 겸한 인사를 했다. 둘째 날은 자유시간을 보내고 셋째 날에는 제주 올레길을 만든 서명숙 씨의 인상적인 인사가 있었고 2003년 시사저널 편집장, 오마이뉴스 편집장을 지낸 그녀의 산티아고 순례길에 대한 이야기를 들었다. '카미노 통신' 이야기인데, 카미노 통신은 지나가는 사람끼리 말과 말로서 건네지는 소통수단이다. 많은 사연과 사람을 접하면서 한국으로 돌아온 그녀는 바다를 볼 수 있는 제주에 트레일길을 만들기로 했다고 한다. 넷째 날이 되었다. 70여 명의 회원들과 제3코스 '통오름길'로 출발했다. 새벽부터 진눈깨비가 심하게 날렸다. 왠지 강한 눈보라를 정면으로 맞고 싶었다. 아니 그 바람과 맞서고 싶었다. 불어라 더 심하게 불어라!

아주 먼 어느 해의 희뿌옇던 새벽길, 정처 없이 바람에 실리듯 걸어 나온 그 길이 따듯한 보금자리와의 긴 작별이었음을 어떻게 알았으리. 바람은 나를 홀로이게 했고, 갈 곳 모르는 사람처럼 막연한 심사가 되게 했다. 호구지책을 위해 일을 찾았다. 찾은 일에 몰두해가며 나는 스스로 섬이 되었다. 그나마 가끔씩 들려오는 혈연들의 음성이 삶의 끈을 놓지 않게 하는 원동력이 되었다. 축축해진 베개를 뒤로 하고 자리에서 벌떡 일어나 새벽 공원을 혼자서 걷고 또 걸었다. 올림픽공원은 나에게 계절의 변화를 말해주었고 걷다 보면 마음이 평안해지곤 했다. 점점 잘 가꾸어져가는 공원은 우리 나라의 발전상을 보는 듯했다. 휴일은 물론 명절도 잊은 채, 일에 매진했다. 그렇게 만든 회사가 지금 회오리바람 속에서 방향 감각마저 잃은 채 탄력을 잃어가고 있다.

통오름 길목에서 우리는 사진작가 '김영갑갤러리 두모악'에 들렀다. 안개비에 젖어 있는 마당 입구에 들어서니 제주 특유의 검은 돌로 낮게 쌓아진 돌담이 퍽 인상적이었다. 폐교였던 삼달리초등학교를 임대하여 전시실로 꾸몄다. 전시실 입구에서 나는 그의 약력부터 읽었다.

1957년 충남 부여에서 태어나 20여 년 동안 고향 땅을 밟지 못한 사람, 1982년부터 서울 제주를 오르내리다. 3년 후 그는 완전히 제주에 정착, '삽시간의 황홀'을 위하여 20여 년간 허기진 배를 움켜쥐고 필름을 사고 또 추수가 끝난 밭에 가서 당근이며 감자며 고구마 뿌리로서 허기를 때운 사람, 그리고 삶을 송두리째 중산간 들판에 바쳤다.

글을 여기까지 읽고는 더 이상 흐릿해오는 글을 읽을 수가 없었다. 미술관을 둘러볼 여력마저 없었다. 호흡을 다스리고 뒷마당으로 나오니 때마침 눈보라가 감나무를 심하게 흔들고 있다. 그의 뼈가 묻힌 곳이라지. 시작이 혼자였으니 끝도 혼자였다는 사람. 그는 흙으로 돌아가 나무가 되고 풀이 되어 꽃을 피우고 열매 맺기를 소망했다는 듯 이 뜰에 환생하여 숨쉬고 있는 것만 같았다. 그의 영혼이 바람을 타고 다가와 나에게 속삭이는 듯했다.

'삽시간의 황홀'을 위하여 나는 어떤 고통도 견딜 수 있었노라고. 그리고 한 컷에 인생을, 우주를 그리고 자연을 위해 노래하고 또 그것들과의 소통을 위해 노래했노라고. 그러나 왠지 나는 그가 그토록 갈망한 '삽시간의 황홀'을 노래한 한 컷의 사진보다 추위와 배고픔과 안락하지 못했던 그의 잠자리가 더 뼛속 깊이 아프게 와닿는 것이었다. 마침 진눈개비가 내 주위를 휘돌아친다. 바람을 안고 초원을 떠돌던 김영갑 그의 영혼처럼.

그는 미소를 지으면 얼굴 근육에 통증이 느껴졌고, 아이들처럼 입에선 침이 흘렀다. 운동신경이 망가져 말년에는 마음으로만 사진을 찍어야 했던 사람. 바람이 뼛속을 파고들었던가. 그는 루게릭이라는 병 앞에서 서서히 굳어져갔다. 불행을 그림자처럼 달고 다니면서도 '나는 불행이 아주 멀리 있는 것이라고 착각했다'는 김영갑의 말이 지금도 나의 폐부를 두드린다. 그러나 끝내는 한겨울 중에도 움트는 봄의 기운을 느끼면서 몸은 부자유스러워도 정신만은 자유롭다던 사람을 나는 거기에 서서 내내 생각했다.

메리설산의 설봉에서 흘러내려온 그 우레와 같은 바람 소리가 중산간의 두모악을 흔들고 내 마음 속에서도 함께 요동쳤다. 격정적인 그 바람이 빠져나간 뒤, 앞마당을 오가며 찬찬히 정원을 둘러보았다. 눈 속에서 복수초며 너도바람꽃이 살포시 꽃눈을 열고 있었다. 바람의 영혼, 그분의 음성이 어디선가 전해져왔다.

인생은 바람, '너도바람꽃'이라고.

걸으면서

새벽 4시다. 자명종이 울리기도 전에 일어났다. 손녀를 돌보러가야 하기에 잠을 자도 잔 것 같지 않다. 첫 버스를 타고 딸네 집 근처에 도착하면 새벽 6시이다. 애들이 살고 있는 바로 옆 학교 운동장을 걸으면서 사유의 시간을 갖는 한 시간이 오롯한 내 시간이다. 신발과 양말을 벗었다. 발끝으로 와닿는 모래의 감촉이 싫지 않다. 요즈음은 학교 운동장에 인조 잔디가 많이 깔려 있는데 여기는 다행히 옛날 운동장 그대로다. 처음 몇 걸음은 딛기가 수월하지 않았다. 천천히 운동장을 맨발로 걷는다. 갑자기 발바닥이 물에 잠기면서 철썩 처르르 파도 소리가 환청으로 들려오기 시작했다. 마치 인고忍苦의 세월을 밟는 듯, 나를 세워놓고 물살의 흐름이 쏜살같이 흐른다.

너는 어디서 왔느냐? 지각변동과 지진으로 인해 생긴 마그마 덩어리인 불덩이가 어느 날 바위가 되고, 모진 비바람에 깨지고 또 부서져 흐르고 흘러 나와 만나고 있구나!

불편한 감촉이 발끝에 닿는다. 그래, 아직 부서질 것이 더 남았던가? 내 삶의 찌꺼기 같은.

나이테야

치매센터에서 치매환우 가족들을 위해 프로그램을 진행하기로 한 날이다. 산림치유 지도자인 나는 그들과 '나무목걸이'를 만들기로 했다. 손놀림은 뇌를 자극하고 나무는 오감의 감성을 유발하기에 좋은 자연 소재이기 때문이다. 우리가 흔히 말하는 '참나무'는 식물도감에서도 찾을 수 없다. 신갈나무, 떡갈나무, 굴참나무, 졸참나무, 갈참나무, 상수리나무 등 이 모든 나무들은 열매를 맺는데 통칭하여 이들을 '도토리나무'라고 부른다. 이들 중에서 가장 오래 살아서 천연기념물로 지정된 나무는 굴참나무뿐이다. 우리나라에는 세 그루가 있다고 한다. 그런 굴참나무가 지름은 약 6센티, 두께는 0.5밀리 정도로 얇게 잘려져서 뚜렷한 나이테를 간직한 채 지금 내 앞에 놓여 있다. 나이테를 세어보니 11개나 되었다. 아! 이 나무는 11년을 살았구나. 계절의 변화하는 모습을 나이테는 고스란히 품고 있었다. 겨울은 더 촘촘하고 여름은 더 넓게 나이테는 꼬부랑꼬부랑 끊어질 듯 이어져 있다. 나이테 중심부인 심재는 더욱 짙은 갈색을 띠고 있고 변재는 옅은 갈색으로 심재를 둘러싸고 있다. 사계절 시간의 흔적들이 손길이 닿지 않은 자연 그대로의 걸작품이다. 나무는 잘려진 채로 이제 나무가 아니고 목재로의 변신이다. 곧바로 한 줌의 재로 변하는 사람과는 달리 나무는 이름 모르는 사람들의 장식품으로 쓰임을 받고자 기다리고 있다.

나이테야! 숲속에서 너는 얼마나 많은 바람들의 소리를 듣고 살아왔니? 천둥과 번개 그리고 비바람은 또 어떻게 견디어왔을까? 태양의 양분을 받기 위해 이리저리 가지를 뻗어나갔겠구나. 밤이면 흐느끼던 달빛, 별빛 그리고 풀벌레 소리들이 여기 나이테에 고스란히 서려 있겠지!

너는 짧은 생을 살았음에도 불구하고 죽어서까지도 이렇게 쓰임을 받는데…. 나도 너를 본받고 싶구나. 나이테처럼 늘어가는 주름과 함께.

잔디

장마철에 웃자란 잔디가 잡풀처럼 무성하다. 잔디를 깎는다. 윙윙, 소리에 뭉뚝뭉뚝 잔디가 잘려나간다. 시간도 함께 잘려나간다. 잔디도 다듬지 않고 내버려두면 그냥 잡풀이 될 뿐이다. 인간관계도 그런 것 같다. 어느새 우리 형제 사이에도 잡풀이 무성하게 우거져 있다. 잔디는 우기일수록 빨리 자란다. 비와 태양, 자연이 그들을 조율한다. 비가 많이 내리면 자라고 싶지 않아도 자라야 하고 구름 한 점 없이 내리쬐는 땡볕도 견뎌야 한다. 잔디는 저희들끼리 밀착하여 납작 엎드린 채로 잎마저 키우지 않고 살고 있다. 그것도 하나의 생존전략이 아닐까 되짚어보게 된다.

잔디보호라는 팻말 앞에서조차 무심한 사람들의 발길에 채여 잔디는 대머리 모양으로 벗겨져 있다. 오늘도 볼일을 보면서 대머리 길을 무심히 밟고 지나왔다. 벗겨진 그 붉은 길이 열이 나 있는 듯했다. 요즘은 사람들이 잔디를 보호해주려는지 곳곳에 철조망을 둘러쳐주기도 하고 철조망이 쳐져 있지 않아도 두런두런 보행자의 길을 따라 걸어가는 사람들이 많아졌다. 관공서 앞마당이나 사람들의 왕래가 잦은 공원에 가보면 고귀한 자태로 대접받고 있는 정원수들 주변은 꼭 잔디가 자리했다. 특히 골프장 잔디는 심한 농약으로 몸살하면 사람들은 또 다른 약으로 처방하다가 너무 괴로워하면 아예 뿌리째 긁어버린다. 잔디도 자연적인 퇴비를 좋아하거늘. 손길이 미처 닿지 않는 후미진 자리에 저 잘려가는 줄 모르고 한 놈이 고개를 삐죽 내밀고 있다. 조바심에 그 앞을 왔다갔다 하고 있는데 아저씨는 내가 웃자란 그 잔디를 마저 깎아달라는 줄 알고 다시 돌아와서는 그놈마저 쓸어버린다.

나도 살아가면서 누군가에 저런 우를 범하지는 않았는지 돌아본다. 카터가 스치고 지나간 자리에 덤불이 수북하다. 미장원 바닥에 떨어져 있는 머리카락 같다. 미용사는 거울에 비친 내 모습을 요리저리 봐가면서 커트를 한다. 잘려나간 머리카락은 미처 손길이 닿지 않으면 이리저리 밟히기도 하지만 한때는 귀한 대접을 받으면서 일등 수출품목으로 해외로 팔려나가기도 했다. 잔디는 여중생 단발머리처럼, 기교 없이 최대한 땅과 밀착되어 잘려나가기만 하면 된다. 모양 없이 잘려나간 잔디는 또 다른 쓰임새를 위해 소임을 기다리고 있다. 어떤 것은 햇볕에 더 말려 거름으로 쓰일 테고, 어떤 것은 소각이 되어 다시 땅으로 한동안 떨어져 나왔던 자신의 그 모체를 향해 스며들 것이다. 나는 다음 생에는 장녀로 태어나서 내 동생들의 아픔을 가슴 터지게 안아주고 싶다.

일찍이 나는 구멍난 부모 보호망에 있었다. 부모님의 보호망은 줄이 없는데 형제들의 보호망에는 거미줄이 쳐져 있었다. 비가 내리는 날에는 거미줄이 더 잘 보이듯이 그들의 삶이 평탄치 못한 날이면 어김없이 전화가 왔다. 오늘 새벽에 한 통의 전화를 받았다. 넷째언니로부터다. 축 처진 음성에 가슴이 철렁한다. 귀향한 큰오빠로부터는 잠깐 사이에 오만 가지 생각이 오고 간다. 나와 함께한 서울생활에서 안착하지 못한 오빠는 다시 고향으로 말없이 돌아갔다. 언제 뽑힐지 모르는 개발되는 곳의 잔디가 아니고, 만약 지금 내가 서 있는 피지 마당의 잔디 같은 곳이라면 어떠했을까.

잔디를 깎고 나니 헝클어진 생각들이 물러난다. 마음이 잠시 고요해진다.

봉숭아

손녀를 등원시키고 빠른 걸음으로 길동생태공원으로 향한다. 따가운 햇살을 등에 업고 에코모자와 작은 배낭을 챙겨 등산복 차림에 트레킹화를 신었다. 숲해설가 복장이다.

나는 지금 외할머니에서 자원봉사자로 변신 중이다. 누에가 허물을 벗고 실을 토해내는 것처럼 공원 입구에 들어섰다.

"길동생태공원은 생물의 서식처를 제공하고 종種 다양성을 증진시키며 자연생태계의 생물들을 관찰, 체험할 수 있도록 하여 시민들에게 건강한 생태공간을 제공하고 환경의 중요성을 일깨워주기 위해 만들어진 공원이다."

공원 면적은 80,638㎡, 1999년 5월 20일 개원한 공원은 탐방객 안내소와 생태문화센터, 개울, 관찰데크, 저수지, 조류관찰대 2개소, 야외관찰대, 야외 강의장, 파고라 등 다양한 시설을 갖추고 있다. 이곳은 자연을 닮아가려고 노력하고 있는 중이며 큰 길이 양쪽으로 둘레길처럼 나뉘어져 있다. 여름방학에는 가족 프로그램이 많다. 오늘은 네 가족이 왔다. 그들과 체험 프로그램을 할 것이다.

간단한 인사를 나누고 선생님보다 앞서 걷는 것을 주의시키고 오른쪽 탐방길로 들어섰다. 2년 전 손녀들과 미국에서 식물원을 탐방했던 기억이 났다. 그때와는 역할이 반대였다.

참나리꽃은 햇살과 마주하고 그 길을 한참 걸어들어가니 회화나무가 그늘을 만들고 있다. 회화나무 그늘에서 잠시 멈추었다. 회화나무는 집안에 세 그루만 심어도 좋은 일이 가득하고, 훌륭한 학자가 태어난다고 하여 '선비나무[學者樹]'라고 간단히 일러주고 또 걸어들어간다. 실잠자리가 머리 위에서 춤을 추고, 호랑나비가 나풀거린다. 아이들의 환호성에 그놈들은 앉을 듯 말 듯하다가 후르륵 날아가버린다. 나비가 아이들에게 안타까움을 남겨둔 그 언저리 뒤에 뭉게구름이 피어오르고 있다. 조류관찰대에서 잠시 구경을 시키고 정자 앞으로 왔다. 와! 하고 아이들이 환호성을 지른다. 봉숭아 꽃밭이다. 봉숭아는 봉선화라고도 한다. 붉은 색색들이 순박함과 화려함을 지니고 있다. 자리를 잡고 서서 내가 먼저 인사를 했다. 그리고 아이들에게도 간단한 자기 소개를 시켰다. 뒷줄에 서 있는 부모들도 소개를 시켰다. 어쩔 수 없이 동참하는 그들의 대답을 들으면서 아이들이 잘 따라할까? 염려되었다.

이제 '봉숭아' 꽃말의 유래를 들려줄 차례다. 봉숭아 꽃말은 '나를 건드리지 마세요'이고 유행가 〈봉선화 연정〉도 있다고 들려주었다. 그리곤 전설 이야기를 진지하게 말해주었다.

옛날에 어떤 여인이 꿈에 선녀로부터 봉황을 받는 태몽을 꾸고 딸을 낳았다. 그 딸의 이름을 봉선鳳仙이라고 지었다. 봉선이는 어려서부터 거문고 연주를 아주 잘했다. 임금님에게까지 소문이 전달되었다. 임금님 앞에서 매일 거문고 연주를 너무 많이 해 손에서 피가 났다. 그 피는 좀처럼 멈추지 않았다. 임금님이 손가락을 감싸주었지만 결국 그녀는 죽고 말았다. 그녀 무덤에서 피어난 꽃이 '봉숭아'였다고 한다. 부산스럽던 아이들이 차츰 이야기에 집중하기 시작한다. 또 다른 이야기는, 그리스 한 여신이 억울하게 누명을 쓰고 올림포스 산에서 쫓겨나고 말았다. 그 결백을 증명할 수 없었던 여신은 너무나 억울하여 죽어서 봉선화가 되었고, 조금만 건드려도 열매를 터뜨려서 자신의 속을 보인다는 전설을 얘기해주었다. 다들 돌아서서 꽃을 유심히 바라본다. 자기 손가락에 물들일 만큼 꽃잎을 따오라고 일러주고 나는 백반과 봉숭아 꽃잎을 찧을 도구들을 나누어주었다. 부모님과 어울려 서로 손톱에 봉숭아꽃물이 들어가고 있을 즈음 모두를 자리에 앉혔다.

나의 닉네임이 '봉숭아'라고 하자 다들 환호성을 지른다. 그 순간 나는 그들에게 닉네임을 짓게 된 동기를 들려주었다.

4학년 여름방학이 끝나고 학교에 갔다. 검게 그을린 친구들과 방학숙제 얘기며 밀린 이야기를 하던 중 친구들 손끝에 붉게 물든 손톱이 보였다. "어머나! 참 예쁘네. 누가 물들여 주었어?" "응 엄마." 친구들은 한결같이 이구동성으로 말했다. 그날 나는 집으로 돌아와 방문을 힘껏 밀어젖혔다. '딱' 하는 소리에도 미동이 없는 엄마는 바닥에

깔려 있는 하얀 요 위에 접어놓은 이불 위로 힘없이 기대 있었다. 차마 말을 할 수가 없었다. 얘기를 마치자 그들도 숙연해졌다. 연이어 그들에게 이름을 누가 지어주었느냐고 물었더니 아빠, 할아버지 등등 다양했다. 이름은 내가 태어나기도 전부터 누군가가 지어주었지만 선생님처럼 닉네임은 본인이 지을 수 있다고 말해주었다. 그리고 자연에서 따와 이름을 짓되, 본인과 가장 닮았다고 생각하는 것으로 짓게 해보았다. 그러자 지렁이, 호랑나비, 앵무새 등 다양한 동식물이 등장했고 사연도 다양했다. 그때 우리는 작은 동식물원이 되었다. 성질이 급한 가족은 물들인 손톱을 보고 싶어 감싸둔 것을 풀려고 했다. 나는 오래 두어야 물이 더 잘 들 것이라고 일러주면서 그들과 헤어져 집으로 돌아왔다.

어릴 적 장독대 언저리나 길가에서 7~8월에 피던 꽃!

나는 내 닉네임과 그 의미를 명함에 적어넣었다. 맘껏 물들고 싶고, 외로운 아이들에게 물들여주고 싶은 꽃, 봉숭아다.

'놀사 할머니'의 하루

미국에서 손녀들이 곧 온다는 소식이다. 꼬마들을 돌봐줘야 한다. 그런데 어떻게 무엇을 하면서 함께 놀아주어야 할까? 막연했다. 그 동안 나는 논다는 것, 쉰다는 것을 잊고 지내왔다. 주변에 조언을 구했더니 '놀이공부'도 있다고 한다. 놀이공부? 분당으로 달려갔다. 그들에게 동기를 얘기하니 손녀들은 좋겠다고 이구동성이다. 30대부터 50대 가정주부들이 모여 있었다. 다양한 놀이도구들이 전시되었고, 강당 바닥에는 사방치기, 8자놀이 등이 그려져 있었다. 공기놀이, 오자미 던지기 등 옛날 놀이들이 중심을 이루고 있었다. 어린 시절 골목에서 또는 학교 운동장에서 하던 그 놀이들이었다. 회원 가입을 하고 나니 지도자수강 코스도 있었다. 놀이하는 것을 가르쳐주는 "놀이하는 사람들"이라는 양성기관이다. '전래놀이'의 보급을 위하여 힘쓰는 단체였다. 호기심이 발동했고 응원해주고 싶었다. 어린이, 청소년들의 건강한 성장을 지향하는 비영리사단법인이라고 했다. 다른 세상을 엿보기하는 것 같았다.

'2017년 제4회 놀이의 날' 개최일이다. 10월 14일 오후 1시부터 4시까지 어른 아이 할 것 없이 누구나 함께 어울릴 수 있는 행사로 전국 지부들과 동시에 개최된다. '굴렁쇠 놀이왕' 대회도 함께 연다. 마음껏 놀 수 없는 청소년들과 어린이들을 운동장에서 또는 공원에서 신명나게 뛰어놀게 하는 전국대회였다. 이 행사는 2014년부터 시작하여 전국행사로 규모가 커졌으며 같은 날 동시에 같은 내용으로 진행한다. "생활 속에 되살아날 우리 놀이"를 목표로, 활동하는 사람이라면 누구나 할 수 있는 실뜨기, 칠교놀이, 둥근 딱지, 네모 딱지, 산가지놀이 등 가정에서 쉽게 해볼 수 있는 놀이로 구성된다.

특히 칠교놀이는 동양의 퍼즐놀이 중 하나이다. 정사각형을 직각이등변삼각형과 정사각형 등 총 7개 조각으로 잘라서 그 조각들을 하나씩 모두 사용해 모양을 만든다. 경우의 수를 합치면 모두 13가지 모양이 나오는 창의력 증진에 좋은 놀이 중 하나라고 한다. 규칙은 7개로 나뉜 조각을 모두 사용해야 하고 다른 조각의 추가는 허용되지 않는다. 7조각 중 하나 이상의 조각을 빼서도 안 된다. 자세하게 배워나갔다.

'좀비놀이' 규칙

1. 인원이 많을 경우 좀비팀, 시민팀으로 나눈다.

2. 놀이 시간과 공간을 정한다(어디까지 도망가 숨을 수 있는지 범위를 정한다).

3. 좀비들은 눈을 가리고 시민을 잡고, 시민들은 좀비를 피해 숨는다.

4. 잡힌 시민은 감염되었기에 좀비가 되어 시민을 잡는다.

5. 놀이 시간 안에 모두가 좀비가 되면 좀비팀이 승리. 시민이 한 사람이라도 살아 있으면 시민팀이 승리한다.

『전래놀이 101가지』라는 책도 이미 서점에 나와 있다. 추억과 사람과 놀이를 만나게 하는 '놀사(놀이하는 사람)'가 되었다. 쫓고 쫓기는 '진놀이'는 "본능을 자각하는 놀이"라고 이상호 대표는 말한다. 그는 씨앗을 뿌리는 사람이다. 잊혀져가는 골목놀이문화를 전승하고 있다. 초등학교 교사인 그는 진흙 속의 진주를 발견하는 사람이었다. 2007년부터 전래놀이에 관심이 있던 사람끼리 비정기적으로 모임을 갖거나 방학을 이용하여 연수를 받는다. 처음에는 작은 모임으로 시작되었다. 놀이는 시간 낭비, 공부나 일의 저해요소로 치부된 우리 사회의 시금석이 되는 위대한 역사를 쓰고 있었다. 나는 매달 후원금으로 일만 원을 계좌이체 했다. 그 옛날 장터 빈 공간에서 하던 고무줄놀이, 땅따먹기, 딱지놀이, 구슬치기, 병뚜껑을 펴서 만든 딱지몰이, 동전 던지기와 버려진 새끼줄을 주워하는 밧줄놀이도 반가웠다. 새끼줄이 끊어져 엉덩방아를 찧으며 웃던 놀이는 우리들의 추억이 되어버린 지 오래이다. 추운 겨울날 양지 바른 집 앞에 공터가 있었다. 양철대문에 기대어 흔들면 울퉁불퉁한 양철문이 내는 소리는 이슬비 소리에서 천둥번개 소리로 점점 변해갔다. 드디어 주인아저씨가 나오셨다. 시끄럽다고, 대문을 망가뜨린다고 혼났던 기억이 새롭다.

딸 내외가 출근하고 나면 나는 음악으로 아이들을 깨운다. 처음에는 명곡을 골라 소리를 점점 높여나간다. 다음 곡으로는 〈곰 세 마리〉 등 동요메들리를 유튜브에서 찾아서 튼다. 엄마를 찾아 두리번거리는 작은 꼬맹이의 시선을 돌려야만 하기에. 다음은 신나는 노래 선곡이 필요하다.

A Tooty Ta! A Tooty Ta! A Tooty Ta Ta!

A Tooty Ta! A Tooty Ta! A Tooty Ta Ta!

Thumbs Up! 엄지손가락!

(…)

Thumbs Up! Elbows back! Feet apart!

엄지손가락!, 팔꿈치 뒤로! 발 떨어져!

(…)

Thumbs Up! Elbows back! Feet apart! knees toghter! Bottoms Up!

엄지손가락!, 팔꿈치 뒤로! 발 떨어져! 함께 무릎! 원샷이야!

(…)

Thumbs Up! Elbows back! Feet apart! knees toghter! Bottoms Up! Tongue out! Eyes Shut! Turn around!

엄지손가락!, 팔꿈치 뒤로! 발 떨어져! 함께 무릎! 원샷이야! 혀 내!, 눈을 감고! 돌아!

A Tooty Ta! A Tooty Ta! A Tooty Ta Ta!

—〈Tooty Ta / Fun Dance Song for Kids〉

이 율동은 큰손녀 이수가 다니던 미국 유치원에서 들려주었던 춤곡이다. 신나하는 이수와 이나를 데리고 나는 율동가가 된다. 꼬마들과 배운 놀이들을 접목하려고 시도를 꽤 했으나 우리 아이들은 너무 어렸다. 나는 주로 '숨바꼭질'로 꼬마들과 떠들고 논다. 이럴 땐 손녀들보다 내가 더 신이 난다. 이불 속으로 문 뒤로 베란다로 화장실로 숨는다. 대부분 큰손녀가 찾아낸다. 이제는 손녀들을 마주 앉혔다. 그놈들 다음 놀이는 무엇일지 눈망울이 호기심으로 가득 찼다.

아침바람 찬바람에 울고 가는 저 기러기,
우리 선생 계실 적에 엽서 한 장 써가지고.
구리 구리 말아서 우체통에 넣자.

동작을 겸한 이 노래는 어린 시절 내가 부르며 놀던 놀이였다. 아직도 녹음기처럼 술술 잘도 나온다. 꼬맹이들이 따라한다. 나는 머리를 숙이고서 뒷목에 손가락으로 찍게 한 후 누가 그랬는지 맞춘다. 이 놀이는 시간 가는 줄 모르고 좋아한다. "까르르" 웃음이 끊이지 않았고 제일 인기가 있었다. 싫증난 꼬마들이 이젠 다른 놀이를 요구한다. 비닐을 넓게 깔고 하는 밀가루 반죽놀이다. 아이 둘이서 옹총망총 비닐 위에 앉아 있다. 자매는 협조를 아주 잘한다. 밀가루를 뒤집어 써 하얀 인형들이 되었다. 30분 정도는 아주 흥미롭게 논다. 그러다가 다시 금방 싫증을 낸다. 이번에는 국수를 삶아서 맘껏 놀게 한다. 주무르며 가지고 놀던 것을 맛있다고 서로 먹여준다. 이번에는 밀가루가 머리까지 올라앉아 흰 파마머리가 되었다. 이수가 화장실을 간다고 한다. 그 틈을 타서 이번에는 욕조로 풍덩! 비눗방울로 한 시간은 족히 놀았다. 딩동! 퇴근한 딸 내외다. 꼬마들이 아우성을 지른다. 나는 비로소 해방이다.

제4부 양털 스웨터

서리풀근린공원

이른 아침 산행길에 나섰다. 집에서 출발하여 100미터쯤 올라가면 조만식 선생이 다녔던 유서 깊은 산정현교회가 있고, 그 뒤를 지나면 이 년 전만 해도 판자촌과 악취로 얼굴을 찡그려야 했던 그곳이 지금은 영산홍과 단풍나무 등으로 꾸며져 있다. 다행히 판자촌 사람들은 안락하고 편안한 곳으로 이주했다고 한다.

비탈진 언덕길에는 야자수 매트가 깔려 있다. 투박한 감촉을 느끼면서 경사길을 휘이휘이 올라섰다. “주민이 만들고 가꾸는 서리풀근린공원” 등산길이다. 청권사에서부터 미도아파트 청권사길은 9㎞이고, 미도아파트에서 성모병원, 국립중앙도서관을 지나 몽마르뜨길을 만나면 그 길에서 청권사까지는 2.2㎞이다. 나는 청권사쪽에서 몽마르뜨 방향을 향해 걷고 있다. 싱그러운 초록 잎들이 하늘을 가리고, 짙어가는 푸름의 숲속길이 이어진다. 꿩과 뻐꾸기가 울고, 이름 모를 새가 재잘댄다. 도심이 바로 지척인데 조용하다. 걷다보니 산허리에 떨어진 다양한 낙엽에 눈길이 머문다. 언제부터인가 푸른 잎의 그 내면에는 갈색의 은은함이 배어 있다는 것을 알게 되고, 또 그렇게 시간이 흐르면 낙엽이 되는 진리도 깨닫는다. 그래서인지 요즈음 갈색 낙엽을 보면 마음이 편안해진다.

흙길을 따라 걷다보니 '정보사 뒷길'이라는 팻말이 보인다. 이어폰을 꽂은 사람, 개를 데리고 나온 사람, 도란도란거리는 두 여인들도 지나간다. 눈인사도 없이 무표정한 도시인들이 또 지나간다. 여기저기 깊게 패여 떨어져나간 버팀목들이 쓰임새가 다 되어 지렛대에 의지하고 있다. 안정돼 보인다. 나는 왕성한 사회활동을 했으나, 누군가의 버팀목도 지렛대 역할도 한 적이 없다. 받쳐줄 지렛대를 기대해서도 안 되었고 의지한다는 것은 더더욱 불가능했다.

울퉁불퉁한 오름길과 내림길이 이어졌다. 정보사 후문을 지나다 안내표지판 앞에 섰다. 소나무, 잣나무, 벚나무, 단풍나무, 복자기나무로 구성이 되었고 기증자들의 이름과 그루 수가 빼곡하게 기록이 되어 있다. 오랜만에 내린 비로 나무들이 그 옆에서 향기를 더하고 있다. 울창한 여러 갈래 숲길에서 이정표가 나왔다. 반가웠다. 고속버스터미널 2,115m, 청권사쉼터 1,000m, 누에다리 1,050m, 맨발로 걷는 길(황토길), 할아버지쉼터 250m, 화살표는 각 방향을 명확하게 제시해주고 있다. 국가의 큰 재난도, 각 부장관들이 이렇게 방향을 제시해준다면 국민들이 쉽게 따라갈 수 있지 않을까?

맨발로 걷는 황톳길로 접어들었다. 처음부터 맨발로 걷기에는 계족

산의 황톳길과는 달랐다. 표지판 설명도 친절했다. 황톳길 이용 시의 주의점과 장점들이 무심코 지나치는 발의 기능을 일깨워준다. 심장과 가장 멀리 있는 발, 그 발은 일본에 살고 있는 딸애와 같다는 생각이 문득 들었다. 서울에 있는 작은아이는 자주 찾아보는데 큰아이는 바쁘다는 핑계로 전화는커녕 무심하게 지내는 날이 더 많기 때문이다.

"인근 서래마을에는 프랑스인들이 많이 거주하고 있고, 마을 진입로를 몽마르뜨길로 부르기에 공원의 이름을 '몽마르뜨공원'으로 명명하게 되었다"고 한다. 몽마르뜨공원에 도착했다. 가까이 다가가도 도망가지 않는 토끼들, 머리가 희끗한 휴지 줍는 노신사도 보였다. 잘 다듬어진 정원수 사이로 시비詩碑가 보였다. 반가웠다. 「미라보 다리」, 「가을의 노래」, 「교감」 등 폴 베를렌느와 아폴리네르 시비가 여기저기 세워져 있다. 문학의 힘, 여기는 한국의 프랑스였다.

몽마르뜨공원과 이어진 누에다리로 나왔다. 다리 모양은 누에의 등과 같이 만들어져 있다. 여기를 오가는 사람들에게 누에의 입술에 손을 대고, 간절히 자기의 소망을 빌어보라는 의미에서 두 마리의 누에가 사랑을 나누는 조각예술품 〈잠몽蠶夢〉이 설치되어 있다. 작품 설명과 함께 누에는 옛날부터 천충天蟲이라고 한다. 오염된 땅에서는 살지 않고, 지저분한 뽕잎은 먹지 않으며 약 45일 갇힌 동안 다섯 번에 걸쳐 허물을 벗으며 성충이 되면 1,000~1,500m실로 고치를 짓는다. 나방이 되어 3일간의 뜨거운 사랑으로 500개의 알을 낳는다. 고치에서 뽑은 명주실은 비단을 만들고, 몸체는 한약재로, 똥은 가축사료와 녹색염료로, 번데기는 식용이나 고급 비누로 사용된다.

우리나라에서 누에를 친 것은 기원전 3,000년경부터며 조선시대 초 양잠법을 배우도록 국립양잠소인 잠실도회蠶室都會를 지금의 잠원동에 설치한 바 있다. 그리고 20세기 초까지 뽕나무를 기르고 누에를 치고 묘목을 재배하였다. 잠종蠶種을 보급하여 잠업을 가르치는 강습소가 있었다고 한다. 하나도 버릴 것 없는 누에의 속성과 일생을 잘 설명해주고 그것을 조각예술품으로 승화시킨 주민들의 의도를 확인할 수 있었다. 그리고 '누에의 신성한 기운을 받아 건강과 행복을 염원하는 마음으로, 성스러운 기운이 서린 이곳에 누에다리를 놓았다'는 누에다리의 취지를 찬찬히 읽었다. "오염된 땅에서는 살지 않고, 지저분한 뽕잎은 먹지 않는 천충天蟲"에게 소원을 빌어보는 만물의 영장이라는 나 자신도 그 앞에서는 자유롭지가 못하다.

다양한 소원 중에 "세상을 풍요롭게 하고 이름을 만방에 알리라"는 문구 앞에서 왠지 머뭇거리게 되는 것이다.

낙동정맥 트레일 길 위에서

올해 세 번째 코스인 〈게으른 산행〉은 '낙동정맥 트레일 길' 이다, 트레일 길이란 "산줄기나 산자락을 따라 길게 조성하여 시발점과 종점이 연결되지 않은 길을 말한다."

V-train으로 불리는 백두대간 협곡열차의 제2구간의 출발점인 분천지역에 도착한 시간은 아침 열 시다. V-train은 분천-양원-승부-철원을 지나 다시 분천으로 돌아온다. 1998년부터 해마다 12월에서 2월까지 중앙선을 순환하는 '눈꽃순환' 열차가 운행되면서 대한민국 최고 오지가 알려지기 시작했다. 그 여파로 새로운 그림을 그리고 있는 분천지역을 '산타마을'이라 칭한다. 알프스 산맥의 마테호른 산기슭에 자리잡은 스위스의 '체르마트' 역과 2013년 5월 자매결연을 맺은 후 2014년 분천역을 중심으로 산타마을을 조성하여 운영하고 있고 이를 기념하는 2.2㎞ 구간을 '체르마트 길'이라 이름 붙였다. 그 이름과는 다르게. 도화지에 그리다 만 것 같은 크리스마스 풍경을 안고

있는 지역들을 지나치다보니 작년 여름 방문했던 미국 미시건 주의 프랑켄무스라는 곳이 생각났다. 단일 품목으로 세계 최고로 큰 크리스마스 쇼핑센터인 '브로너스 크리스마스 원더랜드'의 상품을 모두 이곳으로 옮겨와 산타마을을 재구성해보고 싶다는 욕구에 발걸음이 자꾸 머뭇거려졌다.

본격 산행이 시작되었다. 며칠 전 심한 비에 도로가 물에 잠겨 있었다. 징검다리 돌 위를 맨발로 걸었다. 오랜만에 시린 내 발에 집중해보는 좋은 시간이 되기도 하였다. 기찻길이 보였다. 화물열차는 누에가 허물을 벗듯 협곡의 굴 속에서 빠져나오고 있었다. 나는 그 좁은 철길 옆으로 아스팔트 포장길을 걷고 있었다. 우측으로 거센 물결이 쏴~ 쏴 하고 소리를 내며 흘렀다. 여울목이었다. 넓은 강물이 우는 소리에 억새풀은 무심한 듯 바람에 흔들리고 있다. 여객열차와 화물열차의 교행은 생각보다 빈번했다. 분천역에서 1~2분이면 닿을 낙동강변의 절벽에는 융화동천融化洞天이 새겨져 있었는데 보부상들이 새겨넣은 것으로 추정된다. 실제로 그런 삶을 실천한 분천리 출신의 보부상인 원신계의 행적을 살펴보면 알 수 있다. 분천초등학교 개교 때 부지가 없자 자신의 전 재산을 희사한 인물로 그는 이 지역 출신이다. 마을 주민들이 직접 만든 특이한 이력을 갖고 있는 역사로 1988년 문을 연 양원역은 분천역과 승부역의 중간에 있었다. 임시역사라고 하기보다는 창고가 하나 달랑 지어져 있을 뿐 황량했다. 이곳은 그 옛날 보부상들과 사공들이 서로 교류하는 장소처럼 보였다.

나룻배를 정박해놓고 물길이 잦아들기를 기다리기도 하고 식량이 떨어지면 음식도 공급받기도 했을 교류의 장소 같아 보였다. 사공들이 나루터에 출발할 때에는 가족들과 작별인사를 나누지 않는 것이 관례였고 여성은 뗏목 주변의 접근을 금기하였다고 하는 이곳. 이곳에서의 도시락 점심은 왠지 달갑지가 않았다.

양원역에서 승부역사까지는 낙동강 비경길로 5.6㎞로서 두 시간 정도가 소요되었다. 골포천을 따라 흐르는 거센 여울목 소리가 요란했다. 시원의 소리는 벌류로 노 젓던 사람들을 그려주었고 좁아진 여울목의 센소리는 내 다리에 힘이 들어가게 했다. 승부역은 낙동강변의 기암괴석과 험준한 산길로 협곡을 달리면 만날 수 있다. 태백의 황지에서 발원한 낙동강이 흐르고 있으며 높은 산 중턱을 잘라 뚫은 철길, 그 언저리에 승부역사가 있었다.

우리 손으로 건설된 최초 철도는 영암선이다. 태백 일대의 지하자원을 수송하기 위해 영주에서 철원까지의 87㎞를 1949년 4월에 착공하여 1955년 12월에 준공한 이 철도는 한국전쟁을 만나면서는 중단된 적도 있다. 험난한 산악지형을 극복한 것으로 미국 FOA 원조자금으로 우리 손으로 건설된 최초 철도이다. 그 건설공사구간 중 가장 어려움이 많았다던 이곳 승부역(교량 55개와 터널33개)에는 1955년 설립된 '영암선 개통기념비'가 국가 문화재로 지정되어 있다. 이승만 대통령이 손수 쓴 기념비문이 새겨진 이곳에서 선조들의 노력에 경의를 표하고 싶었다.

주변은 고즈넉했다. 자그마한 간이역사에는 대합실조차 없다. 역사 건너편에 시비 하나가 외로이 서 있다. 가까이 가서 시와 설명문을 눈에 담았다. 1963년부터 19년간 근무한 김찬빈 씨가 역사驛舍 벽면에 흰 페인트로 쓴 것이 시비로 다시 태어나게 되었다고 한다.

하늘도 세 평이요,
꽃밭도 세 평,
영동의 심장이요
수송의 동맥이다.

울창한 숲은 하늘을 가리고 호랑이도 나타날 것 같은 오지 중 오지, 자그마한 간이역사, 여름이면 봉숭아며 채송화도 화단에 심었을 법하다. 치솟은 기암괴석과 빼곡하게 우거진 소나무 숲 사이, 손바닥으로 가려지던 그 하늘이 점점 넓어지면서 기찻길과 다리가 놓이고 굴도 뚫렸다. 천지가 개벽한 역사적인 현장의 증인, 땔감으로는 솔가지와 나무만 알고 살았던 것이 연탄으로 바뀌는 산업변화의 현장에서 철도 공무원으로서의 자긍심은 하늘을 뒤덮었을 것이다. 검은 석탄을 잔뜩 싣고 달리던 수송의 동맥, 그 기차는 하루에도 몇 차례 적막을 가르며 달렸을 것이다. 그때 기적 소리가 들리면 근무자인 그가 간이역무실에서 뛰어나와 힘차게 통과신호 깃대를 높이 흔들었을 것이다.

산이 신화를 만들고 사람이 설화를 만들 듯 승부역사를 일구고 철로길을 계획했던 사람들은 간 곳이 없고, 무심하게 서 있는 승부역사의 시비가 세 평 크기의 승부역사 앞에 서 있다. 산과 계곡을 따라 낙동강 물은 흐르고 결국 우리 모두도 떠나온 모천을 향해 흘러가고 있다.

양재 숲속의 진혼곡

삼풍백화점 유가족의 쉼터인 정자로 왔다. 이곳은 양재시민의 숲, A지구 남쪽 끝자락이면서 AT센터 뒤쪽이다. 악보, 보면대, 블루투스와 다섯 종의 오카리나가 들어 있는 가방 때문에 양 어깨가 빼근하다. 같은 내용물인데도 작년보다 더 무겁게 느껴진다.

한 달에 두세 번씩 찾는 이곳은 고속도로와 맞닿아 있어 소음은 끊이지 않지만 이 공간이 주는 의미는 많은 것을 상징한다. 그 당시 롯데백화점 다음으로 손꼽던 초호화 삼풍백화점은 1995년 6월 29일, 단 20여 초 만에 붕괴되고 말았다. 한순간에 어이없는 사망자와 사상자는 약 일천오백여 명이나 되었다. 한 기업인의 잘못된 정신과 공무원의 윤리강령 부재로 인한 고속성장의 어두운 그림자였다. 정자 우측에는 삼각형 모양의 대한항공기 버마상공 피폭被爆 희생자의 위령탑이 서 있다. 그 떼죽음을 어이하랴. 삼가 소리내어 비문을 읽어본다.

북한은 역사적인 88올림픽을 방해할 목적으로 비밀공작원 김승일과 김현일을 시켜 1987. 11. 29. 바그다드에서 서울로 항해하던 대한항공 858기에 시한폭탄을 장치하여 버마의 안디만 해역 상공에서 폭파시켰다. 한국인 113명과 외국인 2명의 고귀한 생명이 희생되었으며 결국은 사상 최대 규모인 서울올림픽의 성공적 개최에 밑거름이 되어 자유와 평화의 수호신으로 산화散華하였다 우리는 이를 엄히 역사에 기록하고 무고한 희생의 통한痛恨을 새기며 영靈의 명복을 빌기 위하여 각계의 정성을 모아 3주기를 맞아 이 자리에 위령탑慰靈塔을 세운다.

언제나 이 경내에 들어오면 숙연해진다. 그리고 내 살아 있음의 존재의 의미를 되짚게 되는 성찰의 공간이기도 하다. 우리는 가끔 이곳을 찾는다.

내 오카리나 파트너인 친구는 아직 도착 전이다. 언제나 정자 주변에서 서성이던 병든 길고양이는 간데없고 검은 줄무늬의 새 길고양이가 꼬리를 들어올리며 나를 잔뜩 경계하는 눈치다. 무심한 듯 가방을 내려놓았다. 오랜 장마 탓일까? 잿빛 하늘은 사방을 축 늘어져 보이게 한다. 눅눅해진 정자에 자리를 잡았다. 회색빛 하늘과 주변의 풍광이 새삼 무겁게 다가온다. 좌측의 삼풍참사 위령탑을 중심으로 사방에 심어진 네 그루 배롱나무에 눈길을 보낸다. 배롱나무에서 꽃이 피기 시작하면 여름이 시작된다. 햇볕이 가장 잘 드는 쪽부터 분홍색 꽃망울이 푸르름 속에서 기지개를 켜고 있다. 오른쪽 KAL 위령탑에는 키가 훌쩍 자란 방음림防音林인 메타세쿼이아 나무와 은행나무 그리고 중국

당단풍나무 등이 녹색의 숲을 이루고 있다. 새소리가 들리고 스쳐지나가는 바람결에서 짙은 피톤치드 향이 내 콧등을 강하게 자극한다.

나는 그 향기를 온몸으로 느끼며 천천히 보면대를 세우고 악보를 펼쳤다. 이 자리에 서면 나만의 방식대로 예를 갖추어 그들의 영혼을 위로하는 진혼곡을 선사한다. 오늘도 마찬가지이다. 마음이 다시 경건해진다. 음악을 골랐다. 반주기에서는 영화 〈타이타닉〉 주제곡인 〈My Heart Will Go On〉이 흘러나온다. 그 영화음악도 초호화 여객선의 침몰과정에서 희생된 못다 이룬 남녀의 사랑 이야기다. 귀에 익숙한 음원이 무심하던 침묵의 공간을 두드리기 시작한다. 작년보다 더 농익은 소리가 난다. 오카리나 선율은 나뭇가지와 잔디밭에 서려 있는 그들의 영혼을 위로하는 듯 바람에 실리어 퍼져 나아간다. 비명에 간 그들의 영혼을 위로하는 내 염원을 담아 구천의 영계에까지 닿도록 정성껏 불었다. 때가 되면 꽃은 다시 피는데 돌아오지 못하는 그들의 기일은 해마다 다가온다.

같은 나무라고 해도 어느 해에는 분홍꽃의 색깔로 짙게 필 때도 있고 엷은 색으로 필 때도 있다. 그들의 상처와 애달픈 모습을 거기에서 만난다. 다행히도 배롱나무의 꽃은 연중 피지 않는다. 아픔과 슬픔을 잔뜩 머금고 또 그렇게 한해를 보냈다가 여름을 알리면서 다시 피어나기 시작한다. 삼풍사고 날짜와 맞물려 의미 있는 개화이기도 하다. 배롱나무의 수피는 미끈하여 마치 어린 내 손녀의 머릿결 같다. 곧게 자라지 못하는 배롱나무의 뒤틀린 모양은 유가족의 고통을 대변해주기에 부족함이 없는 듯, 그러나 사방 가지들이 뻗어나가 그들 방식대로 살아가고 있다. 서로 햇빛도 잘 받고 소통도 잘 되게 적당하게 뒤틀린 모양이 예술 걸작품이다. 얼마나 다행인가? 희생자 유가족들도 그렇게 살아가고 있다면 좋겠다. 희생자들의 영혼만이 아니라 살아 있는 유가족들에게도 이 소리가 전해지길 바란다.

지루한 장마가 이어지던 어느 날은 하루 종일 이곳에서 보냈다. 기일이 지나간 지 얼마 되지 않아서일까? 노란 색과 흰 색의 꽃바구니를 한아름 안고 위령비 앞에 내려놓고 가는 할머니 뒷모습이 보였다. 또 오후 시간, 검은 원피스를 입고서 나타난 중년 부인의 모습도 보였다. 이 사자死者의 공간, 검은 옷을 입고 나타난 사람은 누구이겠는가?

섬세하고 따듯함으로 타인의 감정에 공감을 잘해주고 조건 없는 사랑의 능력을 자극 해주기도 하며 자기애를 회복시켜준다는 분홍색 배롱나무의 그 빛깔이 유가족들에게 위안의 마음으로 다가갔으면 좋겠다.

오카리나를 고쳐들고 이수인 작사 작곡 〈내 마음의 강물〉을 다시 불었다.

> 수많은 날은 떠나갔어도 내 맘의 강물 끝없이 흐르네
> 그날 그땐 지금은 없어도 내 맘의 강물 끝없이 흐르네

그분들의 넋을 위해 이 자리에서 나는 이런 시간을 갖고 있다. 숲속 고요에 둘러싸인 내 마음의 강물도 어디론가 끝없이 흐르고 있음을 느낀다.

우연에 대한 생각

'카페 문moon'을 연 지도 어언 석 달이 지났다.

둔탁한 작은 철문을 열고 들어서면 좁은 계단이 나온다. 어두운 계단엔 센서등을 달았다. 불빛을 따라서 계단을 내려서면 바닥에 닿기 전 비상등이 작동한다. 그 빛을 따라 메인 스위치에 불을 켜면 눈에 익은 새로운 나의 일터가 한눈에 들어온다. 카운터에 앉자마자 음악을 선곡한다. 음률이 전파를 타기 시작하면 어느새 몸도 마음도 긴장이 된다. 영업 시작이다.

천장에는 카페 상징인 크고 둥근 전구도 매달았다. 그 등은 보름달이고, 작은 등들은 별빛으로 삼았다. 지금 눈이 너무 예쁘게 내린다는 박 선생의 전화 한 통화는 콧등을 시리게도 하고 근무 중 나로 하여금 지상으로 올라가 바깥 구경을 하게 만든다.

첫 한파를 느끼게 하는 어느 날이었다. 대상포진을 핑계로 누워 있다가 12시가 가까워 가게로 나왔다. 급하게 오픈 준비를 하고 있는데 다급하게 문이 열리면서 누군가 들어왔다.

"안녕하세요? 사장님이세요? J지국에서 나왔습니다."

일등병이 고참병에게 신고하듯, 성큼 다가서는 남자. 바쁜 나의 일손을 멈추게 한 그는 "일 년 무료, 월 구독료는 00천원 그리고 추위를 녹이는 스토브 값으로 현금 0만원"이라는 내용이 적인 종이를 번개같이 내 손에 쥐어주고는 명함 한 장 집어들고 정중히 인사한 후 잽싸게 사라졌다. 내심 보고 싶었던 신문이었기에 조건은 그다지 중요하지 않았다. 그는 세련되고 잘 단련된 세일즈맨의 모습 그 자체였다. 저이는 어떤 어려움이 주어진다 해도 잘살 수 있겠다는 생각을 하던 중 손에 잡힌 무엇이 인지되었다. 얼떨결에 내 손에 그가 쥐어준 돈을 돌려줄 셈으로 황급히 문을 나서는데 웬 남자 손님이 들어섰다.

바쁘게 가던 걸음을 멈추고 그를 맞이해야만 했다. 남루하고 침울한 그는 호기 있게 가게를 둘러보고서는 자리를 잡았다. 그리고 맥주 두 병과 오징어 안주를 시켰다. 불편한 다리를 끌고 주문한 것을 빠르게 테이블에 세팅했다. 그리고 내 자리로 가서 앉으려는 순간, 그는 나에게 합석할 것을 요구했다. 내가 몸이 불편하다고 하자 그래도 차를 한 잔 가져오라고 한다. 좀 성가셨지만 첫 손님이라 그에게 응하기로 하고 커피 한 잔을 만들어 자리에 앉았다. 그는 벌써 맥주 한 병을 마신 후였다. 펑 하고 두 번째 병을 딴다. 그리고는 자작으로 한 잔을 쭉 들이키고서는 "아주머니요, 마누라가 십일 전에 주었습니데이." 금방 빨간 토끼눈이 되어버렸다. 남자가 흐느끼는 것을 처음으로 목격한 나는 당황스럽기도 하고 뭐라 위로의 말을 해야 할지 몰라 침묵으로 그 자리를 지켰다. 진정된 후 그에게 술 한 잔을 천천히 따라주었다. 나는 손님의 희로애락을 들어주는 영업을 하고 있구나,라는 생각이 들고 있는데 연이어 그는 "내 인생은 왜 이다지도 꼬이는지 모르겠다"고 간헐적으로 넋두리를 하기도 했다. 포클레인 기사였는데 "위로라고 하는 신호를 아래로라는 신호로 잘못 알아듣고, 장비를 내리는 바람에 세 사람을 죽였노라고 그리고 밤마다 악몽에 시달린다"며 그는 또 한 잔을 들이켰다. 그리고 연이어 흐느꼈다. "아지매요. 내 얘기가 지루하면 안 들어줘도 좋십니데이." 또 눈물을 글썽인다. 나는 그제야 그의 얼굴을 찬찬히 살피기 시작했다. 마알갛고 빨간 그의 눈은 총기가 서려 있었다. 못생긴 얼굴도 악해보이지도 않았다. 미처 보살피지 못한 듯한 앞니가 반은 빠져버린 오십대 초반의 남자였다. 쓰러져 있는 배낭과 진눈깨비로 살짝 젖은 머리는 기름을 바른 듯 짝 달라붙어 있었고, 그다지 왜소한 체격 또한 아니었다. 그의 우울함과 슬픔이 나 역시 환자라는 생각마저 잊어버리게 했다. 나는 그의 이야기에 집중했다. 내가 마주 앉아 있다는 것이 조금이라도 위로가 되길 바랐다.

두어 시간이 흘렀을까? 그는 책장의 책을 거론하더니 "아지매요. 돈 좀 빌려주시겠어요"? 하면서 나의 표정을 살피기 시작했다. 그 순간도 잠시, 유유히 자리를 떠날 채비를 했다. 술값을 지불해야 하는 의무는 아랑곳하지 않고 맡겨놓은 것처럼 마시고 가듯 나서는 것이 아닌가? 너무 어처구니가 없어서였는지 아니면 그의 연출과 연기에 몰입하여 아직 그 여운에서 미처 깨어나지 못했던 건지, 나는 그저 물리적인 한 조연자로서 그 자리에서 머물고 있을 뿐이었다. 더욱 이상한 것은 돈을 받아야 한다는 생각과 그의 그런 행동에 아무런 마음의 물결이 일어나지도 않았다는 것이다. 아직은 몹시도 낯선 이 상황 앞에서 나는 멍하니 서 있을 뿐이었다. 그리고 그가 노숙자란 것을 깨닫기까지는 그가 떠나고도 한참 지난 다음이었다.

어차피 산다는 것이 연극이라고 하지만 그는 훌륭한 연기자이면서 연출까지 겸비한 노숙자였고, 나는 이런 프로들에게 단련되어야만 하는 것인지 아니면 지금 이대로가 좋은 것인지 어리둥절했다.

만일 우리가 지구의 역사를 담는 영화를 처음부터 다시 찍는다면 마지막 장면에 인간이 또 다시 등장할 확률은 얼마인가를 스스로에게 묻던 영국의 고생물학자 존 굴드는 제로에 가까울 것이라고 했다.

"인간을 위해 봄부터 소쩍새가 운 것도 아니고, 천둥이 먹구름 속에서 그렇게 또한 운 것도 아니며 인간은 그냥 우연의 산물일 뿐"이라는 것이다. 그저 우연이란다.

오늘 전혀 다른 두 인간과 마주한 우연에 대해서 나는 생각해본다. 다음에 있을지 모를 또 다른 우연은 내게 어떤 방식으로 다가올 것인가?

양털 스웨터

일본에서 큰 박스가 도착했다. 추운 겨울, 편안히 입을 수 있는 옷들이다. 큰딸은 내 사이즈는 물론 취향도 알아서 가끔 맞춤형같이 보내온다.

실내복, 속내의, 털 슬리퍼, 운동화, 반 부츠, 신발만 3종류이다. 추운 지역을 감안하여 집 밖에서 편안하게 입을 수 있는 양털 스웨터, 모자 달린 잠바 등 거실 가득이다. 특히 옅은 나무색의 양털 인조 스웨터는 몽실몽실하다. 털 길이가 그리 길지 않고 가벼우면서 촉감도 부드럽다. 입고 벗기 편안하게 앞에 지퍼도 달려 있다. 그 옷을 입고 가끔 동네 마실을 다녔다. 그러던 어느 날 동네 어르신을 찾아뵈었다. 그 분은 내가 살고 있는 '공명의 집' 매도자 어머니이다. 올해 92세로 가끔 운동하러 가는 길에 찾아뵙고는 안부를 여쭙기도 하고 과자나 과일 등 군것질거리도 들고 가서 함께 먹고, 옛날 이야기도 들어주는 말동무로 각별한 관계를 유지하고 있다.

보통 집을 사고팔면 그것으로 끝나는 인연들이 대다수이다. 그러나 나는 집을 사면서 그 이유도 각별했다. 그 당시 집을 사기 위해서가 아닌, 다른 목적으로 이곳으로 왔었다. 대통령상에 빛나는 목공예 장인이 손수 지은 목재공방이었다. 바닥은 콘크리트였고, 실내는 공구들로 어수선했다. 뿐만 아니라 벽과 기둥은 먼지투성이었다. 천장을 쳐다보았다. 탁 트인 2층 공간이 한눈으로 '훅' 들어왔다. 주인에게 매도해야만 하는 이유를 물었다. 길 건너 사는 어머님을 모시고 살아야 하기에 집을 팔아야 한다고 했다. 그에게 힘을 실어주고 싶었다. 집의 가치뿐만 아니라 매도자의 심상心像이 더 나를 움직이게 했다. 그 인연으로 그분의 어머님과 남다르게 지내고 있다. 총명한 눈망울로 목소리까지 또록하다.

"어머님 계세요?" 인기척이 없다. 문을 열고 들어서면 깨끗한 마루와 나무난로 위 주전자에 김이 모락모락 난다. 안온하다. 귀가 잘 안 들린다고 하더니 못들었나보다. 더 큰소리로 불러본다. 잠시 뒤 TV 소리가 작아지면서 문이 열렸다. 나를 보자마자 반가움에 손을 덥석 잡는다. 연신 싱글벙글이다. 들었던 얘긴데도 처음 하는 것같이 반복한다. 그래도 처음 듣는 것처럼 맞장구 쳐드린다. 신기한 것은 순서도 틀리지 않는다. 다시 봐도 눈망울이 초롱초롱하다. 예쁜 고양이 같은 얼굴이다. 그렇게 우리는 손도 잡고 머리도 서로 쓰다듬어준다. 시간이 부족한 나로서는 발길이 잘 떨어지지 않을 때도 있다. 아쉬워하는 모습을 뒤로 하고 문을 닫고 나온다.

어제는 창가에서 인사만 나눈 탓에 오늘은 마음먹고 현관에 들어서니 소파에 나와 앉아계셨다. 나는 사탕봉지를 들고 자리에 앉았다. 할머니는 갑자기 내 곁으로 바짝 오시더니 내 옷을 만지면서 "고양이에게 먹이를 자꾸 갖다주니, 더 양양 거리듯이 내가 그렇다"면서 몸을 비튼다. 살짝 애교가 담겼다. 내 옷을 자꾸 만지면서 이것과 똑같은 스웨터를 입고 싶다고 했다. 똑같은 것으로 구입이 가능하면 한 벌 사드리겠다고 약속을 하고 자리에서 일어났다. 그냥 내 옷을 벗어드리고 싶었으나 크기가 맞지 않았다.

얼마 후 서울에서 색깔이 다른 흰 색으로 구입이 가능했다. 아끼지 말고 막 입으시라며 입혀드리는 내내 백만 달러짜리 웃음과 함께 어깨까지 들썩들썩했다. 할머니 피부색과도 잘 맞고 품이 꼭 알맞다. 궁둥이를 들썩이며 덩실덩실 춤을 추는 92세 할머니는 귀여운 여자였다.

용대리 황태덕장

우리 집에서 아래를 내려다보면 은혜네 집 마당이 한눈에 들어온다. 그 집 식구들의 부지런한 움직임이 들어왔다. 그들은 추운 겨울을 어떻게 지냈는지? 얼어붙은 밭 주변에 점점 고랑이 파지고 검정 비닐로 봄단장을 할 즈음 컨테이너 하우스에 짐차가 와서 뭔가를 내려놓고 돌아가는 모습이 자주 보였다.

밭둑을 건너 지척인 그의 집을 방문해보기로 했다. 컨테이너 하우스에서 부부의 도란도란 목소리가 들렸다. 노크 소리에 반응이 없어 문을 밀고 들어섰다. 황태 냄새가 진동했다. 책상 위에는 황태가 수북이 쌓여 있고, 텔레비전은 저 혼자 시끄러웠다. 부부는 부지런히 황태 분리작업을 하고 있었다. 남편이 배를 갈라 부인에게 던져주면 부인은 뼈, 머리 그리고 속껍질, 겉껍질 등을 각각 분리하여 손질했다. 철저한 분업이었다. 바쁜 중에도 노련하게 움직이던 손을 잠시 내려놓고 다가온 안주인은 나에게 커피 한잔을 건네주었다.

그들은 30년 전부터 이 작업을 했다. 처음에는 100마리 손질하면 5,000원인 것이 지금은 17,000원을 받는다고 했다. 그렇게 이해를 하고 보니 건너 재내마을에 황태를 손질하는 마을공동작업장이 생각났다. 노란 대문 집 80대 할머니도 다리를 절면서 아침 7시 30분이면 어김없이 출근했다. 황태 작업은 인제군민 경제생활에 도움을 주고 있다.

서울-춘천고속도로에서 동홍천 IC에 내려 46번 국도인 미시령으로 약 50여 분 달리다보면 백담사길을 지나게 되고, 5분 거리쯤에 용대리 황태의 본고장을 만나게 된다. 큰길가에는 한결같이 황태 음식을 파는 식당들이 줄지어 서 있다. 나는 인제군에 영향력 있는 산업으로 자리잡은 황태의 뿌리를 찾아보고 싶어졌다.

60세인 L씨를 만났다. 그는 용대3리 이장으로 젊은 시절 용대리 황태사업을 일으킨 젊은 주역이었다. '황태촌'을 운영하면서 황태축제 등 모든 행사에 앞장서고 있다. 며칠이 지난 후 또 다른 원조를 만날 수 있었다. 용대리 마을 어귀에 차를 세웠다. 겨울에는 빙벽등반가들로 붐비던 그곳 바위에서 물보라가 날리고 있었다. 지나가는 여행객들의 발걸음을 멈추게 했다. 약속 시간이 다가올 즈음 전화를 받았다. 약속 장소가 서로 어긋나, 그는 우리 집 마당에서, 나는 용대리에서 그를 기다렸다. 통화를 마친 우리는 얼마의 시간이 지나 강원도 대표 향토기업인 북설악 그의 사업장에서 만날 수 있었다.

그는 1956년생으로 얼굴에는 고단했던 삶의 흔적이 물신 배어 있었다. 연신 피어대는 줄담배는 초조하고 힘들었던 그의 시간들을 대변해주는 듯했다. 독한 담배 냄새보다 연민의 정이 그에게서 강하게 느껴졌다.

당시 소와 벼농사가 일등 수입원이었던 시절, 9살인 그는 아버지와 용대리에 정착했다. 가난한 그들에게 추운 겨울은 혹독했다. 먹을 것과 일거리를 찾아 17세 때부터 현장에 투입되어 일을 시작하게 된 그는 오늘날 황태산업을 일으킨 원조 주역이 되었다.

황태의 기원은 한국전쟁 이후로, 함경도 피난민들이 휴전선 부근인 속초 등지에서 실향민들과 터전을 닦게 되었는데, 이때부터 함경도 날씨와 비슷한 진부령 일대와 대관령 일대에서 황태를 만들기 시작했다고 한다. 명태 말리기는 함경도와 기후조건이 비슷한 용대리에서 뿌리를 내릴 수 있었다. 춘천에서 온 최기환 씨가 명태사업을 그곳에서 시작하면서 그 밑에서 일을 배우던 북설악 사장이 계승발전시켰다. 하루에 250원을 받고 고된 일을 시작하여 11년간 일을 익혔다고 한다. 러시아에서 냉동상태로 입항하면 바닷물에서 밤새도록 해동했고 그 다음날 새벽 덕장에 가서 상덕과 하덕에 걸쳐야 했다. 쌀 한 가마니 무게 분량의 동태를 지고 덕장을 오가다보면 한겨울인데도 땀범벅이 되었다. 추위는 그에게 사치스런 말이었다. 밤마다 주변 군인들이 덕장털이를 해가서 횃불을 들고 날이 새도록 덕장을 지켜야 했다. 그렇게 함께 지켜낸 덕주들은 모두 부자가 되었다고 한다. 명태를 말리면 노란 색을 띠기에 '황태'라고 본인이 직접 이름 지었다며 얼굴에 깊은 주름을 지으며 웃었다.

그는 31세에 어렵게 덕주(덕장 주인)가 되었다. 그러나 만만치 않은 첫 사업은 그를 미시령휴게소 길바닥으로 내몰았다. 함께한 하주(명태 주인)도 같은 처지였다. 4년간을 길바닥에서 버티고 있던 그에게 어느 날 기회가 찾아왔다. 미시령휴게소 사장의 배려로 그는 휴게소에서 소품으로 나누어 포장하면서 조리법 등 설명지를 따로 포장지에 넣어 판매했다. 사업은 쭉쭉 뻗어나갔다. 급기야 KBS 〈6시 내 고향〉에서도 그를 찾았고 방영되었다.

"명태는 우리나라 동해안, 일본 홋카이도, 오츠크 해, 태평양 등지에 분포하며 강한 회유성 어종으로 원산만에서 북해도 서해안까지 회유한다"고 한다. 원래 명태는 생것의 이름이고 말린 것은 북어, 어린 것은 노가리이고, 냉동된 것은 동태라고 불린다. 두 마리를 한 데 묶은 것을 코다리라 부르고 말려서 찢어둔 것을 '포'라고 한다. 명태 알은 명란젓, 내장은 창란젓 등으로 다시 태어난다.

"북어는 따뜻한 바닷가에서 햇볕에 그냥 말린 것이고, 황태는 산간지방의 눈과 바람 그리고 햇볕을 맞으며 숙성, 건조된 것이다. 기온이 영하 15℃ 이하로 내려가는 밤에는 꽁꽁 얼었다가 따스한 낮에는 햇볕과 맑은 바람을 맞으며 천천히 녹기를 반복하면서" 좋은 상품으로 완성된다.

조업 기간은 12월 중순에서 3월 말이나 4월 초까지이고 약 4개월간의 기후와 동업을 끝내야 했다. 일교차가 크고, 기온이 낮은 지리적 특성으로 황태 건조가 자연적으로 냉동 상태(기온이 떨어졌을 때)와 해동 상태(기온이 올라 갈 때)가 적절하게 이루어져야 만이 속살이 부드럽고 황금색이 진한 황태 생산이 가능하다고 한다. 황태는 49품이 들어가는 고인력 상품이고 그나마 개선된 것이 33품이 들어간다고 했다. 하늘과 동업을 하는 산업, 극심한 바람과 그리고 햇볕을 맞으면서 얼었다 녹았다를 반복하여 오늘날 황태가 탄생된 것이다. 태양과 눈과 바람에 얼었다 녹았다를 여러 번 반복하면 할수록 황태살은 푸석하게 최고상품이 된다고 한다. 그는 2014년 '농어업대상'을 수상한 입지적 인물이 되었다.

우리나라에서 생산되는 70%는 용대리 황태이고 30%는 대관령, 전체 판매의 50%는 현지 판매를 한다고 한다. 과거는 선어와 건어물인 북어의 형태로 판매가 되었는데 생산량이 감소한 현재는 국내산은 선어 상태로 유통, 황태·북어·동태는 모두 원양산이다. 단백질은 일반 닭보다 2.4배가 많다. 농한기에 돈벌이가 가능한 산업으로 이렇게 다양한 이름을 가진 명태는 사람과 일생이 많아 닮아 있었다.

나는 사무실을 개업하고 출입문 문설주 위에 매달려 있던 북어가 생각나 그것에 대한 유래를 물어보았다. 그는 "명태는 물속에서도 눈을 뜨고 있고, 잠을 잘 때도 눈을 뜨고 있으며 죽어서도 눈을 부릅뜨고 있어 24시간 두 눈을 뜨고 사업장을 보살핀다"는 의미가 담겨 있다고 설명해주었다.

나는 얼마 전 지인들이 사다준 황태가루로 만든 '구시다'가 천연의 좋은 맛을 내더라고 말했다. 그는 본인이 개발의 주역이라고 하면서 구시다를 여러 봉지 손에 쥐어주었다. 사투리로 국물맛이 '구시하다'고 해서 '구시다'로 이름지었다고 했다. 비닐봉지에서 상하지 않고 있는 비결은 '100% 건조한 후의 밀봉은 변하지 않는다'는 설명을 하는데 그의 명태사랑이 절로 느껴졌다.

코로나19와 값싼 중국산의 등장과 어린이와 청소년들의 외면식품으로 고전하고 있다는 황태. 각종 독성을 제거해주는 황태 효능을 알리고 싶었다. 현대인의 몸 안에 찌든 공해독을 제거하는 필수식품으로 조명받을 날을 기대한다. 용대리 황태가 세계시장으로 뻗어나가길 소원한다. 유럽으로만 수출되던 피지 원당(설탕)을 한국으로 가져오기까지의 어려움을 경험한 나는 그에게 그 원당을 주고 싶었다. 원당 한 바가지 들고 그를 다시 찾아가리라.

오유공烏酉公 위령제를 지켜보며

오늘은 천연기념물 265호 연산 화악리 오계의 문화제날이다. 오계烏鷄는 눈과 뼈, 피부는 물론, 발톱과 깃털 색까지 온통 새까맣다. 사백 년 전부터 궁중 진상품으로 받쳐졌고, 백 년 전까지만 해도 해마다 전통제례가 열렸으나 그동안 맥이 끊기다가 2003년부터 복원되어 오늘이 7회째의 제례가 치러지는 날이다. 6대 지킴이인 L씨는 내게 '솥뚜껑을 뒤집어 머리에 이고 마당을 돌면, 비가 내리는 것을 지연시킨다'는 말을 들었는데 그렇게라도 하고 싶은 심정이라고 말했다.

스산한 날씨 탓인지 사람들은 그리 많지가 않았다. 잔치국수로 점심을 때운 후 '오유공 위령제' 단상 앞에 자리를 잡았다. 문화제는 단기 4342년 기축년 연산 화악리 오유공 위령제 순서己丑年 連山 花岳里 烏酉公 慰靈祭 笏記에 따라 진행되었다.

제단 맨 앞줄에는 싱싱한 과일이 놓여 있었다. 여느 제사상과 다를 바 없었지만 그 뒷줄에는 싱싱한 통배추, 잘 생긴 무가 차려져 있었다.

극단 생강의 '길놀이'로 시작하여 거제선언을 하고 촛불점화, 신위봉안, 분향삼배, 영신굿에 이어 초헌례 순으로 이어졌다. 6대 지킴이인 L씨는 하얀 한복으로 곱게 차려입고 팔순을 훨씬 넘긴 그녀의 어머니는 옥색 한복으로 치장하고 정성껏 신위에 첫 잔을 올린다. 두 모녀는 마치 죽은 오계들을 사랑스런 자식을 떠나보내는 어미의 마음으로 제를 올리고 있다. "다음 세상에서는 좋은 집안에 태어나라"는 말도 잊지 않았다.

나는 2006년 겨울, 바이칼 여행지에서 L씨와 처음 만났다. 가녀리고 자그마한 체구의 그녀는 4남 1녀의 막내이다. 기자생활을 접고 가문의 대를 이어 오계엄마가 된 지 십여 년. 한 가정의 가족사에 중심이 된 오계, 선친들의 노력으로 문화재청으로부터 1980년 천연기념물로 지정받으면서 오유공의 전통제례가 다시 복원된 것이다. 현 6대 지킴이인 선친께서는 2002년 돌아가시기 전, (주)농업회사법인 지산농원을 세워 전 재산을 오계에게 상속하였다.

그녀는 아버지와 사이가 좋지 않았다. 닭에게만 정성을 쏟는 아버지를 이해하지 못하면서 자란 L씨는 손수 학비를 벌어 공부했고 힘든 객지생활을 버텨내야만 했다. 그 후 휴직을 하고 아버지 병을 간호하면서 처음으로 대화의 시간을 갖게 되었다. 어느 날 아버지는 가슴에 묻어둔 속내를 비로소 드러냈다. 내가 너의 할아버지 유품을 정리하다 천연기념물로 지정받기 위해 애쓰셨던 흔적을 발견하고 이 일만이 내가 해야 할 일이라고 생각해서 그렇게 했을 뿐이다. 그리고 나는 돈이 많은 아버지를 가졌지만 너는 돈을 번 적이 없는 아버지에게서 태어났다. 내가 가지고 있는 이 돈은 선친의 것이니, 선친의 뜻을 받드는 일에 써야 하기에 너의 뒷바라지를 할 수 없었다. 그러니 무능한 아버지를 용서하라는 말씀을 듣고 비로소 존경하는 마음을 갖게 되었다고 한다. 그러나 아무도 가업을 이을 사람이 없음을 알고 그 길로 생각을 바꾸어 시골로 내려가 현재에 이르렀다는 것이다. 이어서 제문 낭독이 이어졌다.

기축년 4월 25일 새 봄을 맞아 삼가 작은 정성을 모아 계룡산 신령님께 아뢰옵니다. 계룡산 줄기 아래 연산면 화악리에 전주 이 씨 집안이 있어 화산공 오륜 할아버지 이후 4백여 년간 오계를 길러오고 있습니다. 오계는 태양을 받들어 모시는 하늘의 사신으로 오계가 울면 해가 솟고 만물이 움직이기 시작하는 신령한 동물입니다. 그리고 오계는 사람들을 위하여 자신을 바쳐 희생을 하니 이제 이 희생을 기리고 오계의 보존과 번성을 위하여 하늘의 신에게 아뢰어 오계의 넋을 위로하고자 합니다. (중략) 앞으로 사람들의 삶도 평안하고 자신의 맡은 바 일을 잘 수행하게 해주십시오.

죽은 오계의 넋을 위로하면서 살고 있는 사람들의 삶도 함께 빌고 있었다. 갓을 쓰고 두루마기를 입은 축관과 사주祠主, 그리고 제주들도 오래간만에 보는 풍경이었다. 리듬과 박자가 있는 제문 낭독에 이어 아헌례와, 종헌례의 절차에 따라 술잔을 올리고 오유공의 넋을 진무하는 진혼굿 춤판이 이어졌다. 그 춤은 새벽을 알린 뒤의 홰를 치는 동작 같기도 하고, 다소곳하게 알을 품은 뒤 새끼를 까는 어미닭의 장한 모습을 보는 것 같기도 하며, 사람을 위해 기꺼이 희생하러 가는 의젓한 닭의 모습과 생의 미련이 남아 있는 넋을 위로하는 것 같기도 했다. 끊어질 듯이, 때로는 엎어질 듯 이어지는 동작과 음악이 음산한 날씨 탓인지 한층 더 애절하게 느껴졌다. 제생분향, 음복례, 망료례, 종제선언에 이르기까지 모든 순서들이 엄숙하게 진행되었다. 마치 아나운서처럼 세련된 사회자 목소리와 이따금씩 울어대는 오계 울음소리가 한층 더 위령제답게 해주었다.

작년 AI의 시련이 왔을 때 팔천여 마리 닭을 세 곳으로 분산시켜 매일 먹이를 날라다주는 현장을 지켜보기도 했다. 어느 마을에서는 AI가 왔다고 오계가 피난오는 것을 갑자기 거절해서 급히 다른 장소로 옮기는 작업을 밤새도록 해야 했다.

평소에도 그녀는 닭장에서 살다시피 한다. 닭을 부를 땐 '엄마가 왔다'고 말한다. 닭을 위해서 매일 아침 불경을 들려준다. 간혹 오계가 사나운 부리로 쪼아도 아프지 않단다. 여행지에서 병든 닭이 죽었다는 얘기를 듣고는 자신의 보살핌이 부족하여 죽었을 거라고 자책하기도 했다. 그리고 돌아오자마자 천도제를 지냈다는 얘기를 들었다. 부모들이 자식에게 좋은 음식 가려서 먹이듯 운영의 어려움에도 유기농을 고집하고 있다. 영험한 오계의 가치를 알리는 일과 종種의 보존을 위해 최선을 다하는 지킴이 L씨. 오계를 많이 키워서 세상에 좋은 쓰임을 받도록 하고 싶으나 운영의 어려움에 이제는 종 보존용으로만 숫자를 제한하고 있다고 한다.

자칫 사라질 뻔한 토종을 지켜내는 그녀야말로 말없이 애국과 진정한 생명존중을 실천하는 보살이라는 생각이 들었다. 죽어서는 단순한 식용 대상이 아닌, 허약한 사람의 약재로서, 원기회복 등 건강을 다스리는 일에 쓰임을 받고 알은 초밀란이라는 건강음료로 다시 태어나기도 한다. 이렇듯 사람의 건강에 쓰임받은 오계는 우리가 건강을 회복하여 자신의 맡은 바를 잘 수행하고 세상을 아름답게 바꾸는 일에 동참했을 때, 오계의 희생은 희생이 아닌 사랑의 동력으로 다시 태어나 인간과 동물로 이어지는, 생명의 뿌리는 하나라는 공생共生사상을 절감케 한다.

'오유공 위령제'는 한 집안의 가족사의 범주를 넘어 이제는 나라의 문화제로 그리고 세계의 문화제로 거듭 나기를 바라며 제단 앞에서 엄숙히 묵념했다.

오유공烏酉公의 넋이여, 슬퍼마소서!

사랑을 할 때만 피어나는 꽃

끊어졌던 부산(옥준)선생님과 오카리나 강습이 줌으로 가능하게 되었다. 코로나는 이렇게 비대면강좌를 인터넷으로 활성화시켰다. 기초부터 하자고 의견이 모아졌다.

어릴 적 종이 피아노 건반을 만들어서 밤새도록 갖고 놀았었다. 빳빳한 마분지 건반은 누르면 다시 올라오지 않아서 애를 태웠던 기억이 새롭다. 선생님의 음악 강의 속에는 인생이 녹아 있다. "오선은 음양의 조화이며 음계는 '관계'를 말한다. 줄은 양(남성)의 소리요, 칸은 음(여성)의 소리"로, 다시 듣는 강의는 진주알처럼 영롱하다. '고정도법'에서 '이동도법'으로 전환 등 벅차다. 3개월째로 접어들면서 새로운 곡을 주셨다. 〈백만 송이 장미〉였다. 사장조의 쉬운 조로 편곡된 것이었다. '12음계의 명명법'으로 계이름도 다시 배우고 있는 중이다(독일식). "마시는 호흡 수가 적을수록 좋은 연주"라고 강조하신다. "감정은 호흡에서 출발한다"는 가르침을 되새기면서 복식호흡에 집중한다.

〈백만 송이 장미〉는 1981년 라트비아 방송국이 주최한 가요 콘테스트에 출전한 가수의 노래이다. 작곡자는 라이몬즈 파울스, 작사는 레온스 브리에디스가 했다. "라트비아타 국가가 처한 지정학적 운명과 비극적 역사를 모녀 관계에 빗대어 노래한 곡으로, 지모신이자 운명의 여신이 딸(라트비아)을 낳고, 정성껏 보살폈지만 가장 중요한 행복을 가르쳐주지 못하고 그냥 떠나버렸기 때문에 성장한 딸에게 기다리고 있는 것은 끔찍한 운명이었다"는 원곡인 〈Dāvaja Marina meitinal muzinu〉(마라가 딸에게 준 삶)이라는 가요곡이다.

내가 아주, 아주 어릴 적에
지치고 힘들어할 때
난 다급히 서둘러서
엄마를 찾았지

1982년 러시아에서는 알라 푸가 초바가 〈백만 송이 장미〉로 노래 제목을 바꾸었다. 그 외 다수 해외에서도, 국내에서는 가수 심수봉이 1997년 "가장 귀한 사랑이 뭔가를 찾다가 아카페적인 사랑을 찾았다"며 전혀 다른 가사로 본인이 직접 개사를 했다고 한다.

악보를 펼쳤다. '음악에서 악보는 대본'이라는 가르침이 번개같이 스쳐지나갔다. 그리고 연주는 드라마라는 이론이 생생하게 떠올랐다. 한 편의 드라마처럼 이 곡을 불고 싶었다.

총 20개의 작은악절(82마디)로 이루어져 있다. 첫 전주의 작은악절

네 마디는 생로병사生老病死에서 생生과 같다. 남성적인 양陽의 소리로 시작하면서 단순한 음이 반복된다. 봄 여름 가을 겨울이 흘렀다. 내 의지로는 무관하게 타인의 손에 의해서 탄생의 신호 음音이 흐른다. 두 번째 작은음절로 내려와서는 땅속에서 씨앗이 발현되듯 라트비아도 태어나서 자랐다. 평범한 일상은 그렇게 지나갔다. 21마디부터 28마디는 도돌이표가 붙어 있다. 인생의 여름이 찾아왔다. 단순한 음의 반복은 우리들의 일일과 한 달을 그리고 일 년을 얘기한다. 하루는 낮과 밤의 반복, 한 달은 그믐달에서 상현달, 보름달, 하현달로 반복, 한 계절이 흐르고 또 흘러갔다. 변함없고 평범한 일상이 바쁘게 지나가고 있다. 세월은 흘러 엄마는 점점 늙어갔고, 엄마의 울타리 속에서 라트비아도 성장하였다.

45마디에서 또 똑같은 리듬이 반복된다. 엄마는 병약해져간다. 같은 나날 같지만 하루도 같은 나날이 없다. 49마디에서 이어지는 음을 조가 바뀌면서 끝나는 그 음의 높이를 그대로 이어받고 있다.

악기는 69마디에 와서 음陰의 소리로 바뀌며 고음을 낸다. 마지막 온 힘을 다해 쏟아낸다. 홀로 남겨진 라트비아의 험난한 인생 여정처럼. 언젠가는 홀로 남겨지게 될 내 딸들이 또 떠오른다. '난 다급히 엄마를 찾았네' 어린 그 애들의 모습을 더듬으며 마음이 젖고 만다. 사랑을 할 때만 피어나는 꽃! 그 꽃을 피우고 싶다. 〈백만 송이 장미〉. 고독한 풀피리의 선율이 슬프다.

제5부 거리의 아이들

피지안 리띠아

올해 36세인 리띠아. 그녀는 전통 피지인의 얼굴을 가진 아담함 체구의 초등학교 교사였다. 그녀 가족들은, 실내디자이너인 남편과 딸, 아들 각 한 명씩을 두었는데, 우리 모텔의 장기 투숙객이다. 요즘 이곳 난디에는 건축 붐이 일고 있는 터라 그녀의 남편에게도 일거리가 많았다. 그래서 그녀는 때로 나를 데려가 남편과 함께 일한 곳을 보여주면서 자랑하기도 했다. 그들의 작품이 특급 호텔 로비 전체 벽면에 걸려 있었다. 피지 전통의 '카바의식'을 현대화한 모습을 담고 있었다. 나무색 바탕에 검은 먹물 같은 것으로 색칠을 해놓았다. 그녀의 가족들은 참 성실하고 화목해 보였다. 아무리 바빠도 아이들의 등하교는 그가 반드시 책임을 졌다. 그녀 또한 아침 출근 전에 마당을 쓸고 화단에 물을 주었다. 방과 후에는 아이들과 함께 화단의 풀 뽑기도 했다. 투숙객들의 하루 이틀 소일거리겠거니 싶어서 그다지 관심을 두지 않았다. 하지만 그게 아니었다. 하루도 거르지 않고 그 일은 지속되었다. 때로는 설거지도 도와주었다. 힘들 텐데 그만두라고 해도 마치 화단의 꽃처럼 웃기만 했다. 화단의 꽃만이 꽃이 아니었다. 아이들까지도 새싹처럼 파릇파릇했다.

그러던 그녀의 머리가 점점 윤기를 잃고 푸석거리기 시작했다. 교회에 가는 날 부스러질 것 같은 머리에 코코넛오일을 잔뜩 바르는 것을 제외하고는. 단정한 옷차림에 방글거리던 그녀의 얼굴이 점점 표정을 잃어갔다. 남편 모습이 언제부턴가 보이지 않았다. 하지만 여전히 화단을 가꾸는 그녀와 가족들 모습은 변함이 없었다. 꽃도 나무도 싱그러웠다. 아마도 그에게 일감이 많아서 바쁘겠거니 생각했다. 하지만 남편 자동차가 보이지 않는 날이 많아지면 많아질수록 한밤중에 부스럭거리는 인기척 소리는 늘어갔다. 때로는 그녀의 방에서 싸우는 소리도 들렸다. 이상한 생각이 들었다. 싸우는 소리가 들리는 날에는 나는 그녀와 아이들의 도시락을 준비해서 모른 척하고 학교에 데려다주었다. 아이들에게는 '오후에 또 올게' 궁둥이를 툭 치며 운동장으로 씩씩하게 뛰어들어가게 했다. 고마워 어쩔 줄을 모르는 그녀마저 교정으로 들여보내고 그녀가 사라질 때까지 나는 그 자리에 서 있었다. 강력한 햇살과 구름 한 점 없는 코발트색 하늘은 저렇게 비춰주고 있는데 가슴이 먹먹했다.

비바람이 몹시 부는 어느 밤이었다. 그녀는 사무실에 있는 나에게로 달려와 와락 안기며 'HELP ME!'를 외쳤다. 나는 본능적으로 사무실 불을 끄고 문을 잠갔다. 그리고 가만히 뒷문을 통해 그녀를 가장 안전한 방으로 숨겼다. 나는 사무실에서 두렵고 무서운 밤을 지새웠다. 그런 일이 있은 후 그녀는 조금씩 말문을 열기 시작했다. 남편의 외도와 별거는 이미 오래 전부터 반복되었다는 것이다. 그가 잘못을 뉘우친다고 애원했고 딸아이가 아빠를 그리워해서 용서할 수밖에 없었다. 하지만 그는 빈손이었다. 담담하게 얘기하는 그녀의 가슴과 얼굴은 타다 남은 숯덩이처럼 점점 딱딱해졌다. 이번이 마지막 기회라 생각하면서 남편과 아트 일을 기획하고 후원하면서 최선을 다하면 금전적인 형편은 언제라도 다시 좋아질 것이라고 믿었다. 하지만 폭음과 외도는 고칠 수가 없었다.

그녀의 고향은 수바에서 직항 배로 삼 일을 가야만 하는 아주 작은 섬이다. 팔남매의 장녀로 부모들에게는 든든한 기둥이었다. 그녀는 친정 부모께 매주 약간의 생활비를 보내주고 있었다. 그리고 부지는 시유지이고 건축물만 개인 것인 집을 사드렸는데, 이제 그는 그것조차 외도의 좋은 구실로 삼았다. 그 집을 처분해오라고 한단다. 하지만 그녀는 그렇게 할 수 없었다. 그는 내가 자기 아내와 자식들을 아끼고 귀여워하는 낌새를 보이자 숙박비를 미루기 시작했다. 실내 디자인 일을 모두 실패한 그는 자가용으로 불법 택시영업을 하고 있었다. 투숙객이 오면 그들과 어울려 마냥 즐겁고 방탕한 시간을 보냈다. 그리고 돈이 생긴 날은 어김없이 외박을 했다.

어느 날 갑자기 밖에서 소란스러운 소리가 들렸다. 모텔 모퉁이에서 소리 없이 남편의 폭력에 몸을 맡기고 있던 그녀를 지나가던 행인이 본 것이다. 그 행인이 '왜 여자를 때리느냐'고 하자 이미 사나운 야생동물로 변한 그와 시비가 붙은 것이다. 서로 폭언을 해댔다. 나는 사무실 직원인 릴리안느에게 경찰에 신고를 하게 한 후 그들에게 "나는 이 모텔 주인이다. 다들 조용히 하라"고 소리를 쳤지만 그 소리에는 힘이 없었다. 다리가 부들부들 떨렸다. 이웃 주민들이 기웃거리고 개들도 짖어댔다. 그는 뒷담을 넘어 도망을 쳤다. 나는 모텔 정문을 잠갔다. 또 다시 폭언과 고함소리가 밖에서 들렸다. 아이들이 2층 창문으로 밖을 내려다보며 울어댄다. 아이들을 내 방으로 데려다가 안정을 취하게 했다. 그러는 사이 경찰이 왔다. 나는 밖으로 나갔다. 그는 이런 말 저런 말을 하면서 경찰을 보면서 비굴한 웃음을 지었다. 그러자 주변 사람 모두가 한 목소리로 "저 뻔뻔한 녀석"하면서 웅성거렸다. 그와 리띠아가 순찰차를 타고 갔다. 사이렌 소리가 멀어지자 주변은 이내 조용해졌다. 칠흑같이 어두운 밤하늘에 별들이 총총하다. 말똥말똥하던 아이들의 눈망울처럼.

그 이튿날 그녀는 짐을 쌌다. 아이들은 시댁으로 보냈고 그녀는 목사님 댁으로 들어갔다. 그들의 짐은 가방 세 개 그리고 약간의 책이 전부였다. 그녀는 내게 미안하다며 고개를 숙였다. "이혼 해야겠어요." 나는 그녀의 어깨를 다독였다. 그녀의 주머니에 손에 잡히는 대로 돈을 넣어주었다. 얼마 뒤 나는 한국으로 돌아와야만 했다. 2주간의 시간이 흐른 후, 그녀는 우리 모텔에 근무하고 싶다고 했다. 나는 그녀를 야간근무자로 채용했다. 아이들도 데려와 함께 모텔에서 생활하게 했다. 그리고 또 시간이 흘렀다. 모텔로 전화를 했다. 그녀가 전화를 받았다. "낮 시간인데. 학교는?" 하자 "그만 두었어요. 드릴 말씀이 있는데 언제 오세요?" 한다 밝은 그녀의 음성이 햇살처럼 수화기에 가득 찼다.

오래간만에 피지에 도착했다. 리띠아가 나를 반겼다. 깊은 포옹을 하는 그녀의 가슴이 따뜻했다. 하지만 지배인이 아닌 그녀가 공항에 나온 것이 심상치 않아서 물었다. "지배인은?" "거액의 회사공금을 훔쳐서 호주로 달아났어요." 나는 마음이 바빠졌다. "그럼 모텔 운영은?" "우선 제가 맡고 있어요." 자신 없어하는 그녀. 나는 눈시울이 뜨거워졌다. 한국에서처럼 피지 역시 교편은 가장 안정된 직업이다. 그런데도 그 직업을 그만두고 모텔 일을 도맡아해주는 그녀가 고마워서였다. 모텔로 돌아온 그녀는 이제 적당한 지배인을 구해야 한다며 나를 위로해주었다. 이 사람 바보 아냐, 싶었다. 나 때문에 그만둔 직장은 그럼 어떻게 하려고? 그래서 난 물었다. "그럼 넌?" 자기는 다른 곳을 알아보겠다고 했다. 그런 말을 하는 그녀의 얼굴이 무척 밝았다.

그녀는 이제 더 이상 Mrs Bale도 아닌, 리띠아 선생님도 아닌 우리 모텔 지배인으로서 일을 담당했다. 고객과 시설물 관리, 경리장부 정리 및 직원 관리 등, 그동안 신경써온 고객유치, 그녀를 당당한 프로우먼으로 만들고 싶었다. 그녀는 바쁘다. 여전히 마당을 쓸고 화단에 물을 주고 잡초를 뽑아낸다. 투숙객들 밥도 챙긴다. 손님이 많아서 다른 집까지 세를 얻어서 손님을 유치하고 있다. 그녀는 이제 와인도 마실 줄 안다. 손님을 위해 우쿨렐레를 치면서 노래도 부른다. 그녀에게 너무 일이 많은 것 같아서 식사하는 손님은 이제 그만 유치하라고 지시했다. 하지만 그럴 때마다 그녀는 내게 매달린다. 나는 못들은 척하며 툭 쏘아붙인다. "그건 너의 전공이 아니잖아!"

거리의 아이들

지저귀는 새소리가 상큼하다. 모텔 정문을 활짝 연다. 외등을 차례로 꺼나간다. 희뿌옇던 주변이 금세 훤해진다. 은은한 한국의 여명이 그리워지는 아침이다.

허름한 밴 한 대가 정문 앞에 멈춰선다. 덩치가 있고 불량스러워 보이는 아가씨와 조금 더 어려보이는 두 명의 여자아이들이 차에서 내려 룸값을 묻는다. 나는 왠지 싸게 해주고 싶다. 50달러, 그들은 만족해한다. 차에서 내리는 짐을 보니 바로 고물상으로 가도 될 것 같은 허름한 옷들이다. 이상했다. 그들은 내 눈치를 살피는 것 같았다. 나는 다른 일을 하면서 그들을 관찰했다.

뒤뜰 세탁실에 가니 세탁물이 잔뜩 쌓여 있었다. 그들의 옷이었다. 대형 세탁기로 세 번은 돌려야 될 것 같은 양이었다. 뭘하는 아이들일까? 서성이고 있는데 나의 코를 자극하는 냄새가 났다. 사무실 옆을 지나치는 그녀들의 손가락 사이에서 담배연기가 솔솔 피어올랐다. 끈

하나 달랑 달린, 속살이 다 비치는 웃옷과 짝 달라붙은 핫팬츠는 그들에게는 평상복처럼 보였다. 그들은 도착한 택시를 타고 나갔다가 얼마 후 먹을 것을 사들고 돌아왔다. 그리고는 쌓여 있는 세탁물은 아랑곳하지 않고 온종일 인기척이 없다. 저녁 때가 되자 아침의 지저분한 모습과는 정반대로 짙은 향수냄새, 시뻘겋게 바른 립스틱, 속살이 다 비치는 웃옷을 살짝 걸쳐입고 굽이 높아 금방 넘어질 것 같은 빨간 반짝이 구두를 신고 나왔다. 영락없는 밤거리 여자들이었다.

가끔 밤중 집 앞 길거리에 나가면 짙은 향수냄새를 풍기면서 지나가는 남자들에게 다가가 손목을 끄는 그런 아이들이다. 불빛을 찾아 길거리로 나서는 불나방 같은 그들은 택시를 잘 이용했다. 큰길에서 여기까지는 약 천 미터, 이 거리를 택시로 왕래한다. 그리고 일을 끝내고 돌아오는 길은 걸음을 잘 가누지 못한다. 그들은 나와 눈을 맞추려 하지 않았다. 숙박료를 낼 때만 단답형 인사를 한다. 일이 없는 날은 멀쩡하게 들어온다. 그런 날이 많아지던 어느 날 그 중 큰아이가 우리 집에서 일을 하고 싶다고 했다. 순간 멈칫해졌다. 행여 나에게 물어오면 뭐라고 말할까? 아니야 직원은 다 뽑았다고 말할까, 아니면 경력이 없어서 안 된다고 할까. 밝은 곳으로 인도하는 많은 성직자들 그리고 봉사하는 분들이 생각났다. 이런 일들이 꼭 그런 분들의 몫만이 아닐 텐데 막상 내 앞에 닥쳐오니 머뭇거려지는 내 자신이 부끄러웠다.

어느 정도 이곳 환경에 익숙해지자 그들은 우리의 룰을 조금씩 깨기 시작했다. 방에서 담배를 피우는 것, 다른 사람 옷을 걷어가는 것, 내 옷도 물론이었다. 직원들은 저런 아이들은 내보내야 한다고 했다.

그러나 나는 못들은 척했다. 우리마저 내보낸다면 어디에서 저들을 받아줄까? 그들이 여기에 올 때 다른 곳에서 혹시 쫓겨온 것이 아닐까 하는 생각이 들었다. 직원으로 채용은 못할지라도 그네들 스스로 나갈 때까지 나는 그들을 감싸주기로 했다. 가끔 먹을 것도 챙겨주고 인사도 내가 먼저 했다.

그들이 온 지 열흘쯤 지났을까. 갑자기 방을 열어보고 싶은 생각이 들었다. 객실 바닥이 목조여서 담배 피우는 그들의 불관리가 걱정도 되고 무엇보다도 그들의 생활이 궁금해서였다. 나는 지배인인 리띠아와 방문을 열어보기로 했다. 아! 그런데 생각보다 깔끔하고 질서정연하게 정리정돈이 잘 되어 있지 않은가. 겉으로 본 모습과 확연히 다르다. 모든 것이 무질서할 것이라고 짐작한 것이다. 나는 그들에게 점점 더 마음이 다가갔다. 그들도 이제 나에게 눈을 맞추고 큰소리로 인사를 건넸다.

어느 날 큰아이가 중고 디지털 카메라를 들고 왔다. "안티. 이것 좀 충전시켜주세요." 그 아이는 자기보다 손 위는 모두 안티라고 불렀다. 그런데 그녀는 사용 방법을 모른다. 내가 설명을 해줘도 이해를 못했다. 디지털카메라면 다 똑같은 충전기를 쓰는 것쯤으로 아는 듯했다. 그들은 카메라를 자기 돈으로 산 것이 아니고 설명을 충분히 듣지 않았기에 그 기능을 잘 몰랐다. 늦은 밤 그들은 도미토리(여러 명이 함께 쓰는 방)에서 가끔 떠들기도 했다. 몇 번의 주의를 주었지만 그럴 때마다 "네" 하고 미안하다는 소리만 할 뿐이었다.

어느 비 오는 날이었다. 그들이 택시를 타고 간단한 먹을거리를 사러 간다고 했다. 나는 우산을 받쳐주며 그냥 걸어서 다녀오라고 했다. 고맙게도 내 말을 따라주었다. 그 후 빌려간 우산은 어디로 갔는지 내게 돌아오지 않았다. 가끔 룸값을 제때 치르지 못했다. 그때쯤이면 이상한 이들이 와서 대신 돈을 주고 가기도 했다.

오후 3시경이면 그들에게는 아침이다. 그렇게 조금씩 익숙해지는 줄 알았다. 어느 날 밤, 갑자기 소란스러웠다. 일을 마치고 돌아왔나 보다. 잠자리에서 일어나 소리나는 쪽으로 갔다. 그 방은 도미토리룸이다. 셋이서 일곱 침대를 맘껏 휘저어놓고 있다. 이곳은 그들의 방이 아니다. 옆의 손님은 안중에도 없다. 벌써 몇 번째인지 이제 그들은 그런 행위들이 제법 익숙해진 모양이었다. 본래 그들의 모습으로 돌아왔다. 비틀비틀 예전 그들의 모습 그대로였다. 내가 도미토리에 들어서는 순간 그들도 화들짝 놀랐다. 몸을 가누지 못하고 흐느적거렸다. 나도 인내에 바닥이 났다. 잘못한 것을 아는지 불 위의 오징어처럼 몸을 비비꼬면서 히죽히죽 웃었다. 내 표정이 심상치 않았는지 방으로 가서는 짐을 싸기 시작했다. 짐이라야 베개 2개 옷가방, 화장품 보따리가 전부였다.

한 아이가 혀 꼬부라진 소리로 가까스로 택시를 불렀다. 이 늦은 밤 딱히 갈 곳이 없다는 것을 알기에, 측은한 마음이 들어 나는 룸값을 환불해주었다. 그 다음부터 내 손은 로봇처럼 움직였다. 나는 그들의 가방과 짐을 택시 트렁크에 빠짐없이 실어주었다. 인사도 하는 둥 마는 둥 그렇게 그들이 떠나갔다.

나는 그들이 떠난 자리를 바라보며 한참을 멍하니 서 있었다. 그리고 그들이 묵었던 방으로 들어가보았다. 빨간 반짝이 구두 한 짝이 침대 밑에 나뒹굴고 있었다. 그 신발을 전해주고 싶었으나 그들의 행방을 알 수가 없다. 그들은 또 다른 곳으로 이렇게 떠나갔다. 처음 우리 집에 왔을 때도 다른 집에서 이런 식으로 떠나오지 않았을까?

시계는 새벽 2시를 가리킨다. 캄캄한 밤하늘을 쳐다보니 허허롭다. 잠이 오지 않는다. 지금쯤 그들은 잠자리를 마련했을까? 아이들이 "안티" 하고 다시 돌아올 것만 같은 새벽이다.

두 친구

까마득하게 잊고 지낸 초등학교 동창 철호가 있다. 40년 만의 만남이었다. 옛날에는 일제고사 시험지를 등사지로 보아야 했다. 교무실과 소사실에서 등사해주는 일, 잡무를 도와주던 그 아이는 일찍이 생활전선에 뛰어들었다. 나는 까맣게 몰랐다. 오히려 그런 일을 하는 철호가 이상하게 생각되었다. 그 아이는 어떻게 선생님들과 친하지?

오십이 넘어서 동창들과 만난 자리에서 소식을 전해들었다. 철호가 수협조합장 선거에 나갈 것이라고. 어느 날 문득 나는 그에게 전화를 걸어보았다. 지금 수업 중이라고 했다. 고등학교 검정고시였다. 조합장이 되려면 기본 학력이 필요했기 때문이다. 필요에 의해서 하는 공부가 진짜 공부가 아니던가.

차츰 알아가게 된 철호는 변화를 꿈꾸는 친구였다. 그것은 내가 제일 좋아하는 삶의 태도이다. 어려운 역경을 극복하면서 본인이 어린 시절부터 잔뼈가 굵어진 곳에서의 출사표였다. 그 바쁜 와중에도 내가 고향을 내려간다고 하자, 경주역까지 마중을 나와주었다. 열차가 닿기 전에 먼저 도착하여 나를 기다려주는 일등기사였다. 여동생의 딸인 조카의 죽음을 앞두고 그가 치른 헌신은 눈물겨웠다.

똑똑한 젊은 조카는 S회사 헝가리 주재원으로 나갔다가 느닷없이 암 투병으로 두 번의 대시술을 받았다. 치료에 도움이 된다는 약초며, 명의를 찾아가는 일 등 그가 부모를 제쳐두고 발 벗고 나섰다. 조카를 위한 것이라면 대한민국 어디라도 직접 찾아가서 구해다 먹이고 시간을 함께했다는 이야기를 듣고 철호를 다시 보게 만들었다. 그때는 공교롭게도 철호는 선거를 앞둔 금싸라기 같은 시간이었고 또 그 시간에 공부를 해야 했다. 아픈 조카를 돌보면서 공부하는 시간을 함께했다고 한다. 얘기의 요체는 조카이지만 너무 똑똑해서 대한민국 인재로 생각했다는 것이다. 그 인재를 위해 최선을 다해 보았노라고, 장한 대한민국의 딸이었기에. 그런 인재를 먼저 떠나보내야 하는 자기 자신이 원망스럽고 한탄스러웠다는 회한에 찬 소리는, 철호의 시야가 열려 있는 사람으로 그리고 인정이 철철 흘러넘치는 외삼촌이었음을 알게 한다. 그 조카는 눈을 감는 순간까지도 행복했을 것이라는 생각이 들었다.

그로부터 몇 달이 지난 후 하루는 회사로 대구 두 마리를 보내왔다. 알이 꽉 차 있고 다른 한 마리는 곤이가 들어 있는 생선으로 크기가 1미터도 넘었다. 주체할 수가 없었다. 단골 식당에다 요리를 부탁하고 직원들과 10여 명이 풍족하게 먹었다. 몸담았던 그곳을 떠나기 전에 인사한다는 변이었다. 철호는 그런 동창생이었다.

고향에 가면 육거리가 있다. 어렸을 때 꽤나 넓고 길어보였던 그 신작로는 서울 강북의 어느 뒷길만 하다. 그 육거리에서 포항 가는 길쪽으로 가다보면 좌측으로 1층에는 신협이 있고 2층에 '로댕 카페' 간판이 보인다. 고향지킴이 황정숙의 일터이다. 동창들의 애경사는 물론, 우리들의 근황을 꿰고 있는 통신망이다. 친구들을 모두 품고 있다. 친구는 풍성한 몸매처럼 품성이 넉넉하다. 일터인 2층으로 올라가는 뒷모습을 보면 계단이 좁아 보일 정도의 몸을 가졌지만 행동은 민첩하여 미뤄지는 일이 없다. 어쩌다 통화를 하면 포항 가는 길이다, 경주가는 길이다, 시방 바쁘다였다.

그녀에게 전화를 걸었다. 몇 년 전부터 방문한다는 것이 이제서야 가고 있다. 친구들의 바쁜 여름철을 배려해 나는 늦가을을 택했다. 모처럼 오붓한 친구들과의 만남을 그리면서 내가 도착한 시각은 점심시간이 비켜간 때였다. 바쁜 철호가 마중을 나왔다. 철호는 정숙이랑 만나게 한 후, 돌아갔다. 커피점에서 정숙이랑 마주 앉았다. "가게는 어쩌고?" "문 닫았다." 가게를 문 닫은 것은 처음이라고 했다. 미안함과 대접받는다는 느낌이 교차했다. 그 애가 누군가에게 전화를 건다. "동생, 응", 하더니 "애야 차 왔다. 우리 가자." 우리는 숙소로 향했다.

전촌 솔밭 가기 전 한적한 곳에 미리 자리를 잡아두었다. 방문을 열고 가방을 내려놓는 사이 그 차는 대기 중이었다. 다시 그 차로 시내로 들어온 나는 정숙의 스케줄대로 초등학교 동창회장과 총무를 만나보았다. 대물림으로 받은 철물점을 운영하는 사장은 윤장호이다. 그는 동창회장이다. 안정된 터전 위에서 잘 꾸려나가고 있었다. 그 친구는 학창시절부터 건강이 좋지 않아서 학업도 포기했다는 안타까운 소식을 들었던 기억이 났다. 마주한 찻잔은 우리들의 세월의 흔적들을 모두 담고 있었다.

저녁시간이 되어 철호가 운영하는 중국집으로 향했다. 5~6명이 모였다. 조합장 선거 후유증을 극복하려고 개업한 식당이다. 개업할 때 인사도 못한 것이 못내 마음에 걸렸던 나로서는 좋은 기회였다. 중국술과 함께 한 상 가득이다. 일하는 주방장과 철호의 친밀한 관계를 보면서 철호의 성공이 예견되었다. 자리를 뜨면서 정산을 한 후 숙소로 향했다. 정숙이는 대게를 준비했다. 정숙의 물미역무침과 무나물은 모두의 입맛을 돋우었고, 이야기로 꽃을 피우고 있던 사이 철호가 늦게 합석을 또 했다. 정숙이가 만들어 온 반찬과 친구들의 근황들이 술안주가 되어 즐기는 술은 술술 잘 넘어갔다. 즐기지 못하는 술이지만 그날만은 달달했다.

그날 밤 우리들의 시간은 주로 초등학교 시절에 머물러 있었다. 그런데 이 세상을 달리한 친구들이 생각보다 많았다. 그 이튿날 정숙이랑 둘이서 아침밥을 먹는데, 김치 맛이 친구의 인품처럼 넉넉하고 깊었다. 잃어버린 고향 맛과 정이다. 벌써 자동차가 대기 중이다. 자가용이 없어도 조력자들이 줄 서 있는 눈치다. 차에서 내릴 때마다 녹색지폐가 슬쩍슬쩍 보였다. 내가 물어본 친구들은 하나같이 근황을 모두 알고 있었고, 이름 모르는 동창들까지 모두 꿰고 있었다. 나는 그런 친구를 위해 비용을 못쓰게 조치를 취했다. 친구를 위해 내가 할 수 있는 일이 없었다. 귀경길에는 동기생 국수가 경주역까지 함께했다. 돌아가는 국수 손에 감말랭이 한 봉지를 쥐어주고 나는 열차에 올랐다.

초등학교 시절 잃어버리고 잊은 빛바랜 사진들이 카톡으로 가끔 날아온다. 사진 속의 나는 이마가 툭 튀어나와 있고, 자세히 보지 않으면 나 자신도 내 얼굴을 찾기가 어렵다. 그런 사진들은 나를 웃게도 만든다. 사진 속 친구들은 어제 본 듯하다.

이틀 동안 급체로 몸져 누워 있었다. 갑자기 친구가 만들어준 무나물이 생각났다. 벌떡 일어났다. 하마터면 경주 쪽으로 자동차 시동을 걸 뻔했다.

물만 마시고 온 토끼

1. 북섬과의 만남

18홀 골프장 부지 자료가 들어왔다. 피지였다. 1996년 접었던 해외 진출을 다시 생각하게 될 것 같다는 사무실 분위기였다. 비디오로 그의 활동상황도 지켜보았다. 자료를 가지고 온 그이에게 주인을 직접 만나게 해달라고 부탁했다. 며칠이 지난 어느 날 지주에게서 전화가 걸려왔다. 자료를 넘겨받은 이의 사무실에서 지주와 함께 만났다. 영문도 모르고 함께한 자리에서 평생 원수가 만난 듯 그들의 분노와 갈등은 하늘을 찌를 듯했다. 그런 그녀를 평창동으로 아무 말 없이 데려다주었다. 며칠 후 그녀의 연락을 받고 이른 아침 평창동 호텔에서 그녀를 다시 만났다.

예사롭지 않는 눈매와 미모를 지닌 그녀는 진솔하게 자기의 땅을 둘러싸고 일어난 일련의 일들을 파노라마같이 나열했고, 아침식사도 잊은 채 우리는 그 얘기에 몰입해갔다. '자랑스런 해외동포상'을 받은 얘기며 피지 나라가 좋다는 열변을 전해들은 우리는 그 후로 거의 매일 전화로 안부를 묻기도 하고 만남도 이어나갔다. 그러다가 사정이 어려워지게 된 사연을 듣게 되었다.

농장 개발로 모든 자금이 고갈된 그는 농장의 일부 농지를 주거용으로 변경하여 한인촌으로 개발하기에 이르렀다. 인프라 시설을 했으나 완벽하게 갖추지 못한 상태에서 땅을 분할하였고 한 필지를 천 평 기준으로 100필지를 분할하여 여의도에서 팔기 시작했다고 한다. 그 땅들은 거의 소진이 되었다. 그러나 그 나라 관공서의 낙후된 시스템으로 인해 원활하지 못한 분할과 소유권 이전의 지연, 북섬의 오지 땅을 팔았다는 지리적 여건 등 매입자들에게 사기 아닌 사기꾼으로 몰려가던 중이였다. 집요하게 환불을 요구하던 사람에게는 환불을, 기일을 지키지 못한 약속, 잔금을 다 치르고 지연된 등기를 기다리는 사람들의 아우성, 각양각색의 일들에 시달렸고 믿지 못하게 된 주변 사람들, 그들은 지쳐 있었고, 배가 고팠다.

2. 출판비

바쁜 와중에도 자주 만나 교류를 하면서 지내고 있던 어느 날, 그녀의 하소연이 시작되었다. 그녀의 주변 특히 교민(자기로 인해 투자했던 이가 정착해) 중에 어떤 이가 책을 출간하여 자기들의 얘기를 언급했다는 내용으로 아들딸도 책을 출간하는 데 비용이 필요하다면서 도와달라고 했다. 그녀는 자식들의 출판에 비용을 못대주는 아픔을 눈물로 호소했다. 자식들과의 아픔이 있는 나는 망설임 없이『시작』이라는 책의 출판비용을 빌려주었다. 그날 그녀는 정중하게 차용증을 써주었다.

3. 피지 진출

그녀는 우리들과 밀착하여 같이 생활했고, 우리는 그녀를 데리고 한국의 개발된 여러 곳과 뉴질랜드의 개발된 곳까지 돌아다니면서 보여주었다. 이렇게 지속된 만남이 이어지던 어느 날 그녀는 나머지 땅을 처리하기 위해 동원해둔 여러 사람들과 함께 피지로 가자고 했다. 대부분의 사람들은 교회 신도들과 관련이 있어보였다. 그녀는 여의도 땅의 5배나 되는 큰 땅의 소유자였다. 보기만 해도 좋았다. 대한민국 영토의 확장이었다. 그곳에는 너와 내가 없었다. 일본은 이미 자국 영토의 3배나 넘게 해외에 투자하여 국력을 확장시키고 있었고, 우리들은 이제 겨우 해외진출의 길이 열렸다. 그 옛날 광개토대왕은 영토 확장을 위해 피를 흘려야만 했고, 그로 인해 얻은 영토는 또 다시 피를 흘리게 했다. 그러나 미국이 소련으로부터 매입한 알라스카는 피 한 방울 흘리지 않으면서 정당하게 값을 치른 후 미국 영토로 자리매김을 하고 있지 않던가!

피지를 한번 다녀온 후 우리는 그녀를 따지지 않고 도와주었다. 헝클어진 수습비용, 생활비, 마스터플랜 비용 등 다양한 이유들로 자금을 투입해주었다. 날이 갈수록 그녀는 교묘하게 자금의 투입을 요구해왔다. 매번 차용증을 써주어야 마땅하고 써받아야 마땅한 우리들은 그 과정은 생략된 채 자금을 매번 넘겨주었다. 함께 개발을 하자는 묵시적 언약이 흐르고 있었다. 그들은 너무나 큰 옷을 입고 있었다. 이 땅을 처분하여 행복하게 사는 것도 한 방법이니 자격되는 사람에게 넘기는 방안을 제안하기에 이르렀다. 그런 제안에 그녀는 몹시 역정을 냈다. 그들의 삶과 자녀들의 청춘이 모두 서린 곳이라고. 부인은 한국에서 큰 땅을 담보로 사람들을 투자시키게 하고 살아남기 위해 변해버린 그녀는 온 집안을 통솔하고 있었다.

S대 농대 출신인 남편과 1남 3녀, 부부는 매일 성경책을 들고 기도에 매달렸다. 그런 와중에 미국에서 유학한 자녀들은 엘리트로 성장했고 그들이 돌아왔다. 그 후 여러 번을 피지에 갔었으나 한국인들과의 접촉을 철저하게 차단했다. 차용증 없는 투자였다. 중간중간 정산을 하자고 했다. 그들과 두 번의 정산을 보면서 그때마다 환차익까지 정산을 요구했다. 차일피일 미루는 그들에게 지정한 변호사 사무실에서 만나 소유권 이전에 사인까지 하고서는 우리는 한국으로 돌아왔다. 그 후 그들은 약속을 이행하지 않았다. 오랜 기간 우리들이 투자한 자금 덕택으로 소자본을 투입하여 실망한 이들이 공항에서 울고 가는 모습을 볼 수가 없었고 가끔 소송하러 오는 이들을 볼 수 있었을 뿐, 우리는 그런 후로 일체의 함구로 어떤 소송도 집행하지 않았다. 너무나 시끄러운 교포사회에서 우리들마저 그러고 싶지 않았다. 그들이 잘 성장하여 성공하기를 진심으로 빌었다. 우리가 투자해준 자금 속에는 개미같이 일한 피와 땀이 서려 있는 값진 것이기에 더욱 침묵했다. 그리고 그들이 가진 그 땅은 대한민국의 땅이 아니던가?

4. 상업부지

해외진출을 위해 연구한 적이 있는 뉴질랜드는 사회가 너무나 안정된 나라였고, 호주는 우리나라에 비하여 굉장히 큰 나라였다. 피지는 적도를 중심으로 남위 17도인 위치에 있고 기후는 하와이와 같았다. 전 국토는 제주도 12배 크기로 대표적인 섬이 북섬과 남섬으로 2개이며 333개의 섬으로 구성된 나라였다. 남섬에는 국제공항이 있으며 인구는 85만 명으로 현지인이 55%, 인도계가 45%, 기타의 비율로 구성되었다. 영연방에서 독립국으로 전환된 지는 100년, 모든 기본 시스템은 또 다른 영국식이었다. 그리고 개발의 가장 기본이 되는 땅은 외국인이 마음대로 사고 팔 수 있는 땅들로 전 국토의 7% 정도였다. 우리는 그런 땅에 주목했다. 그런 아픔 덕택으로 우리는 블루오션을 찾았기에 단념을 할 수가 없었다.

한국으로 돌아온 뒤 영국 외무성 경력자를 본격적으로 피지로 보냈다. 피지의 역사, 문화, 사회 시스템 등 정보를 수집하고 회사 설립도 위임을 시켰다. 그들의 갇힌 틀에서 벗어나 자유롭게 제2도시 라우토카를 방문했다. 잉크 빛 하늘 사이로 뿌연 먼지를 일으키고 지나가는 사탕수수트럭, 검게 그을린 얼굴에 땀과 먼지로 뒤범벅이 된 채로 삼삼오오 사탕수수더미 위에 앉아 있는 소박한 웃음들, 나는 영화 속의 주인공이 되었다. 사방을 둘러보니 거리에는 자동차 폐차장에나 가야 볼 수 있을 것 같은 낡은 차들이 곧 멈출 듯 멈출 듯하면서 지나가고 있고, 달리는 버스는 창틀이 하나도 없었다. 빵빵거리는 차들 사이로 지나가는 원주민들은 맨발이었다. 그런 모습들이 눈에 들어오기 시작했다. 타임머신을 타고 시간이 정지된 것 같은 곳으로 왔다. 자연에 취하여 단숨에 라우토카를 거쳐 바아를 지나 라키라키까지 달려가 보았다. 일렁이는 야자수와 사탕수수 밭을 지났다. 보라색 꽃은 우리나라 밀밭을 연상시키기에 충분했고, 그 사이를 나는 달리고 또 달려보았다. 사업의 개념보다 나는 그곳의 자연환경이 너무 좋았다. 나는 그곳에서 인생의 삼모작을 꿈꾸었다.

틈만 나면 이곳 피지로 와서 합당한 부지를 쉴 새 없이 보러다녔다. 도시와 시골 등 거미줄같이 타이어자국을 냈다. 그런 와중에 난디 시내에 있는 상업부지 약 7천 평이 눈에 들어왔다. 그 땅을 하루에도 몇 번씩 밟고 또 밟아보았다. 그 땅에 정성을 쏟았다. 가계약금을 걸었다. 소유자는 한국인이었다. 그런데 왠지 이상한 느낌이 들었다. 그는 10년 전부터 그 땅을 소유하고 있었고, 많은 사람들과 부딪히는 그의 행동은 명배우 안소니 퀸을 연상케 하였다. 피지와 한국에서 동시에 건축사에게 설계를 의뢰했다. 분양계획까지 마쳤지만 회사 설립 지연으로 인해 시간이 흐르고 있는 어느 날 한국에서 낯선 사람들이 그의 집에 도착했다. 그들이 실세였다. 흠결이 일어났다. 뭔가 미심쩍은 그의 행동들이 이해되기 시작했고, 우리로 하여금 혼란에 빠지게 했다. 자금의 지불방법이 복잡했다. 우리는 모든 것을 정식 절차를 밟아서 자금의 흐름도 명확하게 처리하고 싶었다. 그들에게 시간을 주면서 해결방안을 찾길 바랐다.

인사를 단행했다. 한국말 잘한다고 사업 잘하는 것이 아니듯이 완벽한 영어임에도 사업과는 거리가 있음을 감지하고 그런 그를 1년 만에 철수시키고 우리는 젊은 사람들로 대체했다. 교두보 역할을 할 수 있는 직원 숙소 겸 영업장이 필요했다. 우리는 신문에 난 숙박업을 하기로 결정했다. 한국에서 바쁜 나날이 이어지고 자금투입에 어려움을 감지한 우리는 그 땅을 포기하고 그 자금을 한국에다 투자했다. 회전이 되면 다시 투자하리라는 기대에서 직원 숙소용으로 매입한 호스텔 겸 유스호스텔은 피지경제와 모든 시스템을 공부하기에는 너무나 좋은 아이템이었다. 그 모텔은 나를 피지 전문가로 변신하게 해주었다.

5. HODECO SUNVIEW MOTEL & YOUTH HOSTEL

매입한 모텔은 쌍둥이 2층 건물로 나란하게 두 동이었다. 앞 동의 아래는 원룸 1개와 주방 그리고 화장실, 2층은 더블베드룸 2개의 방과 화장실과 목욕실을 함께 쓰는 똑같은 구조로 3개의 방들로 구성되었다. 뒷동은 아래에는 싱글 침대가 6개씩 들어가는 룸이 2개였고 패밀리룸도 갖춰진 작지만 다양한 형태로 이루어져 있었다. 건물과 건물 사이에는 손님용 부엌과 세탁실, 식사를 할 수 있는 큰 테이블이 2개가 놓여 있는 구조였다. 주변은 조용한 고급 주택가였다. 주거지역에 지어진 영업장소였다. 건물 뒤쪽으로는 넓은 풀밭으로 소들이 한가롭게 풀을 뜯고, 말들이 뛰어노는 그런 곳이었다. 피지에 도착하면 우선 숙소와 식사는 자동 해결될 것 같았다. 구입한 모텔로 전화를 걸었다. 제임스가 오늘 아침 한국으로 돌아갔다는 현지인의 말을 듣자마자 나는 곧바로 피지로 향했다. 수많은 생각들이 오고 갔다. 무슨 일이 일어난 것인가?

밤새 떨리는 가슴을 진정시키고 아침에 도착하니 내방객을 맞는 현지인들의 환영노래는 여전했다. 나는 바쁜 마음으로 공항 입국심사대를 빠져나왔다. 구름 한 점 없는 파란 하늘과 따가운 햇살, 그리고 일렁이는 야자수들만이 나를 반겨주었다. 모텔로 향했다. 깜짝 놀란 현지인들이 잔뜩 경계하는 눈빛으로 나를 맞이했다. 우선 2층 내 방으로 갔다. 방문이 열려 있었고 쓸 만한 나의 소지품들이 모두 없어졌다. 부들거리는 다리로 사무실로 내려갔다. 이틀 동안의 카운터를 담당한 근무자들을 확인했다. 앞뒤가 맞지 않은 짜맞추기가 눈에 들어왔지만 그것은 소소한 손실로 셈하면서 우선 그들을 칭찬하면서 푸짐한 점심식사부터 대접했다. 그러자 그들도 잔뜩 긴장한 얼굴들을 풀고 웃으며 각자 소임에 들어갔다. 그 후 나는 카운터 근무자들과 일 대 일 미팅을 시작했다.

그날 근무자 중 두 명은 신입이고 한 명은 전 주인의 동생(세카이)으로서 그를 한 달간 쓰기로 했었다. 노련한 그는 훔친 금전과 물건에 대해 횡설수설이었고, 나는 한국인 제임스 김의 무단이탈 행적을 묻고 있었다. 제임스는 아무 말 없이 그냥 한국으로 가버렸다고 이구동성으로 말했다. 잔금을 치르면서 열쇠와 모든 서류들을 위임하고 한국으로 돌아간 상태였다. 변호사와 등기수속 잘 받으라는 격려 전화를 한 지가 이틀밖에 지나지 않았는데, 멍하니 밖으로 나와서 모텔을 돌고 또 돌았다. 얼마나 돌았을까? 주변은 어둠으로 나를 감쌌고 이국이라는 것과 홀로 있다는 무서움이 갑자기 나를 엄습해왔다.

어릴 적 무덤 주변에서 반딧불이놀이를 할 때는 무서워서 가다가

중간에서 돌아오기도 했지만 여기서는 돌아갈 수도 가서도 안 되는 사업장이 아니던가. 큰기침을 하고 힘차게 문을 열고 들어가 당직을 자청했다. 그곳이 더욱 안전했기 때문이다.

요란한 새들의 지저귐이 시작되고 날이 밝았다. 우선 한국으로 추천자인 박 이사에게 전화를 걸었다. 그의 행방과 이유를 물으니 모른다는 말로 대신했다. 현지인들과의 빵과 차 한 잔의 간단한 식사가 시작되었다. 목사 공부 중인 칼은 야간근무를 마쳐 퇴근을 하고, 세카이의 출근시간이 되었다. 그를 본다는 것은 가슴 떨리는 일이었지만 그런 그도 아직은 필요했다.

6. 홍수

내가 한국에서 한걸음에 달려왔듯이 그 이튿날 오후 갑자기 주변이 어두워지면서 검은 구름이 몰려오기 시작했다. 뜬눈으로 지새운 피로를 느낄 사이도 없이 날씨는 순식간에 돌변했다. 요란한 천둥소리와 번개는 주변을 삼킬 듯 마을 전체는 캄캄한 밤이 되었다. 정전이 되었고 캄캄한 사무실 책상 밑에서 나는 숨죽이고 있어야만 했다. 한참을 엎드린 채로 있는데 퇴근했던 칼이 뛰어들어왔다. 다급한 그의 목소리에 놀라 일어서니 물은 벌써 사무실로 들어오기 시작했고 모텔 마당은 이미 황톳물로 무릎 위까지 차올랐다. 다급한 상황을 직감한 나는 망설임 없이 물속으로 뛰어들어가 십여 명의 투숙객들을 우선적으로 불러냈다. 그리고 그들에게 도움을 청했다. 남자들은 2인 1조로 전자제품들과 무거운 매트리스를 각 층 위로 올리게 하고, 여자들은 소모품을 나르게 했다. 나는 곡예사가 되었다. 그와 동시에 칼과 세카이를 데리고 뒷마당 배수구를 찾아서 막힌 구멍을 뚫고 모텔 옆으로 가서 둑을 트기 시작했다. 그러자 마당 수위가 높아가기만 하던 것이 점점 낮아지고 빗줄기도 가늘어졌다. 가슴까지 차오르던 흙탕물은 건물 전체에 알 수 없는 그림을 그린 후 삽시간에 빠져나갔다. 이제는 바닥을 물로 쓸고 아래로 아래로 전자제품들을 내려야 했다. 투숙객과 근무자들이 혼연일체로 땀을 흘렸다. 그들의 얼굴에는 웃음이 가득했다. 나는 음료를 나눠주며 그들에게 숨을 돌리게 했다. 저녁때가 되자 길 건너 이층집에서 부르스의 엄마가 부르고 있었다. 모범생인 부르스는 못내 미안한 얼굴로 나를 힐끔힐끔 쳐다보면서 일을 멈추지 않았다. 나는 그런 그 아이를 불러세웠다. 등을 다독이면서 그 중학생에게 고맙다는 말과 "I'm ok"라는 말을 잊지 않았다. 그 아이의 따스함이 한기로 몰려오는 나의 몸을 녹여주었다.

뒷마당에 나가니 붉은 노을은 태평하게 넓은 들판 사이로 넘어가고 있었다. 흙탕물도 점점 어둠속으로 잠겨갔다. 사무실을 우선적으로 안정시켜야만 했다. 밤새도록 잡다한 일들을 계속하다 나도 모르게 자료더미 속에서 잠들어버렸다.

7. H 변호사

재잘거리는 새소리에 눈을 뜨니 온몸이 천근만근 같았다. 아! 여기가 어디야? 내 몸처럼 만신창이가 된 주변을 지배인에 맡기고 나는 변호사에게로 가야만 했다.

라우토카 버스 정류장에서 그의 사무실을 쉽게 찾을 수가 있었다. 이슬람교도인 그는 두 명의 부인을 두고 사무실을 운영하고 있었다. 경매 직전인 물건을 매입하다보니 잔금을 보름 만에 치러야 했고, 그 뒷수습에 시간이 많이 소요됐다. 모든 업무 시스템은 1970년대 초 한국과 같았고 외국인이 취득하는 관계로 서류들은 훨씬 복잡했다. 나는 매일 변호사 사무실로 출근했다. 그러다보니 새해도 맞이해야 했고 그들의 휴가기간은 보름 이상이었다. 한 달이 지났다. 그는 이유없이 등기 이전 업무를 지연시키는 것 같았다. 신속하게 업무처리를 잘하라고 격려 차원에 완불한 수수료는 그의 업무태만을 불러일으켰다. 나는 그 일로 3명의 변호사와 상담해야 했고, 목사인 법무사와도 상담하고 별도의 비용을 지불했다. 등기가 어느 부서까지 진행이 되어갔는지 각 부서마다 편지를 써야 했다. 처음에는 측은지심으로 접근한 그는 목사직을 앞세워 새벽과 늦은 시간에 찾아와서는 기도하고 착실하게 도왔다. 하지만 그는 점점 청구액을 높이고 청구받은 비용과 생활비를 한꺼번에 빌려달라 하고서는 목돈을 움켜진 채 자취를 감춰버렸다. 난디에서 수바까지 강렬한 태양열에 견디지 못한 아스팔트길은 더 위험하게 골이 깊게 파여 있었다. 일주일에 두세 번 꼴로 다녀와야만 했고 어느덧 두 달이 훌쩍 넘어버렸다. 어느새 변호사가 해야 할 일, 사무장이 해야 할 일들을 내가 하고 있었다.

8. 매도자의 무례

자취를 감춰버린 법무사와 사무장과의 일을 되씹을 겨를도 없이 소유권 이전과 회사 설립 문제로 나날이 변호사와 세무사 사무실로 석 달째 출근하고 있던 어느 날 아침이었다. 지배인이 마크를 불러도 대답이 없었다. 이상해서 사무실 문을 열고 들어서니 우락부락하고 건장한 원주민 남자 7명이 갑자기 나를 에워싸기 시작했다. 그들 중 눈에 들어온 이가 언뜻 보였다. 전 주인 이시레이였다. 나는 꼿꼿하게 그들을 응시하면서 뒷걸음으로 천천히 내 책상 의자에 앉았다. 그리고 동물적으로 휴대폰을 손에 꽉 쥐었다. 마치 영화에서나 보는 깡패들과의 대결, 막다른 골목에서 마주친 그 모습 그대로였다. 잠시 긴장감이 흘렀다.

그는 천천히 앞으로 다가와 손짓발짓으로 여기를 당장 떠나라는 위협을 가하기 시작했다. 그러자 에워싸고 있던 그들이 나를 떠밀기 시작했고, 나는 내 몸에 손을 대지 말라고 고함을 지르기 시작했다, 짐승같이 변해버린 내가 얼마나 몸부림치면서 괴성을 질렀는지 그들이 모두 물러섰다. 두 주먹 불끈 움켜진 손과 벌렁거리는 가슴과 팔다리는 이미 내 몸이 아니었다. 호랑이굴에 들어가도 정신만 바짝 차리면 살아남는다는 생각이 언뜻 들었다. 온몸에 힘을 주면서 나를 다스렸다. 나는 이 자리에서 물러서면 대한민국 영토를 잃어버릴 것 같은 절대절명의 명령으로 사수하는 군인이 되었다. 비상연락망으로 저장해둔 이 정부 중요 부서에 쉴 새 없이 핸드폰을 눌렀다. 변호사 사무실은 물론 수상 비서실과 경찰청실, 그리고 외국인 투자청장실, 국방부장관실, 난디시청, 난디경찰서에 손닿는 대로 수화기를 들고 눈물로 애원했다. 깡패들과 대치 중인 외국인 비지니스 여성이라고 "HELP

ME!!!!" 외쳐댔다. 그 많은 관공서를 애절하게 찾으면서도 우리나라 대사관에는 나도 모르게 연락이 취해지지 않았다. 평소 나의 뇌리에서는 아마도 대사관은 그저 대사관이었을 뿐이었는지도 모르겠다. 대한민국 정부는 나의 시야 밖이었다.

그러자 그들은 나의 손에서 핸드폰를 낚아채갔다. 그리고 동시에 중앙 전원 스위치를 내리면서 전화기 코드마저 뽑아버렸다. 철저히 외부와의 차단이 이어졌다. 연이은 그들의 위협적인 말들. 그렇지만 나는 그들에게 굴복할 수가 없었다. 알아들은 영어도 못알아들은 척하며 단어의 스펠을 써받기도 하고 영한사전을 찾기도 하고 때로는 그들에게 천천히 반복적으로 말을 하게 하면서 그들을 진정시키고 시간을 벌어야만 했다. 그 자리에 앉아 있던 내 몸은 무감각해졌지만, 나는 한발도 물러설 수 없었고 물러서서도 안 되는 처지가 되었다. 매도자를 노려보았다. 시계는 오후 2시가 되었다. 그들은 화장실도 가고 무례하게 냉장고에서 음식도 꺼내 먹거나 물을 마시기도 했다. 꼼짝하지 않고 자리를 지키며 앉아 있는 나에게 측은지심이 들었는지 에워싼 이들을 뒷마당으로 내보내고 차분하게 상황을 설명해주었다. 그러나 나는 못알아들은 척했다. 나는 변호사에게 잔금을 치르고 모든 열쇠와 서류들을 정상적으로 인수인계 받았기에 귀책사유가 없었으므로 시간이 흐르면서 당당해져갔다. 그는 개인적으로 변호사와 친분이 있는데 그들만의 채무관계로 변호사는 잔금을 지불해주지 않고 본인의 채무를 변제했다고 한다. 그것에 앙심을 품고 나에게로 와서 잔금을 달라고 소동을 피웠던 것이다.

사이렌 소리가 들렸다. 나는 그 소리가 내 편이 되어 안으로 들어올 줄 알고 시간을 끌면서 기다렸으나 소리만 들렸을 뿐, 몇 번이고 웅성거리다가는 그냥 돌아가는 것 같았다. 내가 안에서 난리를 치는 동안 밖으로 쫓겨난 직원들과 거구인 마크는 대문 밖에서 발을 동동 굴리면서 내 안위를 걱정했고 파출소에 신고하고 변호사 사무실에 전화해 나름대로 긴급조치를 취하고 있었다. 나중에 마크에게 들은 얘기지만 경찰이 와서는 개인 간의 문제라고 개입할 수 없다는 말만 되풀이하고서는 그냥 돌아갔다고 했다. 별 수 없이 라우토카에 있는 변호사가 오기만을 기다렸다고 했다.

소리 지르면서 위협하던 그들이 지쳐서 각자 침묵을 지키고 있던 중 감금된 지 8시간 만에 변호사 사무실에서 사무장이 소장을 가지고 왔다. 그들은 그 소장을 받자마자 사무실에서 밀물 빠져나가듯이 돌아갔다. 그러자 대문 밖으로 쫓겨났던 직원들이 걱정스러운 얼굴로 우르르 뛰어들어왔다. 내가 무사하다는 것을 확인하고서는 법정에서 만나자는 변호사의 편지 내용을 알려주었다. 그리고 나는 나흘을 두문불출하고 끙끙 앓았다.

9. 고소장

6개월 만에 소유권 이전과 회사 설립을 마치고 한국으로 돌아왔다. 감회가 남달랐다. 나는 훈장 없는 개선장군 같았다. 헝클어진 주변을 정리하고 업무에 복귀했다.

나는 매일 현지에 전화와 인터넷으로 업무지시를 했다. 그 후 제임스를 소개한 박 이사에게 제임스를 데려오라고 지시했다. 그러나 그 역시 사무실에도 나타나지 않았고 통화도 잘 되지 않았다. 그러던 어느 날 제임스가 전화로 모든 상황을 알려왔다. 두 사람 분의 일 년치 월급을 선불로 받은 그는 제임스 몫까지 합쳐서 집을 매입했다. 그리고 박 이사는 세 곳에 근무를 하고 있었다고 했다. 제임스가 이 사실 알아차리고는 묵인하면 또 다른 사행행위가 계속 이어지기 때문에 빨리 수습하는 길밖에 없다고 생각한 그는 무단이탈을 감행했다고 했다. 어처구니가 없었다. 박 이사가 찾아왔다. 나의 분노는 하늘을 찌를 듯했고 멱살이라도 잡고 싶은 심정이었다. 그날 밖에는 다른 근무자들도 있었다. 나는 큰소리와 함께 임금환불을 요구했다. 그러나 그는 돌려준다는 말도 없이 그냥 그 자리를 떠났다. 어처구니없는 그의 3중 행각에 경악을 금치 못하면서 행방을 쫓고 있던 어느 날, 경찰서로부터 출두명령서를 받았다. 나는 온몸이 후들거렸다. 무슨 영문인지 지인을 통해 알아보니 그 박 이사가 나를 임금갈취, 공갈, 폭행혐의로 고소를 해놓았다. 날벼락이었다.

난생 처음 경찰과 마주 앉은 나는 무슨 얘기를 해야 할지 몰랐다. 그는 무조건 을(박 이사), 즉 약자 편에서 얘기를 이어나갔다. 나는 말이 필요 없었다. 나의 자술서와 임금 지불한 내역서, 제임스의 자술서, 다른 근무자들의 사실확인서 등등 구비서류를 들고 또 다시 경찰서로 갔다. 내용을 검토한 담당형사는 나를 한참 쳐다보면서 "저 이제 정년이 얼마 남지 않았는데, 저도 그 회사에 취직 좀 시켜주세요." 농담을 건넸다. "아이쿠, 다시는 경찰서에 오기도 싫고, 이젠 잊고 살고 싶은 곳입니다.”

10. 인지대 FJ$3

개인이 취득한 물건을 외국인이기 때문에 다시 법인으로 전환하라는 편지가 왔다. 또 다시 피지로 날아갔다. 유명한 변호사들을 수소문하여 만났고 그들의 조언도 들었다. 한결같은 그들의 답변은 또 다시 이전비를 지불해야 한다고 했다. 나는 등기국으로 갔다. 담당자들도 앵무새 같은 답변을 했다. 등기소장을 찾았으나 그녀는 외근 중이었다. 물러설 수 없었다. 왜냐하면 계약을 하면서 개인 이름으로 계약은 체결되지만 법인으로 회사가 설립되면 소유권은 법인으로 전환한다는 단서를 달았기 때문이다. 매매계약과 동시에 회사도 설립했다. 촉박한 잔금일과 회사 설립의 시간차이는 개인으로 소유권을 넘기지 않으면 안 되는 상황이었다. 왜냐하면 잔금일이 늦어지면 그 물건에 경매가 시작되고 일이 복잡해지므로 일단은 개인으로 소유권을 넘기고 차후 법인으로 전환해야만 하는 상황이었다. 그들의 낙후된 시스템으로 인하여 나는 개인으로 이전을 할 수밖에 없었다. 이러한 그 나라의 귀책사유로 이중으로 등기비를 낼 수가 없다는 것이 나의 주장이었다. 수소문하고 등기소장의 자택으로 찾아갈 예정으로 제일 큰 슈퍼로 갔다. 기본 주식인 식빵, 밀가루 300kg, 설탕, 식용유, 휴지, 치약 등 생활필수품으로 트렁크를 가득 채웠다. 그리고 시동을 걸었다. 현 지배인인 릴리아나를 앞장세워 수바 시내에서 외각지대로 약 한 시간을 달렸을까?

주변이 어둑해졌다. 그녀의 집을 찾고 있던 중 누군가가 택시에서 내렸다. 이 시골에 택시 타고 올 사람은 그녀밖에 없을 거라 짐작하고 정황을 보고 있으니 역시 그녀였다. 준비해간 한복으로 우선 갈아입었다. 한참을 주변에서 서성이다 집안으로 들어섰다. 놀란 그녀에게 나는 한국에서 온 사업하는 여성이라 소개하면서 양해를 구했다. 전기도 없는 등잔불 아래서 우리는 마주 앉았다. 서류를 가득 펼쳐놓고 매입과 동시에 개인으로 소유권을 이전해야만 했던 상황과 회사 설립이 늦은 것은 당신들의 시스템의 귀책사유로 늦어졌으므로 이중으로 등기 이전비(FJ$10,000)를 내야 하는 부당성을 차분히 설명하고 근거 자료들을 제시했다. 그리고 도와달라고 했다. 한참을 듣고 있던 그녀는 내 차림새가 보기 좋았던지 계속 한복을 만지면서 예쁘다는 말을 대신했다. 이런저런 개인적인 얘기와 싣고 온 트렁크 물건을 지배인에게 내리게 하는 동안 나는 쓰고 있던 고급 파카 만년필을 얼른 그녀 손에 쥐어주었다. 그리고 이 모든 것이 선물이라고 했다. 그녀의 반짝하는 눈에서 나는 이 일의 성공을 예감하고 가져온 빵과 음료로 저녁 식사도 함께했다. 30도가 넘는 그곳에서 내 몸은 땀으로 목욕을 했다. 더위에 들락거리던 릴리아나를 앉혔다. 소장이 불러주는 대로 구비서류와 준비할 것을 받아쓰게끔 했다. 갑자기 릴리아나도 지쳤는지 배를 깔고 엎드려서 받아적었다. 원주민이 이렇게 강행군하는 주인을 만나 저로서도 처음 당하리라 생각하니 이해도 갔다. 그런 상황이 당혹스러운 것은 나뿐이었다. 다음날 10시까지 사무실에서 만나자는 약속을 받고 자동차에 시동을 걸었다. 쏟아져 내리는 별빛을 이고 다시 업무를 볼 수 있는 수바 시내 제일 큰 호텔로 향했다. 다행히 비즈니스 센터가 오픈되어 있었다. 밤새 공문 다섯 통을 만들고 모든 서류 복사도 마치니 날이 훤하게 밝아왔다. 릴리아나와 나는 관공서 주변 큰 공원에서 신문지를 바닥에 펼쳤다. 종이 식탁보가 되었다. 준비해온 식빵으로 식사를 한 후 8시 문이 열릴 때까지 기다렸다. 토지청과 건설과 법제처등 기타 관련 부서를 돌기 시작했다. 둘이 나누어서 움직인 결과는 좋았다. 가까스로 등기소에 도착했다. 오전 10시였다. 릴리아나에게 접수를 시키고 밖에서 기다리고 있는데 곧 바로 릴리아나가 하얀 영수증을 휘날리면서 뛰어왔다. 그 사이로 비친 하늘 빛깔이 너무나도 고왔다. 인지세 FJ$3 !!!!

11. 악덕 변호사의 자격상실

소유권 이전과 법인 전환까지 마친 나는 이제는 변호사 과다수수료 청구(7배)에 대한 일에 착수했다. 그리고 그의 업무태만으로 겪은 나의 정신적 고통과 금전적 시간적 손실에 대하여 배상을 청구하기로 하고 변호사협회에 문을 두드렸다. 이제는 변호사도 필요하지가 않았다. 릴리아나와 나는 양식에 맞게 모든 서류를 만들어서 접수를 시켰다. 가끔 확인을 했으나 기다려달라는 답변뿐이었다. 2년이 흘렀다. 피지 정부에서 연락이 왔다. 국선 검사와 한국인 통역사도 준비해주었다. 기분이 묘했다. 재판장은 일반 법정이 아닌 다른 법제처 2층이었고 악덕으로 그 유명한 변호사와 한국의 비즈니스우먼의 대결이었다. 고등판사가 나를 불렀다. 그리고 내 신분을 확인한 후 그 변호사도 불렀다. 그도 변호사를 선임했다. 나는 선서했다. 심장이 벌렁거렸다. 아! 정의는 살아있구나. 거침없는 나의 답변이 이어졌다. "전쟁 없이 50년 지난 세월 동안 대한민국은 세계 10위 경제대국으로 성장했고, 나는 강남 중심지에서 30년을 살았고 쉬지 않고 일했다. 50년 전 우리나라도 피지국과 다를 바가 없었다. 그 성장과정에서 많은 선진화된 외국인들에게서 배웠다. 그들은 우리들을 교육시켰고 우리는 그들에게서 많을 것을 배웠다. 그 혜택을 우리나라보다 낙후된 나라에서 나도 펼치고 싶었다. 그 나라가 피지였다. 단순히 금전적인 측면을 얘기하는 것이 아니고 피지인들이 계속 안정되게 생활할 수 있도록 직업을 갖게 해주고 싶었다. 왜냐하면 나도 젊은 시절 외국인이 운영하는 곳에서 근무했기 때문이다. 그리고 호텔 운영하는 법을 가르쳐주고 싶었다. 그것이 나의 소망이다. 나의 전직이 오성급 호텔 과장이었다. 그런데 이렇게 세월을 날아가게 만들었다"고 열변을 토했다. 그리고 "변호사는 이 나라의 리더로 외국인을 만나면 하루 빨리 정착하여 사업이 번창하도록 도와줘야 하는 위치에 있는 사람인데 작은 이익에 눈이 어두워 손실을 입힌 것에 더욱 용서할 수 없다"고 항변했다. 그리고 종교인들만이 선도를 한다고 생각하지 않는다고 했다. 재판장은 그의 변명을 들을 것도 없이 선고를 했다. 변호사 자격상실이라고. 나는 깜작 놀랐다. 재판장에서 나와보니 그를 상대로 탄원서를 낸 20여 명의 현주민들이 기다리고 있었다.

12. 투숙객 리띠아

법률적인 문제로 매일 서류에 매달리던 어느 날 밖이 유난히 소란스러웠다. 무슨 일인가? 지배인이 릴리아나를 찾았다. 이미 담장 밖은 사람들로 웅성대고 있었다. 투숙객인 리띠아의 남편과 길거리를 지나가던 현시인 남자가 여자를 때리는 것을 목격하고 말리는 과정에서의 소란이었다. 나는 먼저 2층 리띠아 방을 쳐다보았다. 두 꼬마들이 창문 밖으로 그 정황을 보고 있었다. 얼른 그들을 내 방으로 들여보내고 '나오지 말고 있어'라고 조치를 취하고 있는데 밖에서 경찰차 사이렌 소리가 요란했다. 그 일로 경찰서에서 조서를 꾸며야 했다. 그리고 리띠아를 만났다. 어디 갈 곳이 있느냐고 물었다. 당분간 목사님 댁에서 머물 수 있다고 했다. 나는 그녀가 3일간 그곳에서 지내도록 조치하고 아이들은 내가 책임을 지겠다고 한 후 그녀를 안심시켰다.

아침 일찍 도시락을 준비하고 등교를 시켜주었다. 그런 사이 그녀는 이혼 준비에 들어갔다. 그녀가 처음 왔을 때는 가족실을 계약했다. 그런 후 6개월 후에는 좁은 방으로 이동했다. 소유권 문제로 정신이 없던 나에게 투숙객 리띠아가 눈으로 들어왔다. 그녀는 아이들에게 화단의 풀 뽑기며 물주기를 시켰고 그녀의 행동은 현지인과는 드물게 조신하고 교양이 있었다. 그녀는 초등학교 선생이었다. 남편은 광고간판을 전문으로 하는 바람둥이였다. 안정된 생활을 하고도 남을 터인데 이런 생활을 지속하게 되는 것에 이해가 갔다. 그녀는 웃음을 잃어버린 지 오래된 굳은 얼굴이었다. 늦은 밤 서류로 시름하다 날이 밝아 밖으로 나와보면 어김없이 그녀가 방 밖에서 서성이고 있었다. 남편을 기다리는 것이다. 그런 그녀를 데리고 앉아서 우리는 많은 이야기들을 나누었다. 어느덧 그녀는 나와 가까워졌다. 그녀도 따지지 않고 우리 일을 거들어주었고 나는 그들을 가족처럼 대했다. 그 남편이 이런 정황을 알고부터 점점 룸값을 미루기 시작했다. 그녀의 급료는 이미 빚으로 저당잡혀서 한 푼도 쓸 수가 없었다. 그럼에도 남편의 생활은 방탕하기 짝이 없었다. 나는 리띠아의 인생을 바꾸는 데 일조했다. 그들은 그 일이 있은 후 서류정리 기간만을 기다리던 중 리띠아 가족을 찾으러 갔다. 우리 모텔에 살게끔 조치를 취하고 야간 당직을 전담하게 했다. 그리고 낮에는 학교로 출근, 두 개의 직업을 갖게 했다.

13. 지배인 3명

한국인 직원들의 황당함이 채 가시기도 전에 나는 현지인을 채용하기로 하고 수소문했다. 한국인 목사님에게서 소개를 받았다. 그는 현지 신문의 칼럼리스트로 일했고 목사 공부 중이라고 했다. 5남매의 가장이었다. 그를 채용하고 나의 정황을 설명한 후 장부기장 요령과 업무에 필요한 교육을 시킨 후 나는 한국으로 돌아와야 했다. 그런데 보고태만이 점점 이어졌다. 뭔가가 이상했다. 6개월이 지난 후 나는 예고도 없이 피지로 향했다. 다른 근무자에게 통장과 회사 장부를 갖고 나오게 했다. 대충 얘기를 전해들은 나는 그를 밖으로 불러냈다. 그 사이 그는 온 가족을 근무처에 이주를 시켜놓고 현금은 본인의 개인통장으로 전부 입금시켜놓았다. 그것도 모자라 투숙객들과의 달콤한 로맨스로 인해 국제전화 요금은 평소 전화료 5배나 청구가 되어 있었다. 그는 스스로 말을 못했다. 그를 달래 현금을 되찾고 내보냈다. 신문에 광고를 내고 지배인을 면접 중 릴리아나가 왔다. 그녀는 여행사 경험이 풍부했다. 재치와 미모도 갖추고 있었다. 딸 한 명과 월급쟁이 남편, 비교적 간단했다. 근무조건을 맞추고 채용했다. 일이 능수능란했다.

하루는 호주에서 손님이 왔다. 할아버지였다. 그녀의 두 번째 남편 겸이었다. 그는 그녀를 호주로 데려가고 싶다고 했다. 나는 "Too old" 라고 말렸다. 그녀는 그를 따라갔다. 그런 와중에 투숙객 리띠아를 만났다. 나는 리띠아의 정직성을 알았기에 야근 근무와 현금과 장부를 모두 맡기고 릴리아나는 현금을 모두 리띠아에게 주라고 한 후 한국으로 다시 돌아왔다. 일 년은 그 시스템으로 잘 돌아갔다. 피지에 오면 통장에 돈이 고스란히 입금이 되어 있었다. 이제는 안심인가 하고 지내던 어느 날, 주간에 사무실로 전화를 하니 리띠아가 전화를 받았다. 깜짝 놀란 나는 학교는? 하고 물었더니 그만두었다고 했다. 릴리아나는? 호주로 날아갔다고 했다. 나는 또 다시 피지로 갔다.

리띠아의 행동이 이해가 가지 않았다. 함부로 교편을 관두는 것이 아니라고 설명을 했으나 그녀는 말이 없었다. 그리고는 릴리아나가 나에게 얘기한 것이라고 하고 현금 만 달러를 인출하고서는 그냥 사라졌다고 했다. 그 책임이 자기에게 있고, 자국민이 외국인에게 비치는 모습도 자존심이 허락하지 않아서 그녀는 학교를 그만두었고, 나와의 만남에서 여러 도움을 받은 은혜에 보답하고 싶어서였다고 했다. 나는 문책보다 새로운 직업에 전념하도록 일을 매섭게 가르쳤다.

시설물 관리, 직원 관리, 고객 관리 등 나는 그녀를 전문가로 만들고 싶었다. 다행히 잘 따라주었다. 그리고 더 이상 복잡하게 건물을 짓고 개발하는 것을 멈추고 싶어졌다. 아름다운 자연을 보존하고 싶어졌다. 안정된 생활을 할 수 있었다. 한국에서 돌아오면 내 방과 책상이 있고, 내 이부자리도 그대로 있었다. 아! 얼마만의 공간이던가? 그리고 통장에는 영업한 이익금과 비자금까지도 만들어서 나의 손에 쥐어주기도 했다. 왜 그랬느냐고 물으면 세금이 너무 많다는 그녀의 멋쩍은 웃음이 서려 있는 그런 곳이었다. 마냥 좋았다.

그녀와 나는 10년을 함께 일했다. 그런 와중에 그녀는 이혼했고 아이들도 잘 자랐다. 외국인과 생활이 익숙해져버린 그녀는 한국인 선교사들의 왕래에 빠져들기 시작했다. 설마했다. 아무리 설명해도 소용없었다. 마약보다 더 심했다. 2012년 오랜만에 피지로 가니 근무처는 교회당으로 변해 있었고, 종교가 그녀를 변화시켜놓았다. 주인보다 목사가 더 중요한 위치에 있었고 모든 손님들이 바뀌어 있었다. 나는 모텔을 처분하기로 마음먹었다. 2013년 5월 모텔을 정리하고서 운영하던 자동차와 모든 가재도구는 물론 학교에 재발령이 나도록 그 일에도 힘을 보태주었다. 물론 하숙생을 치는 일도 도와주고 돌아왔다. 트렁크 두 개 달랑 들고온 그녀는 방 3개짜리에 물건들이 가득 차게 들고 갔다. 그리고 한 달 후 본드금(오천달러)을 입금했느냐는 물음에 답을 못하던 그녀로부터 한 통의 메일을 받았다. 6개월 만이었다. 죄송하다는 내용, 나는 리띠아에게 전화를 했다. 마크, 릴리아나 그리고 너 무엇이 다른가? 근무처보다 하느님사업이 더 우선이었던 그녀, 나는 종교인들이 야속했다. 무엇을 위한 종교인지 나는 그런 그녀를 어떻게 생각하면 좋을지 아직 답을 내리지 못하고 있다.

14. 모든 사업 정리

어느 날인가? 릴리아나가 심각한 얼굴로 나에게로 왔다. 키리바시에서 온 투숙객 중 다른 나라로 가려면 이틀이나 머물러야 하는데 그는 선물용으로 랍스타를 갖고 왔다고 했다. 보관 방법이 없느냐고 물어왔다. 나는 현장으로 갔다. 냉동고에서 우리 물건을 전부 빼내고 그 자리에 투숙객 것으로 대신 보관하라고 지시하고 돌아왔다. 이글거리는 태양 아래 금방 아이스크림도 녹게 만드는 기후다. 그 투숙객은 지상에서 가장 먼저 해가 뜨는 나라의 키리바시 국회의원 같은 직위를 가진 추장이었다. 그 인연으로 남태평양 섬나라 투숙객들이 점점 많아졌다. 나는 그들의 편의를 최대한 봐주었다. 그러자 그들과의 교류가 자연스럽게 시작되었다. 파푸아뉴기니, 사모아 등 여러 섬나라 사람들이 입소문으로 찾아들어왔다. 나는 그들의 초청을 받고 답례로 여행가서 대접도 받고 교류의 시간들이 주어졌다. 그러자 자연스럽게 그들의 애환을 접하게 되고 그들은 나를 신뢰하기에 이르렀다. 그런 사이 대한민국 발전은 그들에게까지도 널리 알려지게 되고 작은 사업 아이템에서 국책 아이템들도 의논이 들어왔다. 나는 능력이 안 된다고 손사래를 쳤다. 그래도 그들은 대한민국의 비지니스우먼을 믿는다고 매달렸다. 나는 귀한 자료들을 모으게 되고 해결 방안을 찾아야겠다고 생각하기에 이르렀다.

블루오션을 찾아나선 지 십오 년 만에 귀한 자료들이 내 손으로 들어왔다. 많은 대가를 치르고 얻어진 값진 사리 같은 것이었다. 리띠아의 변절과 동시에 나는 영업하던 것을 아낌없이 처분하고 한국으로 돌아와 귀한 자료들을 풀어야만 했다. 그러나 함부로 풀 수 없는 일이었다. 그런 어느 날 마도로스 김이 찾아왔다. 절묘한 시기였다. 남태평양 30년 경력의 그와 뜻을 같이하게 되었고 우리는 5인조 정예팀을 꾸렸다. 숙식을 제공하면서 어려운 시기를 보내고 있던 어느 날, 그의 췌장암 선고는 청천병력이었다. 설탕 수입사업, 국책사업 등등 20여 가지 아이템들을 어떻게 하나! 그의 죽음으로 하던 모든 일들이 멈췄다. 많은 상념이 교차했다. 사업에 관련된 것들을 모두 접기 시작했다. 그리고 그 사리 같은 자료들을 가슴에 묻기로 했다. 그 자료들을 풀었을 때 부작용이 더 염려되었다. 나는 원주민을 보호하는 일이 최선이라고 생각했다. 나에게 피지는 새벽에 토끼가 세수하러 왔다가 물만 먹고 간다는 깊은 산속 옹달샘과도 같았다.

산으로 산으로만 돌았다. 사람들을 만날 수가 없었다. 자연이 가장 편안한 옷이었다. 도서관과 문학과 철학, 자연 그리고 색채를 공부하는 주변에서 맴돌았다. 손녀들도 돌보며 외할머니 역할도 했다. 이해관계에 엇갈리는 사람들은 철저하게 차단했다. 6~7년을 공부에 열중했다. 그러다 바이칼 여행지에서 묵었던 숙박주인 '니키타'가 생각났다. 그는 구소련의 탁구 금메달리스트였다. 혜택받은 것을 사회에 환원하기 위해 오지인 바이칼 호수로 찾아들어왔다. 그리고 학생들에게 관혁악단을 만들어서 대회에도 내보내고 유럽 순회공연도 한단다. 그리고 선생님 조달은 자기 집에 숙식제공을 해주고 6개월에서 1년 이상 외부에서 지원을 받고 있었다. 그래! 그것이야, 나는 인제로 2020년 4월 이동했다. 이곳 지역주민들과의 색채테라피, 색채상담, 인생상담을 통해 이들과 오카리나 봉사로, 이웃들과의 작은 행복을 꿈꾸는 중이다.

리띠아 고향 옹에아 섬Ogea Levu

계획

모텔을 정리하면서 지배인 리띠아도 모텔 주변으로 이사를 시켰다. 큰 가방으로 세 개 분량의 짐은 방 3개와 큰 거실(33평)을 채우고도 부족함이 없는 살림으로 늘어났다. 나는 힘껏 도왔다. 그들은 연신 싱글벙글거렸다. 아이들은 자기들 방이 생겼다고 좋아했다. 부족함이 없는 완벽한 살림살이였다. 가재도구들이 정리가 다 돼갈 무렵 항상 노래하던 리띠아의 고향으로 가게 되었다. 카사바를 먹어도 바나나를 먹어도 고향 것과 비교하면 맛이 없다고 고개를 절레절레 흔들던 그녀가 고향 풍경에 대해 설명할 때는 전혀 딴 사람으로 변했다. 벌린 입을 다물지 못한 채, 달려와 큰 엉덩이로 부딪치니 나는 번번이 밀려날 수밖에 없었다. 그녀가 내 팔짱을 끼기도 하고, 때로는 코가 닿을 정도로 다가와서는 눈을 더 동그랗게 뜨고 목소리 톤도 높아지다가 말을 잇지 못하고 항상 여운으로 남기곤 했던 그곳. 그리움과 자랑스러움이 겹쳐진 향수의 섬 옹에야였다. 나도 무척이나 궁금했다. 그녀의 11살 딸인 부나는 눈물을 글썽이며 환호했다. 우리는 계획을 세웠다. 그 옛날 우리들도 그랬다. 고향이란 타향에서 성공한 사람의 왕래는 빈번하지만 그렇지 못한 사람은 남 몰래 눈물만 훔치던 그리움의 대상인 것이다. 리띠아도 마찬가지였다.

준비

옹에야Ogea 섬은 수바 항에서 남동쪽으로 약 350㎞ 떨어진 우리나라 제주도의 마라도와 같은 섬이다. 배편은 한 달에 한두 번 정도 출항했다. 새해와 크리스마스같이 큰 명절에는 그곳 출신들이 배를 전세 내 직항으로 운행하면 3일이면 가능하다고 했다. 이 배는 완행이므로 10일 이상 소요될 예정이었다. 준비물을 점검했다. 물과 라면, 계란, 우유, 식빵, 미숫가루, 견과류, 캔참치, 비상약 등 그리고 추장에게 인사할 카바와 양주도 빠뜨리지 않았다.

수바 시내에 있는 리띠아 친정에 도착했다. 종종 뵈었던 부모님은 기력이 쇠잔해져 같이 모시고 가려고 해도 갈 상황이 아니었다. 라우 그룹에 속한 그 섬은 3개 계파로 나뉘어져 있는데 그 중 한 계파의 대장이다. 리띠아 집안은 서열 3위였다. 추장의 풍모를 잃지 않으려고 힘이 들지만 그분은 꼿꼿한 자세로 자리를 지켰다. 귀한 손님일수록 큰 찻잔에다 차를 타주는 것이 최고 예우라면서 밥그릇만 한 찻잔에다 홍차를 한 사발 타주었다. 밀크를 섞은 홍차는 그나마 접대용이고 그들은 차만 끓여서 설탕과 함께 마신다. 우리는 빵과 우유를 섞은 차와 버터, 삶은 계란이 있는 성찬을 준비했다.

출항

우리는 난디에서 아침 일찍 수바 항에 도착했다. 웅성대는 사람들 틈에 옹에야 섬에 사는 그의 사촌이 대기하고 있었다. 키가 큰 그는 사십대 후반으로 보였다. 그의 보트를 빌려 타야 하는데 기름이 필요하다고 했다. 요구액수보다 넉넉하게 건네주었다. 그들은 연신 싱글벙글했다. 무거운 물건을 신명나게 나르기도 하고 현지에 도착하면 안내도 곧잘 해줄 것처럼 보였다.

부두에 정박한 배는 몹시 낡아보였다. 그 배에는 무게를 가늠할 수 없을 정도로 물건을 싣고 또 실었다. 개, 돼지, 밀가루, 설탕, 새끼 병아리, 기름 드럼통 등등 생필품들이 실리고 또 실렸다. 한 시간째 그 광경을 보고 있던 나는 걱정이 되었다. 매표원에게 정원이 몇 명이냐고 물었다. 검게 그을린 피부에 낡은 모자를 쓴 그는 연신 'No problem'으로 일관했다. 비정상이 정상으로 굳어버린 그 얼굴에는 노련함이 배어 있었고 오로지 그의 눈대중만이 저울이었다. 그는 연달아 물건들을 싣는 수신호하기에 바빴다. 한참을 걱정스런 얼굴로 바라보고 있던 나에게 그는 이런 답을 해주었다. 엄지손가락을 높이 쳐들고 웃는 입속으로 알갱이가 빠진 옥수수 같은 하얀 이빨이 확 드러나보였다. 나도 벙긋 웃으면서 동그랗게 손을 흔들어보였다.

리띠아와 부나 사촌이 2층으로 짐들을 옮기고 있을 때 우선 방으로 가보았다. 이층 침대 두 개가 마주보며 나란히 있었다. 특실이지만 엉덩이가 닿을 정도의 공간이었다. 코코넛오일 찌든 냄새가 비위를 상하게 했다. 모처럼 출항하는 배의 스케줄에 선주의 이익과 섬으로 돌아가야만 하는 사람들의 절박한 요구 이외는 그 무엇도 없었다. 정족수와 정량은 없고 어림수만 있는 항해의 시작이었다.

항로

수바를 떠나는 배는 기적 소리를 크게 내면서 항구와 점점 멀어져 갔다. 부둣가 사람들이 깨알같이 작게 보일 무렵 나는 배의 옥상으로 올라가보았다. 그곳에는 공무원 신분의 남자 두 명과 여자 한 명이 자리잡고 있었다. 그들은 이미 이 생활에 익숙한 듯 흔들리는 우리들을 편안한 자리로 안내했다. 우리는 인사를 나누었다. 라우그룹의 리더격인 사람과 농림부 소속 남녀가 출장가는 중이었다. 리더는 삼성 핸드폰과 최신 노트북 등 피지에서는 보기 드물게 전자제품을 잘 다루었다. 삼삼오오 자리를 잡고 식사를 하는 이도 있고 누워 있는 사람 등 다양한 모습을 하고 있다. 외국인인 나는 자연스럽게 그들의 주목을 받아야 했다. 흔들리는 파도와 굴뚝에서 뿜어나오는 연기와 기름냄새로 슬금슬금 멀미기가 돌기 시작했다. 침실로 돌아왔다.

엔진 소리를 자장가 삼아 그날 밤은 밤하늘 별도 보지 못하고 곯아떨어졌다. 리띠아와 부나는 밤새도록 들락거렸다. 그들의 킬킬대는 소리에 눈을 떴다. 첫 정박한 곳은 모알라Moala 섬이었다. 깜작 놀라 물어보니 밤에는 배가 달리지 않았다고 했다. 어느새 뿌옇게 아침이 밝아오고 있었다. 마을에서 삼삼오오 통통배들이 분주하게 희망의 배를 맞이하고 있었다. 배를 몰고 온 이들은 파도타기를 썩 잘했다. 올라간 파도에서 큰 배에다 쇠고랑을 던지고, 그 파고의 높이만큼만 밧줄을 느슨하게 한 후 고정시켰다. 파도의 흐름을 이용하는 사람들, 그들이 생산한 물품을 배에 실어주고 주문한 생필품을 내리고 있었다. 뒤섞여 있는 물건 사이로 차질 없이 자신들의 물건을 찾아갔다. 배가 정박해 있는 동안 배에 탄 손님들은 우물가에서 물통의 물도 채우고 샤워도 했다. 우리도 내려서 아침식사도 하고 배가 들어올 때만 열린다는 간이시장에서 파인애플과 바나나를 샀다. 싱싱했다.

배가 또 떠날 차비를 했다. 부둣가의 아이들과 어른들이 손을 흔들고 우리도 같이 손을 흔들었다. 만남과 이별이 이어져나갔다. 언제 다시 온다는 확실한 기약도 없을 것 같은데 이 배에 탄 지인과 그들은 약속과 부탁을 거듭하고 또 헤어졌다. 떠나온 섬 같은 것은 다시 나타나지 않을 것 같은 망망대해를 달렸다.

다음에 도착할 섬은 하루를 더 가야 한다고 했다. 더욱 거칠어지는 엔진 소리와 함께 즐거운 부나와 리띠아는 오랜만에 만난 고향 사람들과의 담소가 이어지고 나의 배멀미는 점점 심해져갔다. 사흘 예정이던 토토야Totota 섬 도착은 하루가 더 걸려서 당도했다. 그들은 이 섬에서 내렸다. 그는 이 섬의 추장이었다. 그들도 구세대와 신세대의 변화의 경계에 서 있는 선각자 같았다. 그들은 이 배로 다시 돌아갈 것이라고 했다. 그들에게 섬 구경을 부탁하니 도착하자마자 보트를 대기시켜주었다. 어차피 빌린 보트에 나는 배에서 사귄 지소장도 함께 섬을 돌자고 했다. 청정한 바다는 춤을 추고 새들은 자유롭게 주변을 맴

돌고, 야자수 숲은 우리를 향해 양팔을 벌리고 있었다.

더 멀리 가지 말고 여기서 놀다 가라고 권했지만 나는 리띠아 고향을 꼭 가야 했고 그곳이 보고 싶었다. 이번에는 정박하는 시간이 짧았다. 배는 또 떠나기 시작했고 부둣가에 모여들었던 사람들은 금세 흩어졌다. 우리는 캄바라Kambra 섬을 향해 다시 달렸다. 조금씩 탑승객들과 익숙해질 무렵 보건소 지소장을 만났다. 그녀는 50세 전후로 보였다. 그녀는 이 배는 그곳에서 정박하여 1박을 하고 오후에 출항을 하므로 자기 집에서 자고 가라고 권유했다. 우리는 그럴 수 없었다. 표면적으로는 리띠아 고향이지만 실은 업무차 가는 길이었다. 캄바라에서 다시 탄 손님이 있었다. 이 배는 다시 돌아오려면 더 많은 시간이 걸리는데 왜 미리 승선을 했는가 하는 답변이 나로 하여금 불안으로 몰아넣었다. 일주일에 한번 도착하는 스케줄은 스케줄이고 풍랑과 조류의 흐름 위에 노선이 바뀌어가고 있다는 것이다. 그래서 이 배가 한 달 만에 왔다는 것이다. 그래도 우리는 달려야 했고 앞으로 나아가야만 했다. 도착할 기일을 벌써 나흘이나 넘겼다. 목적지는 기약이 없었다. 물과 식량은 모두 소진되었다. 선실로 갔다. 선장의 고민도 깊어지고 있었다. 이제는 낚시를 하여 현지조달 방식으로 식사를 해야 했다. 그 음식은 바닷물로 끓인 생선찌개였다. 비릿한 냄새와 배멀미는 나를 더욱 힘들게 했다. 이틀을 누워 지냈다. 비상으로 남겨둔 스프를 하나 끓여 먹은 후 겨우 거동했다. 갑판 위로 올라갔다. 사방은 온통 넘실거리는 파도뿐이었다. 한참을 엎드린 채 있었다. 바다와 하늘 구별이 안 되었다. 기관실 기계 소리만이 요란했다. 저 기름으로 목적지까지 갈 수는 있을까? 석양은 이런 나를 비웃기라도 하듯 온통 바다를 물들이고 있었다. 모든 것을 수용하라는 듯했다. 배멀미로 꼼짝없이 갇혀 지낸 시간들이 아득했다. 지난 시간들도 마찬가지였다. 주변은 금방 어둠으로 또 다시 숨어들었다. 칠흑 같은 어둠과 묵직하고 요란한 엔진 소리만이 있을 뿐이다.

기계실에 나이 많은 한국인 기관사가 근무한 것이 생각났다. 그를 찾았다. 십오 년 동안 이 배와 동고동락 중이라고 했다. 한국인이 승선한 것을 처음 본다고 그는 무척 기뻐했다. 나는 그와 마주 앉았다. 나는 그의 이야기를 밤새워 들었다. 피지에 와서 외항선 기관사로 버젓하게 일을 하였으나 선주가 바뀌면서 그는 불법체류자로 전락하게 될 즈음 호구지책으로 현지인 여자와 결혼을 해야만 했고, 처가식구와 친척이 한두 명씩 그 집에 모여들어 살게 되었고, 지금까지 10여 명이 사는 것은 기본이라고 했다. 그가 버는 돈은 먹는 것으로 충당하기에도 바쁜 나날이 10여 년째 이어진다고 하소연했다. 밑 빠진 독에 물 붓듯, 그는 한국으로 탈출을 갈망했다. 나의 손길을 기다리는 눈치였다.

기름때에 찌든 것은 옷뿐만이 아니라 그의 얼굴도 마찬가지였다. 실제 나이보다 15년 이상은 늙어보였다. 그나마 기술이 있어서 이런 정기노선에서 기술자로 일하고 있는 그는 일상을 운명에 맡긴 채, 시끄러운 엔진 소리로 그의 설움을 대신하고 있는지도 모르겠다. 외국인이라는 이름으로 특히 한국인이라는 이름으로 짊어진 어깨, 155센티 작은 체구에 비하여 너무 현실이 버거워보였다. 멀미는 그의 문제를 고민하는 것을 가로막았다.

기관사가 바닷물로 끓인 생선스프를 들고 왔다. 와락 구역질이 났다. 리띠아와 일행들에게 먹이고 나는 사흘째 굶어야 했다. 옹헤야 섬에 가는 길은 그렇게 아득하다가 그로부터 12일째 되는 날 저녁, 노을빛이 물 위에 넘실거리던 그 시각 우리들은 작은 배를 갈아타고 현지를 가야만 했다. 썰물시간이었다. 그 틈을 이용하여 빨리 육지에 닿아야만 했다. 넘실거리는 파도 높이가 점점 잔잔해지고 그 망망대해에는 이런 섬이 나타날 것 같지도 않은 신기루 같은 섬들이 이어지고 있다. 이것이 환영인가? 리띠아의 침마른 고향 자랑이 과연 그랬다.

크고 작은 기암절벽들 사이로 30여 분을 곡예하듯 물길을 잡아서 달렸다. 나는 너무 아쉬웠다. 좀 더 천천히 둘러보고 싶었다. 바닥은 그다지 깊지 않았다. 맑디맑은 물은 금방 내려서 걷고 싶은 충동으로, 언제 배멀미로 그토록 괴로워했는가를 잊어버리게 했다. 선착장에 도착하니 현지인 리띠아 사촌들과 마을 주민들의 잔치가 벌어졌다. 나는 무감각해진 육체를 이끌고 신들린 사람같이 하얀 산호 백사장을 걸어들어갔다. 사각사각 후끈한 발바닥의 감촉, 불라스커트로 예를 갖추고 리띠아의 역할로 예약된 추장 집을 향해 갔다. 바나나잎과 양철지붕으로 지어진 전통주택이 추장의 위엄을 말해주는 듯했다. 주변에는 하얀 산호모래가 대리석을 대신하고 있었고 그 사이로 돋아난 풀들과 서양 잔디가 잘 가꾸어져 있었다. 카바 의식을 생략한 채, 그와 밤새 미팅이 이어졌다. 개발계획이었다. 사전에 리띠아와 조율한 덕택에 많은 시간들을 단축시킬 수가 있었다. 우리는 한 치의 의구심도 없이 일사천리로 계약이 이루어졌다. 작은 무역업에서 큰 국책사업과 함께 연이어 이어지는 실무자와의 미팅, 그런 사이 리띠아는 주민들과 담소하느라 보이질 않았다. 모든 서류에 서로 사인을 하고 우리는 돌아온 배로 바로 귀향해야 했다.

뜬눈으로 밖을 내다본다. 어제는 썰물의 물결이 바닥을 새하얗게 연출을 시키더니 이제는 밀물이 밀려오는 중이었다. 그 사이사이 서 있는 천여 개의 크고 작은 바위 기둥들, 마을에서 쳐다본 그 풍경은 '지상낙원'이라는 말 이외에 무엇이 필요할까? 점점 채워나가는 자연이 그리는 수水 그림, 망연자실. 그 앞에서 나는 나를 놔버릴 수밖에 없었다. 5분 간의 환희, 노자가 말한 '황홀'은 이런 경지를 두고 말하는 것이 아닐까? 넋을 놓고 있는데 추장이 나왔다. 그가 만들었다는 목공예품, 전통 피지안 남녀 한 쌍을 선물로 주었다. 투박하고 거친 표면은 그들을 대변하기에 부족함이 없다. 그 소중한 시간의 선물은 지금까지도 간직하고 있다.

다음 순서로 수바 시내에서 그 마을 부족 출신들과의 미팅이 기다리고 있었다. 그들과 미팅, 그리고 정부청사 여러 곳을 돌면서 상황을 점검한 후, 나는 난디로 돌아왔다. 안정된 리띠아의 새 보금자리에서 잠을 청하고 그 이튿날 한국으로 돌아왔다. 본드금을 송금하라고 지시하고 나의 중년 시간들의 결과물인 자료들을 한아름 안고서 귀국행 비행기에 몸을 실었다.

마도로스 김

귀국 후 나는 인사동에 만남의 장소를 차렸다. 이러한 일들을 감행

할 때 항상 장소 걱정을 해야만 했기에 내 카페에서 만남의 장을 마련하기로 했다. 많은 사람들이 오갔다. 그러는 동안 마도로스 김이 찾아왔다. 그는 남태평양 30년 경력을 지닌 유능한 사람이었다. 우리는 모든 일을 함께하기로 하고 직원들 숫자도 채워나갔다. 그리고 서초동에 둥지를 만들어주었다. 서류 가방들과 함께 그에게 거주지도 마련해 안정을 시켰다. 수많은 사람들과의 만남으로 지쳐가던 그였다. 아들과 부인도 함께였다. 그렇게 개발계획을 세우고 어려움을 헤쳐나가던 와중에 8개월 만에 하늘이 무너지는 일이 생겼다. 그의 췌장암 소식이었다. 3개월 만에 그를 죽음으로 몰아넣었고, 고달팠던 그의 생애도 마감이 되었다. 나도 모든 것을 닫아야 했다. 어디가 땅이고, 어디가 하늘인지 구분이 가지 않았다.

남극에는 블리자드Blizzard 현상인 초속 30미터 눈폭풍으로 사람도 넘어뜨리는 화이트아웃White out이 있다. 나는 그 회오리 속에 있었다. 선장인 그는 남태평양의 태풍의 눈 속에서 사흘간 핸들을 놓지 않고 그 회오리 속에서 빠져나와 배와 선원들을 구출했었다고 한다. 그랬던 그도 병 앞에서는 속수무책이었다. 그 다음에는 Burn out 증상인 정서적 에너지 고갈과 극심한 피로감이 나를 엄습해왔다. 나는 숲으로 숲으로 돌아야만 살 것 같았다. 가장 편안한 쉼터는 내게 자연이었다.

어느 문인의 대화를 오늘도 되뇌어본다.

"아프냐! 나도 아프다!" 우리 모두는 아프다!

출행기

1. 교육도시 Ann Arbor를 향하여

뜬눈으로 짐의 무게를 위해 체중계를 몇 번이고 올리고 내리고를 반복하면서 아이들이 남겨두고 간 짐과 미역을 들고서 13시간의 비행에 나섰다. 기내는 외국인이 부쩍 많았다. 처음으로 여행에 필요한 소소한 절차들이 신경 쓰이는 것 없이 성큼 손으로 들어왔다. 물론 사위의 수고다. 디트로이트 공항으로 향하는 항로며 스케줄을 다시 한번 확인하면서 눈을 감았다. 기내식도 잊은 채 그동안의 피로가 자리의 불편함도 시간의 지루함도 모두 빗겨나갔다. 피지와는 다른 장거리 여행이다. 부산함에 눈을 뜨니 착륙 준비를 하고 있었다. 몇 번이고 알려준 딸의 상세한 입국안내를 기억하면서 내국인 서는 줄에서 모든 절차들을 자동으로 밟아나갔다. 23킬로 큰 가방 두 개와 기내가방, 노트북과 배낭 등 짐이 주렁주렁이다. 문같이 생기지도 않은 높은 벽 가까이 다가서자 커다란 문이 스르르 자동으로 열린다. 아 그래서 딸이 몇 번이고 왼쪽으로 가라고 일러주었구나 하는 사이 밖으로 나와졌다. 그곳에는 낯익은 얼굴이 상기된 채 나를 부르는 소리가 있었다. "어머님!!!" 우리는 영화처럼 껴안지 못했다. 사위자식과 딸자식의 괴리인가? 서로 주고받는 반가움을 웃음으로 대신하고 Ann Arbor로 향했다.

창밖의 고속도로 풍경은 물류차들의 질주로 홍수를 이루었다. 무심코 지나치다 물레방아처럼 큰 타이어 수를 세어보았다. 무려 아홉 개나 되었다. 그 화물차량 속의 물류들이 궁금해졌다. 일상의 물건들이리라 짐작하면서 그 물건들을 받아들 얼굴들을 생각하다 묵묵히 운전하는 사위의 뒷모습에 눈길이 갔다. 체구는 크지 않지만 이제는 국제맨이 되어 운전 중이다. 회사에서 시켜주는 석사과정을 밟고 있는, 교육의 홍수인 대한민국, 회사가 필요해서 인재를 키워주는 코스를 밟고 있는 사위가 퍽 자랑스럽다.

기혼자용 기숙사에 도착했다. 넓은 주차장에는 낯익은 만삭의 딸과 외손녀 이수가 기다리고 있었다. 손녀를 덥석 안으며 뽀뽀를 했다. 앙증스런 손에는 대왕참나무의 도토리를 한아름 쥐고 있었다. "할머니 이것을 봐?" "응, 도토리네." "다람쥐 밥." 우리는 이렇게 주차장에서 환영인사를 하고 숙소로 걸어갔다. 목조로 된 이층집 사면 중 양면이 연이어져 있는 독특한 설계에 놀라웠다. 하얀 목조울타리에 둘러쳐진 조그마한 대문으로 들어서니 왼쪽에는 튤립나무와 야외용 그릴과 하얀 야외용 탁자와 어지러이 널브러진 이수 신발, 화분에 씨를 뿌려 키운 것 같은 당근 새싹들, 이름 모를 작은 꽃들이 나를 반겼다. 두 달 먼저 도착한 아이들의 변화를 감지하면서 삐걱거리는 이층 계단으로 올라갔다. 방 세 개와 화장실이 하나, 내 방에서 바라본 풍경은 창문과 손이 닿을 듯한 지척의 거리에 튤립나무 잎이 하늘을 가려주고 있었다. 바람에 일렁이는 모습을 한참을 바라보다 이수가 올라와 내 손을 잡아끈다.

풀다만 짐을 남겨둔 채 아래로 내려와 병원 상황과 출산을 위해 차질 없이 준비한 것을 확인하고서는 내일부터 캐나다로 여행을 떠나기로 했다. 만삭에 위험하지 않을까? 잠시 망설였다. 나는 강행하기로 하고 여행준비에 힘을 보탰다.

2. 나이아가라 말굽폭포

여섯 시간 운전하여 캐나다에 도착하였다. 달리는 차 속에서 지루해하는 이수를 위해 우리는 고속도로 갓길을 살짝 벗어나 야생화가 피어 있는 외진 장소에서 꽃을 한아름 따갖고 다시 고속도로를 달렸다. 꽃이 장난감이 되어 한동안 우리는 평온하게 숙소인 호텔까지 도착할 수가 있었다. 약간의 휴식을 취한 후 배Maid of The Mist를 타러갔다. 빨간 우의를 각자 배분받고 만삭의 딸과 배에 승선했다. 각국에서 몰려온 관광객들, 승무원 안내를 들으면서 점점 폭포수 가까이로 다가갔다. 빨간 우의를 입은 모두가 대가족이 되었다. 폭포 물이 우리들의 우의를 적시기 시작하자 사람들이 환호가 터지기 시작했다. 쏟아지는 물결에 배가 출렁거리고 빨강 색깔이 주는 흥분됨이 더욱 마음을 들뜨게 했다. 그때마다 저마다 난간에 서로를 의지하며 흥분을 감추지 못하는 소리들이 거대한 영화 속의 장면들처럼 몰려왔다. 폭포수는 쉬지 않고 쏟아져내렸다. 앞을 볼 수가 없었다. 여객선은 폭포 주변을 한참 동안 머물러주었다. 그 감흥을 한 컷이라도 더 사진에 담느라 분주했다. 나도 딸 가족들을 연신 찍어주었다. 모처럼 사위 얼굴에서 미소를 볼 수 있었다. 화면으로 비치는 딸의 즐거움이 나를 더욱 셔터를 누르게 했다. 끊임없이 쏟아내는 폭포수에 한껏 몸을 적시고 싶었으나 딸의 염려로 안전한 선실로 바로 돌아와야만 했다.

한 편의 영화 같은 현실을 뒤로 하고 하선을 했다. 폭포로 가는 다른 길은 계단으로 만들어진 길로 내려가서 폭포 가까이까지 갈 수 있었다. 나는 그 길이 내 적성에 맞았지만 모든 행로가 손녀 위주로 안전제일이고 만삭의 산모를 배려해야만 했다. 처음으로 사위네 가족과 한방에서 잠을 청해야 했다. 시차와 어색함으로 뜬눈으로 지냈다. 새벽 일찍 거닐고 싶은 것을 꾹 참으며 조용하게 날이 더 밝도록 기다렸다. 이 시간은 나에게 새로운 환경에 적응시켜주는 좋은 시간으로 보내기로 했다. 과거의 여행 속으로 나를 데리고 갔다. 피지의 HEAVEN EDGE로 날아갔다. 굽이굽이 펼쳐진 광활한 초록의 산과 폭포수, 그리고 적막함과 고요함, 강렬한 햇살과 원주민의 미소 그리고 오두막집… 한참을 그리고 있는데 이수가 깨어나니 모두가 기상이다. 나는 슬그머니 혼자 숙소에서 내려왔다. 어제 본 그 장면들을 다시 보고 싶어서였다. 무작정 걸었다. 새벽 주변은 물안개로 어제의 들뜬 모습은 모두 가시고 안정되고 신비로운 비경이 눈앞에 펼쳐져 있다. 시원의 소리와 원시적 본능을 그대로 보여주기에 손색이 없었다. 나는 걷고 또 걸었다. 물안개로 축축해진 옷깃도 잊은 채 몰입했다. 이 소리와 이 풍경, 그리고 나 모두를 마음껏 사랑해주고 싶었다. 안개로 둘러싸여 몸을 감춘 폭포는 우람한 소리를 그 크기를 짐작하게 해주었고, 그곳의 희로애락을 노래하기에 충분했다. 곧 인디언들이 작살을 들고 아침 식사거리를 장만하러 나올 것만 같았다. 나도 그들과 함께하리라.

2013년 라페 올디스의 얘기가 귓전을 맴돈다. 그는 멕시코 프로 카약 선수이다. "카약을 타고 나이아가라 폭포에 도전하려는 계획을 처음 남들에게 얘기했을 때 모두들 자기를 미쳤다고 했다. 프로 카약 선수가 폭포를 쫓는 이야기가 아니고, 미친 꿈과 생각을 갖고 있는 한 어린이가 성숙해져 마침내 자신의 꿈을 이뤄내는 과정을 닮았다고 하는 것이 나을 듯싶다"고 그는 고백했다. 자신을 믿고 3년 간의 치밀한 계획과 20여 회 이상 답사를 통하여 마침내 카약으로 도전한 인간의 노력을 환대해주었다. 나이아가라 폭포, 나는 지금 이곳에 서 있다.

숙소로 돌아와 이수의 손을 잡고 아침 겸 점심 만찬을 하고 주변 도시를 돌아보는 시간을 가졌다. 꽃으로 장식된 꽃마을 온더레이크에서 나는 철제 풍경 하나를 샀다. 여러 가닥의 금속이 줄을 타고 바람에 의해 부딪혀 울려주는 그 묘한 소리, 그 소리가 좋다. 그 소리는 종소리와는 또 다르다. 종소리는 사람의 감정에 의해 인위적으로 내는 소리이지만 풍경 소리는 바람에 의해서 들려주는 소리이기에 더욱 맑다. 형체 없이 다가오는 바람을 감지하게 해주기도 하고 바람의 세기를 가늠할 수도 있게도 해준다. 그 풍경 소리에 내 마음도 실어보낼 수도, 일깨울 수도 있어서 좋았다. 때로는 그 소리를 더 듣고 싶어서 귀를 쫑

긋하고 기다려도 무심한 바람은 더 불어주지 않아서 내 속을 태울 때도 있다. 그래서 더 좋은지도 모르겠다.

엘리자베스 여왕 2세가 머물렀던 프린스 오브 웨일즈 호텔(1864년 준공)에서 우리는 애프터눈 차를 주문했다. 다양한 차 중 먼지 익숙한 허브차를 시키고 여러 종류의 사이드 비스킷을 맛보았다. 이수를 데리고 밖으로 나가준 사위 덕분에 딸과 오롯한 고풍스런 실내를 맘껏 누렸다. 그 후 우리는 200년 된 전통 재래시장인 세인트 로렌스마켓으로 갔다. 남대문과 동대문 시장의 성격이 합쳐진 것 같은 유서 깊은 시장에서 내부를 돌아보며 점심식사 준비를 했다. 물론 사위는 이수와 밖에서 주변을 돌고 있어야만 했다. 튀긴 닭과 감자튀김으로 대충 이른 저녁식사를 대신했다. 그 후 딸과 나는 프랑스문학의 아버지 이름을 딴 '발자크커피숍'에서 커피를 한잔 했다.

발자크는 22세에 45세의 연인 베르니를 만났다. 그녀는 당시 자녀가 일곱 명이나 있었고, 손자까지 있었다. 발자크에게 그녀는 동반자, 어머니, 충고자, 여자친구였다고 상찬한 그는, 그 사랑으로 유명한 문학인으로 거듭났다. 그들은 결혼을 하지 않았지만 여성의 내면을 볼 줄 아는 안목이 오늘의 그를 있게끔 했을 것이다. 그가 울고불고 젊음을 방황하면서 노천 카페에서 시상을 떠올리곤 했다는 파리의 커피숍, 그 명성은 세계적으로 퍼져나갔다. 찻집 이름만으로도 문학의 향취가 느껴지는 그곳에 잠시 머물다 우리는 캐나다를 떠났다.

미국에 도착한 그 이틀날, 기다리던 짐이 저녁 늦게 도착했다. 늦은 밤까지 정리를 해야 했다. 다행히 지하실에 창고가 있어서 정리가 쉬웠다.

이른 새벽 병원으로 사위와 딸을 보내고 나는 이수와 지냈다. 손녀의 시선을 돌리기 위해 쉼 없이 변화를 주어야만 했다. 밖으로 나와 주위 환경을 돌아보기로 했다. 세계 각국에서 석·박사 과정을 밟기 위해 모여든 기혼자용 숙소이다. 건축년도가 사십 년이 훌쩍 넘은 목조주택단지가 2천세대가 넘었다. 올망졸망하게 정답다. 집에서 10미터도 채 안 되는 곳에 모래 놀이터가 있었다. 당장 그곳에 가서 이수를 놀게 하고 싶었다. 도심에서 자라서 모래와는 아직 친숙하지 못한 듯해 고사리손을 잡고 집 주변을 돌아보기로 했다.

대문에서 왼쪽으로 5미터 정도 걸어서 다시 오른쪽 모퉁이로 돌아서니 훤하게 트인 넓은 잔디밭과 달팽이 미끄럼틀과 그네 그리고 벤치, 거리낌 없이 쭉쭉 뻗은 나무들이 울타리로 둘러쳐져 공원 주변을 감싸고 있었다. 맘껏 뒹굴고 놀 수 있는 이곳, 자연의 구릉지를 그대로 살려 만든 휴식공간이자 주민들의 모임장소로 보였다. 약간의 경사도를 따라올라가니 농구장이다. 마침 M을 대문자로 버스 전면에 그려진 큰 셔틀버스가 다가왔다. 우리가 기사에게 손을 흔들어주니 그의 응대가 곧바로 왔다. 잠시 머물다 그 버스는 떠나가고 바로 옆에 위치한 유서 깊은 소방서를 방문했다. 미국 국기와 미시건 주기가 하늘에 펄럭이고 있고, 번쩍번쩍 빛나는 빨간 자동차 세 대가 나란히 대기 중이다. 아저씨에게 이수를 인사시키고 책 속에서 만난 빨간 불자동차를 가까이에서 보여주었다. 손녀는 신이 나서 계속 "빠알간 자동차가 애앵~ 애앵" 하며 연이어 노래를 부른다. 안내지도에 시선이

갔다. 본능적으로 카메라를 작동시켰다. 주변 단지의 모양이 한눈에 들어왔다.

단지는 생각보다 훨씬 컸다. 크게 세 블록으로 나누어진 약 4천여 세대가 밀집해 있다. 우리는 중간 블록에 위치하고, 우리 단지만 2천 세대나 되었다. 하루 종일 산고를 치르고 있을 딸을 생각하면서 자동차를 들여다보는 손녀의 모습을 사진으로 담고 또 담았다. 소방서 안으로 들어가 자동차를 만지려는 손녀를 억지로 데리고 이번에는 찻길을 따라 걸었다. 한적한 시골 기숙사 단지이다.

드문드문 야생화가 수줍게 피어 있고 새가 지저귀고, 길바닥에는 싱싱한 솔방울이 뒹군다. 소나무 속성은 암수가 한 그루이고 꽃은 4~5월에 핀다. 수꽃 이삭은 황색이고 새 가지 끝에 빽빽이 달리며, 암꽃 이삭은 진한 자주색을 띠고 흔히 수꽃 위쪽에 1~4개 정도씩 달린다. 암꽃이 위에 달린 이유는 다른 나무와 꽃가루로 수분되기 위함이라고 한다. 생태계의 질서를 새삼 실감한다. 올해 수분한 소나무는 다음해 9~10월에 익으며 종자 윗부분에 날개도 있다. 새로운 연한 솔가지를 피해 슬그머니 할아버지 솔방울이 되어 있는 2년 전 솔방울, 갈색으로 변하여 활짝 벌어진 채로 성성하게 매달려 있다. 언제 떨어질지 모를 솔방울들에 시선이 오래 머문다.

우리 민족은 소나무와 많은 관계를 맺고 살아왔다. 소나무로 집을 지으며 땔감으로, 음식으로 죽은 후에는 관을 만들고 소나무가 있는 산에 묻혔다. 또한 세금을 내는 석송령 천연기념물 제294호도 있다. 소나무는 방향성 물질인 피톤치드를 발산하여 공기를 정화하고 쾌적

하게 한다. 살균작용을 하는 이 소나무의 속성을 우리 선조들은 아기가 태어나면 금줄을 치고 솔가지를 매달아 나쁜 기운을 막았다. 선조들의 지혜다. 두 손 가득히 할아버지 솔방울을 주워담고서 나도 삼대가 거주하는 집으로 돌아왔다. 주워온 솔방울로 솔가지를 치지는 않았지만 주변 화단에다 가지런히 장식을 해두었다. 아직 산고 중이라는 연락을 받았다. 음식을 준비하면서도 소리를 죽이고 몇 번이고 폰을 확인했다.

문자가 날아왔다. 딸이다. 이수가 잘 노는지 엄마를 힘들게 하지 않는지 등등 나를 먼저 걱정한다. 나는 걱정 말고 건강하게 순산하길 바란다는 메시지를 주고받았다. 어제 새벽에 집을 나가 밤을 새우고 오후 두 시가 지났다. 그때였다. "어머님" 하고 전화로 낯익은 목소리가 들려왔다. 아가의 위치가 엄마랑 같이 앉아 있어서 두 번이나 돌리기를 시도하였으나 기미가 없어서 수술 준비를 하고 있었노라고 수술대 위에서 마지막으로 다시 한번 더 시도 끝에 성공하여 산모와 아기가 모두 건강하다는 약간은 상기된 사위 목소리가 들렸다.

"휴~ 자네도 고생했네."

"이수야, 동생이 태어났어. 이수 여동생이." 이수는 자동으로 언니가 되었다. 내가 태어나기도 전에 시집을 간 큰언니, 여섯 살 전에 두 언니들도 출가를 했다. 지금 소통되는 한 언니는 나보다 여섯 살 위이다. 갑자기 돌아가신 엄마를 대신해서 그 언니는 집안살림을 맡아야 했다. 학업도 중단한 채로 그것도 모르는 언니는 그렇게 집안일을 하고 나는 놀고 공부만 하는 줄 알았다. 당연하게, 지금까지도 일을 한다는 언니는 희생이 무엇인지를 선명하게 보여주는 삶을 살고 있다. 두 딸을 모두 음대에 보냈고 작은딸의 피아노교습소에서 뒷바라지하느라 노심초사다. 내가 보기에는 언니의 몸도 누군가의 도움을 곧 받아야 할 것 같은데 마음이 쓰인다.

따끈따끈한 미역국과 밑반찬을 들고 이튿날 우리는 병원으로 향했다. 집에서 십여 분 거리에 위치한 큰 병원이다. 이틀 밤을 나랑 지새운 이수에게 여러 번 병원에서의 주의사항과 엄마가 동생을 낳았기에 병원을 간다는 설명을 반복해 설명해주었다. 그런데도 이수는 주차를 시키고 돌아온 아빠한테 매달려 캥거루같이 떨어지지 않았다. 외할머니와는 친숙할 시간이 많지 않았기에 아직은 엄마 아빠 품이 더 그리운가보다. 나는 3순위였다.

입실 절차를 밟고 들어선 병원은 엘리베이터부터 달랐다. 넓고 큰 엘리베이터 내부를 보면서 또 입원실과 입원실 사이의 넓은 복도 간격과 천장 높이는 호텔 로비 같았다. 한참을 돌아서 도착한 딸이 있는 입원실 안으로 들어섰다. 일인실은 재활실 같기도 했다. 넓고 안락해 보이는 커다란 침대에 딸이 앉아서 수유 중이었다. 오랜 시간 산고를 치른 딸은 한손에는 갓난이, 다른 손으로는 이수를 한참을 어루만진다. 힘들어하는 딸로부터 이수를 떼어내야 했다. 핼쑥해진 딸과는 다르게 손녀는 무척 건강해보였다. 옥색의 옷과 얇은 모자를 쓰고 있는 갓난이는 그 옷차림이 미국 아이처럼 보였다.

사실 이 아이는 미국인이다. 새 생명의 탄생이다. 천 년 동안 씨앗을 품은 채 땅속에서 웅크리고 있다가 산불 후 새싹을 틔우는 나무가 있는가 하면 바람결에 날아가 종족보존을 하는 씨앗들, 새의 먹이가 되어서 새의 배설물에 의해서 새싹을 틔우기도 하는 자연계의 종족보존법과 달리 우리는 이렇게 새 생명의 탄생을 알린다. 이목구비가 또렷했다. 첫 만남, 잘생겼다는 얘기를 듣겠다는 생각이 들었다. 준비해온 음식을 차리는 사이에 끊임없이 그들의 소임을 다하는 간호사가 눈에 들어왔다. 약을 들고 오는 사람은 약을 가져와서 환자가 먹기 좋게 배려를 해주고 환자가 약을 다 먹는 것을 확인하고서는 돌아갔다. 체온 측정, 소변 돕기 등 보호자가 있음에도 불구하고 소소한 환자돌보미를 보면서 아! 여기는 간병인이 필요 없는 병원인 것을 직감했다. 부러웠다.

이제는 꼬마 목욕시간이다. 벽에 붙어 있는 인큐베이터처럼 생긴 아기용 침대를 내렸다. 투명 관 속의 온도를 확인하고 옷을 벗겨나갔다. 산모가 보는 앞에서 차후 집에서 목욕시키는 법을 설명하면서 아기의 목욕이 시작되었다. 탯줄이 볼록하게 매달려 있다. 가재 수건으로 머리와 앞을 닦은 후 여러 번 수건을 바꿔가면서 미지근한 물로 닦아나갔다. 능숙한 손놀림이 아름답게 보였다. 한참을 이리저리 처리를 한 후 누가 집에서 아기를 돌볼 것이냐고 물은 후 "할머니"라고 하니 그녀는 나를 보고 아기의 기저귀를 바꾸어 보겠냐고 물었다. 예스라고 말을 하고서는 막상 그 앞에 서니 손이 얼른 움직이지를 않는다. 개구리 다리같이 앙상한 두 다리, 그것을 들어올린 순간 탯줄이 곧 떨어질 것 같은 생각에 나는 사위를 불렀다. 두 아이를 모두 수술로 낳았고 내 스스로 갓난이를 만진다는 것은 처음이기도 하고 어설픈 내 행동으로 아기의 안위가 앞섰기에 "자네가 해보게" 하고 나는 뒤로 물러섰다. 능숙하게 처리하는 사위는 이수를 경험했기에 많이 숙달이 되어 있었다.

아가의 목욕이 끝나고 차려온 음식의 빈 통만 챙기고 나머지는 남겨둔 채로 병원을 나섰다. 돌아서는 사위에게 눈을 좀 붙이라고 격려해주었다. 이수는 울지 않고 얌전하게 집으로 잘 돌아왔다. 이수를 위해 나는 모래 놀이터로 나갔다. 또래 아이들이 서너 명 놀고 있었다. 미국 여자아이와 일본 남자아이, 그리고 중국 여자아이, 이수 이렇게 모였다. 미국 아이는 팬티만 입고 모래 놀이터에서 온몸을 적시고 놀고 있다. 건강미가 넘치는 모습이 눈에 들어왔다. 나는 이수에게 신발을 벗어보라고 했다. 한참을 망설이다가 내가 먼저 맨발로 들어섰다. 그리고 걷는 모습을 보였다. 그러자 소심한 이수가 들어오기 시작했다. 모래 놀이터가 있어도 어떻게 놀아야 하는지 모르는 아이이다. 부드러운 촉감이 나의 발바닥을 간지럼 태웠다. 서서히 적응하며 놀고 있는 이수는 아직 언어의 장벽으로 그들과는 어울리지 못한다. 어색해하는 이수를 데리고 맨발로 걸어서 집으로 돌아왔다.

이튿날 아침이 되었다. "이수야, 오늘은 엄마랑 동생이 오는 날이야." 눈을 뜨며 울먹이는 이수를 달래려고 잡곡누룽지를 만들어서 맛보게 했다. 일부러 잡곡밥을 많이 했다. 고소하게 만든 누룽지는 쌀밥 누룽지보다 더 고소하다. 냄새가 온 집안을 진동한다. 부드럽게 끓인 누룽지를 이수는 넙죽넙죽 잘도 받아먹는다. 곧 딸이 도착할 시간이다. 이수를 또 맨발로 걷게 했다. 주차장으로 앞서서 마중을 나가며

발을 꿍꿍 내딛는다. 재미있는 모양이다. 기다리는 동안 주변의 떨어진 참나무가지와 도토리를 주우며 한참을 놀고 있는데 다람쥐가 우리에게 시선을 끈다. 이수는 한참을 바라보다 점점 다람쥐에게로 다가서니 다람쥐가 어디론가 숨어들었다. 그러는 사이 눈에 익은 차가 도착했다.

엄마와 아빠에게 응석을 부리는 이수를 뒤로 하고 아가를 받아안고 나는 집으로 얼른 들어왔다. 새 식구를 맞이하느라 청결하게 청소를 하였고, 들통에는 한 솥 가득 미역국이 딸을 기다리고 있었다. 갓난이는 "이나"라고 부른다. 이나는 쌔근쌔근 잠자는 중이다. 한참을 들여다보다 사위랑 딸의 식사를 준비했다. 뒷바라지에 힘이 들었을 사위에게 떨어지지 않는 이수를 데리고 놀이터로 나왔다. 어제 본 그 건강한 여자아이와 그 멤버가 그대로 무엇인가 놀이에 열중이다. 맨발로 걸어다니는 즐거움에 이수도 활발하다. 모래밭에서 두꺼비집을 짓기도 하고 모래를 소꿉에 담았다 버렸다 하면서 한참을 놀았다.

이수를 배려해 딸과 사위가 놀아주는 사이 나는 이나랑 함께 지낼 수가 있었다. 한참을 들여다보아도 싫증나지 않는다. 보고 또 보고 "사. 랑. 스. 럽. 다." 이 다섯 글자는 이런 모습을 두고 말하는 것이 아닐까? 기저귀를 갈아야겠다는 생각이 얼른 들었다. 검은 색의 변이다. 수유를 위해 딸을 불렀다. 목욕시키기, 기저귀 갈기를 반복하면서 산모도 아가도 점점 건강한 모습으로 회복하기 시작했다.

3. 유아원 적응기

문제는 이수였다. 연휴기간이 끝나고 월요일부터 이수가 유아원을 가야 했다. 일찍 도시락을 준비하고 유아원으로 향했다. 엄마랑 떨어지지 않으려는 이수를 데리고 가는 길에 많은 것을 생각하게 했다. 엄마랑 같이 지내야 할 이수였지만 유아원에서 적응하지 않으면 안 될 이수의 상황, 이런 환경을 이수가 이해하기에는 너무 어린아이가 아닌가? 이수는 여기 나이로 세 살이다. 우는 아이를 겨우 달래서 유아원에 도착했다. 삼삼오오 아빠랑 함께 오는 아이들이 눈에 많이 띄었다.

교실에는 흑인인 몸매가 제법 늘씬하고 안경을 낀 젊은 여교사와 뚱뚱한 여교사, 그리고 임시직 인도인 여 보조교사, 견습교사 이렇게 네 명이 근무 중이다. 나는 정중하게 인사하고 소파에 앉았다. 9시 30분이 지나자 대부분의 아이들이 스낵코너에 모여들었다. 교사 한 명이 우유와 시리얼을 준비한 채, 탁자에 앉아서 꼬맹이들에게 시리얼을 먹겠느냐? 우유를 마실 것인가? 모두에게 물으면서 시중을 들고 있다. 차례를 기다리며 옹기종기 둘러앉아서 먹는 아이들은 다국적이다. 스낵 시간을 끝내고 이제는 자유놀이 시간이다.

이젤이 놓여 있고 두꺼운 통나무 블록이 쌓여 있고 다양한 교구들이 공간을 메우고 있다. 이수는 대화가 통하지 않으니 혼자서 왔다갔다 중심을 못잡고 말 한마디 하지 않으면서 묵묵히 놀이를 이어나가고 있다. 딱한 저 아이를 위해 어떤 것이 최선일까? 많은 생각들이 왔다갔다 하는 사이 정교사가 내게 말을 걸어왔다. 편안하게 의자에 누워도 되고 왔다갔다 해도 된다는 말과 함께 직접 드러눕는 모습을 보여주기까지 했다. 쾌활한 선생님이었다. 편안하게 배려해준 선생님 덕분에 나의 유아원에서의 생활이 시작되었다. 자유롭게 놀던 아이들에게 남녀 각각 화장실 가는 시간을 알리니 아이들이 화장실 앞에 줄을 서서 기다린다. 그 다음은 둥글게 원을 그려 돌아가면서 이야기하고 싶은 것을 하게 하고, 친구가 이야기를 할 때만큼은 자기 자리에 잘 앉아서 다른 짓을 못하게 나름대로 엄격했다. 남이 말할 때 경청하는 버릇을 들이게 하는 것을 보면서 나는 감탄했다. 책을 보고 난 후 제자리에 정리하는 시간에는 노래를 부르게 하며 정돈을 시켰다. 30분 간 말하기와 경청시간이 끝나면서 밖으로 나가 노는 시간에는 간단한 질문을 주고 그 질문에 답을 하는 순서대로 밖으로 나가 놀게 했다.

아이들은 각자 사물함에서 모자와 수영복을 갈아입기도 하고 자유로운 복장으로 밖으로 나갔다. 물론 이수는 제일 나중에 모자를 쓰고 내 손을 잡고서 나갔다. 밖으로 나온 야외는 생각보다 훨씬 넓었다. 구석구석 다양한 놀이터가 만들어져 있었다. 모래 놀이터를 둘러싼 자전거길, 바닥이 나무로 된 목조 놀이터, 비탈진 곳을 올라가니 텃밭에는 방울토마토와 다양한 채소와 화단이 가꾸어져 있고, 오른쪽에는 목각 교구들이 널브러져 있다. 왼쪽에는 조그마한 원두막도 지어져 있었다. 어느 사이 두세 반 어린이들이 모두 나와 그 넓은 공간은 아이들의 소리로 메워졌다.

비탈진 꼭대기에서 물놀이가 시작됐다. 파란 카누도 한 척 놓여 있다. 끊임없이 흘러내리는 물 주변으로 아이들이 놀고 있다. 요소요소에 선생님이 배치되어 아이들의 안전을 지키고 있다. 흐르는 물로 때로는 하늘 높이 솟구치는 분수도 만들고, 경사진 비탈에 시냇물도 연출해주었다. 자유롭게 그러나 안전하고 질서를 존중해주고 남을 배려하는 시간들로 짜진 야외놀이 시간. 끊임없이 화단에 물을 주고 있는 이수는 나의 존재를 확인하고는 다시 물놀이에 열중이다. 물 먹는 시간을 알리니 아이들이 모두 모였다. 삼삼오오 물을 마신다. 나는 먼 곳에서 다양하게 놀이에 빠져 있는 아이들을 바라보고 있다. 넓은 공간 그리고 파란 하늘, 조용한 주변, 참 좋은 환경이란 것을 절감한다. 마음껏 뛰어논 아이들이 차례대로 줄을 서서 선생님의 신호를 기다린다. 앞사람들과의 간격 유지다. 화장실에서 손을 씻은 후 젖은 옷을 갈아입고 책상에 놓여 있는 도시락 앞에 앉아서 도란도란 점심을 먹는다. 도시락을 잘 열지 못하는 이수는 선생님의 도움을 받아서 뚜껑을 열고 충무김밥을 먹고 있다. 장난치는 아이, 옆 친구 도시락을 구경하는 아이, 묵묵히 도시락만 먹는 아이 그러나 그들 모두는 얼굴이 상기되어 있다. 일찍 먹은 아이 순서대로 양치를 하게 한 후 책을 보게 했다.

각자가 편한 자리에서 그러는 사이 요가 깔리기 시작했다. 나이대로 모아서 깔린 요 위에 개인 이불이 또 놓였다. 그리고는 책을 제자리에 놓고 오후 1시부터 커튼을 치기 시작한다. 불을 끈 후 낮잠시간이 시작됐다. 나는 이수의 옆 친구도 같이 등을 쓰다듬으며 재우기 시작했다. 조용한 음악이 흐르고 개구쟁이들의 움직임들이 잦아들어가는데 아직도 이수는 꼼지락거린다. 겨우 잠이 든 이수를 뒤로 하고 3시에 돌아오겠다고 한 후 나는 집으로 향했다. 다행히 유아원과 집의 거리는 3분도 안 되었다. 산모와 밥을 같이 하면서 얘기를 나누다보니 벌써 한 시간이 훌쩍 넘었다. 허겁지겁 유아원에 도착했다. 이수 혼자 깨어나 도서관에서 선생님의 도움을 받고 있었다. 이수를 데리고 할머니가 점심먹고 왔다는 설명을 해준 후 다른 아이들이 일어나길 기다렸다. 세 시가 되자 불을 켜고 잠자리 정돈을 하게 했다. 실내에서 놀고 있다가 다시 야외로 나갈 준비를 시켰다. 오후 4시가 가장 더운 시간이다. 선크림을 모두 발라준다.

여러 반 아이들이 또 모였다. 분수 밑에서 물을 맞으며 좋아하는 개구쟁이들, 굴 속으로 자전거를 타고 경주하는 아이들, 내 곁에서 잘 떨어지지 않으려는 이수를 모래밭으로 데려가 자전거 타는 길 옆에다 신발을 벗어두고 모래에서 놀게 했다. 그러자 선생님이 슬그머니 오셔서 신발을 모래밭 귀퉁이로 밀어놓는다. 아차! 자전거길에 대한 배려였구나. 그렇구나, 나는 미처 그들의 소소한 공중의식을 알아차리지 못했다. 이수에게도 신발을 벗은 후, 길 위에 두지 말고 모래밭에서 놀 때는 모래밭에 벗어두라고 일러주었다. 그렇게 하루 일과가 끝날 쯤 이수가 집으로 가길 원해서 우리는 5시 전에 집으로 향했다. 나비가 날고 벌이 윙윙하는 주변 분수가 보였다. 이수를 그곳에서 한참을 놀게 했다. 돌아오는 길에 의기소침했던 이수는 좀 더 활발해졌다.

저녁식사를 준비하면서 유아원에서 있었던 이야기로 식탁이 좀 침울했다. 하루 종일 말 한마디 못하고 지내는 이수가 딱했기 때문이다. 다행히 이나가 잠을 잘 잔다. 목욕 준비를 하고 이나를 옆에 눕혔다.

키 50센티, 몸무게 3.25킬로그램, 몇 번이고 물 온도를 손으로 체크하고 첫 목욕을 시키는 날이다. 손수건으로 닦아내기를 했다. 배꼽 위의 붕대가 떨어지지 않게 조심스럽게 이나를 만졌다. 아직 불순물들이 많이 붙어 있다. 대충 물로만 닦은 후 옷을 갈아입혔다. 문밖에서 이수는 궁금증이 나서 몇 번이고 문을 두드린다. 그렇게 나의 하루가 지나가고 나는 곧 잠에 골아떨어졌다.

이른 새벽 눈을 뜨니 새벽 5시다. 밤 사이 이나가 궁금했다. 딸 방으로 갔다. 마침 수유 중이라 기다렸다가 이나를 데리고 거실로 내려와 재워놓고 나는 도시락 준비를 하기 시작했다. 일찍 학교로 향하는 사위 도시락과 이수 도시락, 그리고 산모와 나, 식사까지 모든 준비를 하고 외출옷으로 갈아입은 나는 이수를 깨우기 시작했다. 이수를 달래려고 나는 엄마 몰래 밖에서 먹자며 깨강정으로 유혹했다. 금방 모든 행동들이 빨라졌다. 유아원 가는 길목에 앉아서 깨강정을 반으로 잘라 이수 입에 넣어주었다. 맛있어하는 이수를 데리고 유아원 정문에 장식되어 있는 나비 모양 앞에서 사진을 찍어주고 콧노래를 부르면서 안으로 들어갔다. 어제와는 사뭇 다른 태도로 제자리에 들어가는 이수를 본다. 선생님들과 포옹을 나누었다. 오늘 내가 할 일이 무엇인가를 생각하면서 주변을 살피기 시작했다.

원생 12명에 선생님이 4명, 나까지 5명이다. 소파에 앉아서 교실을 바라보다 화장실로 이용하는 공간은 두 반이 공동으로 사용하는 것을 알아차렸다. 장갑과 청소도구를 확인한 후 그들의 손이 부족해 내가 할 수 있을 것을 감지하고 수시로 그 주변을 살피기 시작했다. 바닥에 떨어지는 쓰레기, 물감을 사용한 후의 팔레트 뒷정리, 스낵코너 운영 후 책상 뒷정리 등 아이들의 안전을 위해 내가 할 일이 점점 눈에 들어왔다. 나 자신도 모르게 점점 보조교사 역할을 하게 되는 나를 보고 이거 너무 오버하는 것 아닌가 하고 멈칫해지기도 했다. 시간이 흐를수록 아이들이 나를 에워싸기 시작한다. 책 읽어주기, 다친 아이 달래주기, 한국식으로 업어주기 등 피부색이 달라도 가슴으로 부딪치며 새로운 경험을 보여준다. 그들은 차례로 내 등에 업히기 위해 줄을 선다. 물론 이수도 줄을 서서 차례를 기다리게 했다. 이렇게 뒹굴다보니 선생님들과도 아이들과도 모두의 할머니로 불렸다. 소고기볶음밥과 김밥, 그리고 후식 등 두 번의 점심 파티 덕분에 그들과 더 가까워질 수 있었다. 스낵시간에 많이 남은 시리얼은 봉투째 챙겨서 건네줄 정도로 우리는 가까워졌다.

유아원에서 대소변을 가리지 못하는 이수를 위해 선생님들과 나도 각별히 신경을 쓰면서 지냈다. 정교사의 휴일날 이수의 대변을 내가 받아야만 했다. 무심코 팬티에 받은 변을 변기에다 버리고 팬티를 세면대에서 나도 모르게 씻게 되었다. 원장선생님이 허겁지겁 달려왔다. 나는 정말 죄송하다고 그 뒷마무리를 하려니 철저하게 임시교사 담당에게 그 일을 시켰다. 소독이 시작이 되었다. 민망함이 말할 수가 없었다. 나는 국민소득 4만 달러 공간에서 무심코 행한 나의 행동을 반성하면서 내 나름 앞선 생각을 가지고 사는 사람이라고 생각한 나의 오산을 다시 한번 점검하는 좋은 계기가 되었다. 그 일이 있은 후로 유아원의 시간을 점점 단축시켜 나갔다. 말귀를 못 알아먹는 이수에게 이제 할머니가 유아원에 오래 있지 말라고 원장선생님이 그러신다고 둘러댔다. 그 장소에 함께 있었던 이수도 상황을 알아채고는 점점 시간을 단축하는 할머니에게 덜 매달렸다. 좋은 계기였다. 우리들의 등원길에 들르는 깨강정 먹는 장소, 유아원 입구에서 사진 찍는 일이 하나의 과정이 되어버렸다.

가장 말썽을 피우는 세 살짜리 라이언을 내가 돌보기로 했다. 그 아이는 세 살이지만 덩치는 6살만큼 컸다. 분주다사한 라이언, 그 아이는 일주일에 두 번만 유아원에 온다. 천방지축 그 아이가 오는 날은 모두의 질서가 무너진다. 한 가지 특이한 것은 우리 모두가 그 아이를 미워하는 마음 없이 다만 분주하고 산만한 아이로 받아들여지고 있다는 것이다. 이수의 적응을 위하는 일이 내가 유아원 경험을 하게 되는 계기가 되었다. 누가 그랬던가? 피하지 못할 바에는 즐기라고.

일주일에 두 번, 낮잠 자기 전에 율동시간이 있다. 유튜브에서 〈곰 사냥〉 노래와 〈A Tooty Ta Ta〉는 아이들이 열광했고, 그 시간만큼은 이수도 좋아했다. 모두가 한바탕 춤잔치로 이어지는 동안 나는 동영상 촬영을 부지런히 했다. 서서히 이수를 데리러 가는 시간을 늦추면서 한 달이 되는 날 문 앞에서 할머니 안녕, 인사할 정도가 되었다. 적응기 성공이다.

그런데 정교사인 애술리가 초등학교 교사로 옮겨가게 되는 날이 왔다. 처음부터 유난히 유능해보였던 애술리 선생님, 우리 모두는 작별인사를 하고 그 선생님은 아이들에게 편지를 한 장씩 써왔다. 그 개인의 발전은 좋았으나 겨우 적응하는 이수에게는 또 다른 선생님을 맞이해야만 했기에 마음이 쓰였다. 선생님에게 이메일로 답장을 보내라고 딸에게 부탁하고 잊고 지냈는데 그 선생님에게서 답장이 왔단다. 그런 엄마를 둔 이수 어머니가 상당히 부럽고 자기도 그런 엄마를 가졌으면 한다는 답장이 왔단다. 아니 내가 그런 엄마인가? 사회생활로 아이의 손길을 외면하고 지낸 시간들, 그 소소한 시간들을 선생님은 아실까?

다양한 종류의 국을 바꿔가면서 하루 네 끼 중 두 끼는 미역국, 한번은 양식으로 남은 한 끼는 다른 국으로 메뉴를 짰다. 한인마트, 중국마트, 현지 마트를 번갈아가면서 장을 봐다 나르는 사위 덕분에 장보기 어려움은 없었다. 문제는 어깨 힘으로 칼을 써야 하는데 높은 싱크대에서 음식을 하는 손목에 무리가 왔다. 음식을 만들기가 어려워졌다. 갑자기 안 쓰던 근육의 반란이다. 밤이면 나도 모르게 끙끙대는 소리로 딸의 잠을 깨우기도 했다. 컨디션을 조절하기 위해 나도 모르게 본능적으로 많은 음식을 섭취하게 되었다. 이런 우여곡절을 겪으면서 우리는 또 가족 여행을 떠났다.

독일인 마을인 프랑켄 무스에서 여러 과일과 맥주와 흑맥주 등 다양한 독일 맥주를 한아름 샀다. 그리고 1954년 농장 기록도 기념으로 한 장 구입하고 그 다음에는 세계에서 단일품으로 가장 큰 크리스마스트리 상점으로 갔다. 규모는 아울렛outlet 마켓처럼 컸다. 오로지 크리스마스 장식품들로만 즐비하게 모아져 있다. 눈이 휘둥그래질 정도로 규모가 컸고 종류도 다양하였다. 현란한 장식품들 그 모든 것들이 마음의 시킴이라, 우리들 마음이 저랬던가?

4. 여행과 쇼핑

슬리핑베어 둔즈로 향했다. 7시간 운전하는 여행이다. 모래언덕 위로 아기를 안고 천천히 올라섰다. 바다 같은 호수가 눈앞에 펼쳐졌다. 몇 겹의 구릉지를 뒤로 하고 이수랑 사위는 모래언덕에서 뒹굴면서 내려오고 우리는 천천히 걸어서 내려오는데 잊어버린 주차난이 눈에 들어왔다. 요트선박장이 달린 고급 주택단지 앞으로 있는 호숫가의 물은 피지의 물빛같이 아름다웠다. 아! 호수도 바다같이 저렇게 아름다운 물빛을 볼 수가 있다는 사실을, 그래서 부호들이 즐겨찾는 휴양지가 된 것을 실감하게 된다.

우리들이 유숙하는 호텔로 오니 날씨가 변덕을 부렸다. 낮의 호수와는 다르게 여기서는 파도가 높게 치고 바람이 세찼다. 바다 같은 호수다. 곧 빨려들 것 같은 심한 기온의 차, 우리는 실내 수영장에서 머물러야만 했다. 그 다음날은 우리나라 민속촌 같은 매키낙아일랜드로 들어가기 위해 두 시간이나 달렸다. 주차장에 겨우 주차를 시키고 강렬한 햇살을 받으며 승선했다. 꼬마들과 여행을 한다는 것의 어려움이 밀려왔다.

우리는 서둘러 다시 육지로 나와 집으로 향하기 시작했다. 장거리 여행이다. 그 이튿날 모두 녹초가 되어 각자 방에서 쉬어야 했다. 이번 여행으로 우리는 당분간 근신하기로 하고 이수의 유아원 적응으로 나머지 시간은 쇼핑을 했다. 딸과 손녀를 데리고 소소한 쇼핑의 즐거움을 맛보기 시작했다. 연이어 찾아내는 딸과 우리는 무장을 철저히 하고 또 출발이다. 이나의 협조가 우리들의 즐거움을 더해주었다. 점심으로 준비해간 빵과 과일로 쇼핑몰 밖 의자에서 먹기도 하고 맛있는 수제 버거집에서 햄버거를 사먹고 품평도 하며 쇼핑몰 가는 길에 맛집도 순회했다. 넓은 장애인 탈의실에 이나를 데리고 들어가서 수유도 하고 기저귀도 갈고 간식도 먹고 골라온 옷도 입어보며 서로 평가도 해주며 선진국 혜택을 맘껏 이용했다. 모녀 간의 평범한 일상을 서로 즐겼다. 딸은 출근복을, 나는 일상에 필요한 소소한 것들을. 쇼핑의 기준이 달랐다.

Spicerdrchard 블루베리 농장에서 가져온 것으로 블루베리잼을 만들기도 하고, 한 입 가득 우물우물 새카맣게 변해버린 입을 보고 서로 웃기도 했다. 가까운 거리에 Nicholsar boretum 식물원에도 가보았다. 울창한 숲이 뒤로 둘러쳐져 있고 규모가 크지는 않았지만 치장하지 않은 소박한 식물원에는 편안함과 순박함이 그대로 남아 있었다.

5. 귀국길

아이들이 미국에 정착하면서 신세진 몇몇 주변 한인과 일본인에게 김치와 소고기장조림과 김밥을 선물했다. 이제는 돌아갈 시간이 다가왔다. 공항에서 작은딸의 눈물이 쌔근쌔근 잠을 자는 이나의 얼굴에 떨어졌다. 엄마의 눈물을 처음으로 보는 이수는 엄마 내가 있잖아? 응석받이 이수가 치맛자락을 흔들면서 달랜다. 두 자식의 엄마가 된 딸과 사위를 뒤로 하고 빠른 걸음으로 출국장으로 들어섰다. 언제나 씩씩한 엄마의 모습으로 남고 싶었다.

미시간주 교육의 도시 에노바는 이나의 출생지가 된 곳이다. 이곳을 기념하기 위해 잡화 코너에서 인디고 컬러 바탕에 옐로 컬러가 대문자로 새겨진 MMichigan의 앙증스런 에스프레소 찻잔을 하나 샀다. 이나를 닮았다. 다행히도 내 옆 좌석에는 여유가 있었다. 비행기가 이륙하자 천천히 찻잔을 풀어보았다. "뚝" 하고 눈물방울이 찻잔 속으로 떨어졌다.

첫째 날, 뉴욕 9월 14일

2005년 9월 14일 오후 1시 20분, 설치미술 전수천 작가의 구상도는 15여 년의 우여곡절 끝에 출발 신호탄을 올렸다. 〈점点을 찍읍시다〉는 뉴욕에서 로스엔젤레스의 5,500㎞ 미대륙 횡단의 대장정 프로젝트이다.

"Jheon's Drawing"이라는 글자가 전광판에서 번쩍거렸다. 하얀 천을 덮어씌운 기차는 열기를 뿜으며 서서히 움직이고 있다. 드디어 출발, 뉴욕 팬스테이션 역사驛舍 지하를 빠져나오는 기차의 붓은 수많은 난관을 극복하면서 달린다. 한 작가의 집념은 광활한 미국 땅을 개인의 캔버스로 활용되었다. 역사적인 미대륙 캔버스, 승리의 깃발을 흔드는 개선장군처럼 나는 자리에 가만히 앉아 있을 수 없었다. 팬스테이션은 동쪽으로는 롱아일랜드시티와 북쪽은 보스턴, 남쪽으로는 워싱턴, 시카고를 거쳐서 로스앤젤레스까지 운행하는 중앙역인 셈이다.

미대륙은 그의 도화지, 뉴욕에서 로스앤젤레스 대륙횡단, "암트렉, 흰 색의 천으로 뒤덮은 15량의 기차는 윤기 있는 털과 단단한 대를 가진 붓이었다"고 작가는 말한다. 열차의 한 칸의 길이는 25m로 객차 15량, 2대의 엔진카로 구성되었으며 강의실과 휴게실, 식당, 바, 돔카, 소파가 있는 다양한 휴식공간, 침대차, 스탭용 객차, 일반 객차 등이다. 나는 일반 차량에 앉아 있다.

3천 마일. 예측할 수 없는 우연들에 반응, 환경과 사람, 기차가 만들어낸 대장정의 달리는 예술열차가 거칠고 거침없이 획을 긋기 시작한다. 우리들만의 스케줄, 나는 움직이는 그의 붓대롱의 한 점이 되었다. 로스앤젤레스로 향하는 마을 캔버스는 눈부시도록 강렬한 햇살 아래 휘황한 들판의 화폭으로 더 강력했다. 문학, 건축, 사진, 음악, 여행, 동양학, 4명의 사업가 등 각 분야 전문인들로 구성된 66인의 점들과 다소 어색한 표정들이 역사적인 프로젝트에 동승한 흥분을 조금은 억누른 듯, 서로 인사를 나누었다. 동양학자 조용헌의 미국 풍수지리 이야기는 뉴욕은 '돈족혈頓足穴'이고 '합수론合水論'으로서 재물이 모인다는 풍수지리설로 우리들의 서먹함을 친밀감으로 전환해주는 터닝 포인트가 되었다.

두 시간을 달렸다. 흰 붓은 석양을 이고 있다. 필라델피아에 곧 도착한다는 안내방송이 나온다. 잠깐 사이 하늘은 비를 동반하기도 했다. 암트렉은 출발지연과 잦은 사고로 승객이 줄어들어 적자에 허덕이는 철도란다. 그 옛날 개척의 선봉에서 괴성 같은 기적 소리와 함께 검은 연기를 내뿜고 개발의 동맥 역할을 했고 미국인들의 애환을 실어날랐을 이 기차, 나는 그 열차에 타고 있다. 이곳에서도 두 시간 연착, 그 덕분에 〈샘〉의 작가 마르셀 뒤샹(1887~1968)의 작품이 가장 많이 소장되어 있는 미국 3대 미술관인 필라델피아 미술관을 다녀오는 행운을 접할 수 있었다. 하얀 기차의 붓은 어둠 속으로 질주한다. 호기심은 피로마저 잊게 하기에 충분했다. 잠이 오지 않았다.

둘째 날, 워싱턴D·C 9월 15일

이른 새벽 한 시간을 달려 워싱턴 역에 도착했다. 화려한 역사 로비가 시선을 끈다. 곧 베토벤 교향곡 제9번 〈합창〉이 울릴 것만 같다. 오페라극장 같은 역사 전경, 오고가는 사람들, 출근시간이어설까, 복잡해 보였다. 그 틈 사이로 천장이 유난히 높은 카페에서 조용히 책을 펼쳐들고 열차를 기다리는 사람들이 여유로워 보였다.

이곳은 미국 수도이자 정치 중심도시로 산업의 발달과 자연의 조화가 어울린 아름다운 곳이다. 내셔널갤러리, 워싱턴타워, 1억5천 점에 달하는 스미소니언은 무료 관람할 수 있는 세계 최대 박물관이다. 무엇이든지 세계 최고이다. 열차로 돌아온 우리들은 한 시간 동안 지연될 거라는 두 번째 통보를 받고 이 현실을 즐기기로 마음먹었다. 그러나 주최하는 이의 입장은 달랐다. 그들의 조바심이 눈에 들어오기 시작했다. 나는 앞장서지 않아서 좋았고, 내일 스케줄을 점검하지 않아도 되니 더욱 좋았다. 흰 색의 붓은 다시 소리를 내면서 서서히 획을 긋기 시작했다. 푸른 숲과 초원 위로 흰 붓은 달린다. 달리는 열차의 선상에서 심포지엄이 열렸다. 미술 역사상 최초 기록이란다. 우리는 창을 등지고 앉았다. 다소 어색한 분위기는 패널이나 참여자나 모두 같았다. 캔자스시티 대학의 교수인 존 폴츠의 사회로 시작된 심포지엄은 인종, 문학, 예술, 여행, 운송 등 다양한 의견들이 쏟아져나왔다. 그러는 사이에도 움직이는 흰 붓은 푸른 숲으로, 평야로 선을 그어 나아갔다.

우리 일행은 2층 카페에서 점심을 먹었다. 열차 위로 잠자리 같은 헬리콥터가 흰 색의 암트렉 붓을 촬영하느라 바삐 돌아가고 있다. 입체적이다. 1, 2차 심포지엄으로 열띤 시간이 지나가고 창밖의 풍경이 눈에 들어왔다. 말들이 한가로이 풀을 뜯고 있는 옆으로 젖소 떼가 또 무리지어 풀을 뜯는다. 열차는 피츠버그 역사로 들어왔다. 우리는 현지 패널들을 이곳에서 환송하고 다시 달려야 했다.

이제는 영화평론가 오동진이 골라온 DVD 〈In America〉, 짐 쉐리단 감독의 자전적 이야기를 관람한다. 관습과 문화가 다른 나라에서 힘들게 하루하루를 살아가는 이민자들의 고통은 바로 우리 이민자들의 이야기와 다르지 않았다. 갑자기 일본에 있는 딸이 생각났다. 그리움은 칠흑 같은 어둠을 뚫고 달리는 열차를 더욱 채찍질했다. 10시 예정이었던 도착시간은 자정을 넘겼다. 다음 도착지인 시카고 예정시간은 예측불허란다.

셋째 날, 시카고 9월 16일

새벽 4시 시카고 도착이다. 7시에는 건축가 황두진의 시카고 현지 강의가 두 시간 정도 이어졌다. 건축의 도시 시카고도 의미가 있었지만, 우리들을 안내한 그의 강의는 백미였다. 건축의 역사와 시카고 건축의 특성, 그리고 현대건축을 접목시켜 보여준 프랭크로이드 라이트는 미국 건축의 자존심이라는 그의 작품을 소개했다. 그는 형태보다 공간을 건축하는 사람이었다. 현관이 작고 천장이 높은 독특한 건물 양식, 라이트의 유니티한 템플을 방문한 우리들은 그의 프로다운 면모를 보기에 부족함이 없었다. 그와 프로젝트를 같이해 보고 싶은 충동이 일었다.

오전 9시 도착 예정인 센트루이스로 출발하기 위해 다시 시카고 역에 도착했다. 기차에서 하룻밤을 보내야 했다. 시카고 총영사관 직원들의 환송을 받으면서 다시 암트렉이 우리들을 싣고 달린다. 사방이 툭 트인 평야는 가을을 맞이하느라 초록에서 드문드문 노랗게 변해가느라 바빴다. 가끔씩 대형 중고자동차매장이 눈에 들어왔다. 때로는 광활한 대지가 안개를 껴안기도 했다. 대자연의 연출이다. 사진이 어떻게 나올지 궁금했다.

시카고와 로스앤젤레스까지의 길이는 약 3,300㎞이다. 시카고에서 산타모니카까지 미시간, 미조리, 일리노이, 애리조나, 오클라호마, 뉴멕시코시티, 캘리포니아의 7개 주를 통과하는 동서도로는 루터 66번 길이다. 우리는 그 길과 함께 달린다. 기회의 땅 서부로 향하던 그 길은 잊혀져가는 국도이다. 진동선 사진평론가는 미국 사진 역사를 루트66을 배경으로 진솔하게 들려주었다. 전쟁 후에는 마약과 여자와 함께 달리던 모터사이클 족의 비트문화가 춤을 추었고, 1930년대에는 경제대공황으로 고통과 상처의 길이었으며, 1960년대 고속도로가 생긴 후에는 관광객들이 찾는 추억의 길이 되었다고 한다. 지금 그 길에 한 점 한 점 긋고 달리는 붓 위에 나는 앉아 있다. 이 길은 존 스타인백의 소설 〈분노의 포도〉 영화 배경 무대로도 유명하다.

차량마다 여닫이문은 너무 튼튼했다. 꼭 두 손으로 힘껏 밀어야만 했다. 달리는 열차의 안전제일을 잘 대변해주기는 했지만 칸 이동이 보통 힘들지가 않았다. 삼삼오오 오다가다 만나게 되면 무조건 그 자리가 정착지가 되었다. 그렇게 우리는 익숙해졌다.

돔카는 다양한 종합예술이 창조되는 곳이었다. 사진가는 앵글로, 화가는 그림으로, 작가는 책으로. 돔에서 먹는 컵라면 맛은 가히 일품이다. 흔들흔들, 너도 흔들 나도 흔들, 우리 모두는 일상적인 얘기부터 프로젝트의 참여 동기까지 다양했다. 특히 문화예술, 연예인들로 구성되어 있는 팀들로 그들은 나를 포함한 일반인 참가자들을 다르게 바라보았다.

달리는 카페는 맨 마지막 차량이다. 내가 제일 좋아하는 곳이다. 이 차량은 미 대통령 선거유세용으로도 쓰인다고 했다. 얼마 전 앨 고어 부통령도 유세에 썼던 이곳의 주인이 바뀌었다. 영원한 것은 없다. 우리 모두는 잠시 자기가 머무는 곳을 빌려서 쓰고 있을 뿐이다. 그 카페에서 음악을 담당해주는 노영심의 선곡들이 분위기를 더욱 좋게 만들어주었다. 어느 순간 여행의 피로감 때문인지 떠들던 사람들이 어디론가 숨어들어 보이지 않았다.

나는 맨 뒤칸의 베란다가 무척 좋았다. 달리는 기차를 등으로 하고 끊임없이 이어지는 지나온 철로를 하염없이 바라보고 있다. 두 갈래

길이다. 만나지 못하는 길이다. 영원히 헤어진 모든 것들이 주마등같이 지나간다. 닫아버린 사업 아이템들, 인간관계 등. 내 등 뒤에서는 또다시 노영심이 멜로디언을 연주한다. 어느 사이 멜로디언 앞에 놓인 모자에 달러가 수북하게 쌓였다. 사진작가들의 촬영장소로 북적일 때를 피하여 빈 시간에 하염없이 몸과 마음을 내려놓고 지나온 길을 보고 있다. 철도만이 아니다. 사막을 통과한다. 모두가 잠들어 있는지 조용하다, 흰 빛의 태양, 황량한 사막, 저 아득한 곳에서 희뿌연 모래 연기를 뿜으면서 달려와 인디언들이 총을 몇 방 쏘고 기차를 세울 것만 같다.

'찌~익', 기차가 멈추고 인디언들의 검문이 시작되고, 우리들은 그들의 영토를 통과하는 예로 기금을 건네준다. 비무장으로 문화예술인들의 집단을 알아본 추장의 수신호로 또다시 달린다. 이번에는 황야의 무법자로 클린트 이스트우드가 깊게 패인 주름과 우수에 찬 눈으로 입에는 시가를 물고 모자를 눌러쓴 채 뚜벅뚜벅 걸어올 것만 같다. 몇 시간을 그렇게 앉아 있었을까? 석양이 비친다. 지금 이 시간에는 저널리스트도 음악을 담당하던 그녀도 아무도 없다. 다들 어딘가에서 각자 방식대로 시간을 보낼 것이다. 진행자들은 다음 일정을 조율하기 위해 머리를 맞댈 것이다. 그들의 수고로움이 점점 크게 다가온다. 당연하게 지불해야 할 비용을 지불하지 않고 무임승차한 분들도 있어 보였다. 흰 천은 검은 색처럼 모든 것을 끌어안고 달린다.

오후 7시 세인트루이스 역으로 흰 색 열차는 붉은 색을 듬뿍 머금은 채 들어갔다. 큐레이터 정연심의 눈에 보이지 않는 수고로움은 이루 말할 수가 없었다. 2000년부터 천여 통의 팩스 서신이 대신 말해주었다.

세인트루이스는 교통의 요지이다. 8개 철도 노선이 모이는 지역으로 곡창지대이다. 가축거래와 석유경제, 자동차조립산업도 활발하단다. 이 기차에는 암트랙 회사의 부사장인 얀이 동승하고 있었다. 그는 계약에서 홍보, 심포지엄 등 외부 섭외를 총괄한다. 그의 주선으로 국무장관 및, 주민들이 참석한 환영파티는 여행의 또 다른 백미를 선물했다. 마을 주민들은 열차가 역을 통과하는 것에 대한 답례로 많은 관심을 보여주었다. 파티가 무르익어가는 밤, 암트렉은 가로등 불빛을 받으며 역사에서 다음 일정을 기다려야 했다.

넷째 날, 세인트루이스 9월 17일

센트루이스 역사에서 흰 천이 씌어졌다고 했다. 30도를 오르내리는 "여름 무더위와 싸워가면서 사막에서 일한 것" 같았다는 이재환 사장의 넉살은 넉살이 아니었고 그들의 노고는 이루 말할 수가 없어보였다. 배재훈 사장은 포장 천을 전문으로 만들어준 분이란다. 보이지 않던 손길들이 속속 눈으로 들어왔다. 오랜만에 밤잠을 잔 것 같은 우리들은 다음 목적지인 가든시티로 향하고 있었다. 하늘은 저토록 눈이 시리도록 아름다운데….

몽골의 초원, 피지의 하늘, 그리고 한국의 가을하늘, 하늘 또 하늘 먹먹해진다. 눈과 마음의 렌즈는 파노라마처럼 풍경을 담는다. 때마침 배병우 사진작가는 강과 숲과 평야의 하모니를 쉴 새 없이 눌러나갔다. 사진평론가 제안으로 우리는 즉석 참여자들의 사진 콘테스트도 열었다. 이동원 중학생이 그랑프리를 차지했고 우리는 즉석에서 사진 공부를 했다. 이제는 동양철학자의 강의 시간이 되었다. '땅'에 대한 강의는 명당론으로부터 시작되었다.

메모장을 펼치고 적어나갔다. 그의 쩌렁쩌렁한 목소리는 우리들을 모두 집중하게 했다. 그의 재담은 우리의 한 시간을 꼼작없이 묶어두었다. 간간히 터져나오는 폭소와 질문들. 그렇게 지나는 사이 흰 붓은 다양한 그림과 선을 그리면서 앞으로 앞으로 나아가고 있었다. 곡창지대를 말해주는 식량창고인 '사일로'는 거대했다. 부러웠다. 시골 마을의 간이역인 가든시티로 들어가고 있었다.

'twilight time' 저녁 노을빛과 가로등 불빛이 겹쳐진 한적한 역사는 여기가 미국이 맞는지 어리둥절하게 했다. 철로 주변에는 엄청난 큰 사일로들이 빌딩같이 즐비하게 늘어서 있다. 여명의 빛은 우리 모두를 물들였고 내 마음까지도 물들였다. 평화로웠다. 밀레의 〈만종〉이 저만치 떠올랐다. 역사에 마중나온 아낙네들이 있었다. 그들은 우리가 묵을 호텔 직원들로 가든시티가 생긴 이래 이렇게 많은 외국인은 처음이라고 했다. 시장까지 나와서 환영의 꽃다발을 목에 걸어주었다. 국력을 실감했다. 사람 사는 인심은 어디를 가나 마찬가지인 것 같다. 우리나라의 시골 인심과 다르지 않았다. 그들은 가방에 작은 선물도 담아주면서 정성껏 인사했다. 푸근했다.

다섯째 날, 가든시티에서 앨버커키로 9월 18일

오늘은 추석 명절이다. 가든시티 역 주변은 꽃들로 만발했다. 한적한 역사 주변은 한국의 풍광과 비슷했다. 이층집이 보이지 않았다. 인구 2만5천 명의 소도시, 주민들이 워낙 꽃을 잘 가꾸어서 가든시티로 명명되었다고 한다. 아침 일찍 우리들은 기차가 선로에 들어올 때까지 마을을 구경하기로 했다. 깔끔한 주변 환경과 싱그러운 공기는 신선했다. 우리 일행 중 카메라맨 차빈과 여행가 함길수, 이 프로젝트 총지휘자인 전수천, 장진호, 네 명은 산타페를 타고 달리는 드로잉 암트렉 붓을 찍기로 하고 우리와 헤어졌다. 한 시간 후에 연락이 왔다고 했다. 뉴욕에서부터 여러 사람들이 교대로 운전하며 움직이는 붓을 찍기 위해 애를 썼지만 좋은 그림들을 많이 놓쳤다고 안타까워했던 터라 더욱 아쉬웠다. 열차를 놓쳤다고, 일부러 열차가 기적 소리를 내주었다. 그 소리를 듣고 겨우 우리들과 합류를 할 수 있었다. 함께 웃고 가슴 조이면서 어느 사이 동승자 모두가 프로젝트 지휘자가 되어 있었다. 추수를 끝낸 들판은 한 폭의 그림 같았다. 평화로웠다.

> 저녁 종소리, 저녁 종소리,
> 얼마나 많은 이야기들이 그 노래 소리에서 말해지는가?
> 어린 시절, 우리 집, 그 달콤했던 시절
> 내 생애 마지막에 들려주었던 그 위안의 종소리
>
> — 러시아 민요, 〈Evening Bells〉 쉴라 라이언의 노래 중에서

그렇게 가슴 조이던 시간들을 뒤로 하고 배병우와 전수천 대장이 다시 열차에 올라왔다. 끝없는 길 위에 지속되는 하얀 붓의 그림, 저

우주에서 본다면 우리는 애벌레의 창자만이나 할까, 하는 생각도 들었다. 소설가 신경숙이 자신의 소설『풍금이 있던 자리』중에서「멀리 끝없는 길 위에」를 낭독했다. 멜로디언 연주, 그 소리의 파장과 붉게 물들어가는 저녁노을의 풍광은 참여자들과 함께 내 가슴을 물들였다.

초록 들판이 펼쳐졌다. 곡창지대에는 갈색의 물감, 그리고 그 위를 달리는 흰 붓에 부딪치는 형형색색의 그림이 저절로 그려졌다. 마음의 연출로 끝없는 평원은 철도를 둘로 갈라놓았다. 흰 붓은 한 치의 오차도 없이 그려나갔다. 이제 드로잉 붓은 뉴멕시코의 사막 위를 긋고 있다. 메마른 사막 위로 이름 모를 풀꽃들이 손짓한다. 어쩌다 뿌려주는 비가 있어 그들은 살아가는 것 같다. 척박한 환경에서 살아남기 위한 생존전략은 그들만의 것이 아니었다. 저 멀리 주황색 지평선이 이글거리다 이제는 아득해진다. 그 사이 산타페로 떠난 그들이 먼저 와서 환영해주었다. 한인식당에서는 교포들이 우리들을 환영하느라 분주했다. 현지 TV 뉴스를 보고 몰려온 분들이다. 아나운서 황인용은 어디를 가나 인기였다. 식당에서도 북새통을 이루었다.

식사 후 호텔에서 여장을 풀고 앞마당으로 모였다. 술, 과자, 떡 대신 빵이나 과일로, 향 대신 모기향으로 상을 차렸다. 휘영청 밝은 보름달이 우리를 환하게 비춰준다. 삼삼오오 온갖 이유를 달아서 절을 한다. 성 씨가 같은 사람, 세대가 비슷한 사람들, 이 먼 곳까지 오게 해서 죄송하다는 사람 등등 왁자지껄했다. 호텔 창문 사이로 투숙객들이 무슨 일인가? 호기심 가득한 눈으로 내다본다.

때마침 룸에서 제사용으로 무언가를 갖고 나오는데 호텔 정문 앞에서 휘영청 밝은 달빛에 마음을 빼앗기고 말았다. 그 순간 누군가가 한 컷을 찍어줘서 그 사진이 내 손으로 들어와 지금까지 간직하고 있다. 추석 명절 차례는 통합예술이었다.

여섯째 날, 산타페 9월 19일

뉴멕시코 주는 아메리칸 인디언의 원주민이 살고 있는 지역이기도 하다. 인디언들의 영혼이 스며 있는 애리조나 사막의 보름달은 의미가 깊었다. 산타페에서 한 시간 동안 자유로운 여행을 하고 조지아 오키프 미술관을 방문했다. 그녀는 산타페에 살면서 주로 여성의 성性을 그려 유명했다. 주변은 좌판 행상들로 빽빽하다. 우리의 단체 사진을 배병우가 맡았다. 황토 바닥과 황토 건물들이 즐비한 곳을 뒤로 하고 산타페에서 점심은 중국식으로 해결했다. 약속된 시간에 모두들 버스에 앉아서 팀의 인원을 확인하던 중 일행 한 명이 보이지 않았다. 십여 분을 기다린 끝에 그녀는 돌아왔다. 사회적으로 지위가 있는 분이다. 모두의 시간을 합한다면 몇 시간이 될까?

드로잉 열차가 있는 앨버커키로 돌아왔다. 이제는 서부로 향하고 있다. 끝없는 사막은 죽음이 아니고 강렬한 생명을 잉태하고 있었다. 선인장이 그랬고 죽은 듯 양팔을 벌리고 서 있는 나목과 잡풀이 그랬다. 이제는 플래그 스태프로 향하고 있다.

일곱 번째 날, 그랜드캐니언 9월 20일

늦은 밤 플래그 스태프에 도착하였다. 그랜드캐니언까지는 한 시간이 소요된다. 우리는 버스로 이동해 울창한 산림을 달린다. 그 주변에는 매트로 크레타가 있다. 직경 1.2㎞, 깊이가 500m 넘는 분지이다. 나는 그곳이 더 흥미로웠다. 드디어 그랜드캐니언 도착이다. 엷은 안개는 선불리 비경을 허락하지 않겠다는 듯 시야를 가로막고 있다. 조바심이 났다. 좀 더 선명하게 시간의 자리를 확인하고 싶었다. 수백만 년 동안 콜로라도 강이 침식되면서 생긴 협곡, '무아지경'이란 말은 이럴 때 쓰는 말이지 싶다. 전망대에서 배병우 사진작가의 강의가 진행되었다. 그는 일단 가족사진부터 찍으라고 했다. 이어지는 그의 말에 공감하면서 총 길이 370㎞ 협곡을 바라보았다. 다채로운 협곡은 다양한 얼굴로 우리들을 맞이했다. 협곡을 내려가다 우연히 황인용 씨와 한 팀이 되었다. 쪽머리 사나이와 협곡을 내려가는 도중에 가수 조영남의 〈모란 동백〉을 가르쳐주었다. 얼마나 많이 불렀던가, 그 노래를.

모란은 벌써 지고 없는데
먼 산에 뻐꾸기 울면
(…)
세상은 바람 불고 고달파라
나 어느 변방에
떠돌다 떠돌다.
어느 나무 그늘에
고요히 고요히 잠든다 해도

— 이제하 시, 「모란 동백」 중에서

협곡 길은 만만치 않았다. 구불구불 이어지는 길이다. 중간중간에 벗어버린 배낭, 담요 등이 주인을 기다리고 있었다. 내가 지고 갈 만큼 져야 하고 돌아올 길도 생각해야만 했다. 그 배낭들을 보면서 중간지점에서 발길을 돌려야 했다.

여덟 번째 날, 로스앤젤레스 9월 21일

새벽 5시, 그랜드캐니언에서 출발이다. 처음부터 이 프로젝트는 참여자 모두가 작품의 일부가 되기도 하고 작품을 하는 작가가 되기도 한다는 취지였다. 마지막 일정으로 우리는 모두가 한자리에 모였다. 바닥에 털썩 주저앉았다. 소감을 묻는 시간이다. 그간의 마음고생, 돈고생을 한 사모님의 눈물이 하염없이 흐른다. 노영심의 멜로디언 연주는 눈시울을 더욱 붉게 만들고, 대장정의 프로젝트가 서서히 막을 내리는 길목이다. 소리 없이 봉사한 이윤수의 헌신에 박수를 보내고 싶다. 차후 이 황당한 프로젝트가 미술사에 어떻게 남을지는 모르겠으나 모두들 참으로 행복하고 역사의 한 페이지를 장식한 것이라고 이구동성으로 한마디씩 해나갔다. 전수천 작가는 갈대 같은 분이다, 곡선이다. 휘어질 듯 끊어질 듯, 겸손은 그의 가장 큰 장점이었다.

까마득한 날에
하늘이 처음 열리고
어데 닭 우는 소리 들렸으랴
(…)

다시 천고의 뒤에

백마 타고 오는 초인이 있어

이 광야에서 목놓아 부르게 하리라

— 이육사 시 「광야」 중에서

묵묵히 참여하던 사업가 L의 시 낭독은 65명 모두를 감동의 눈물바다로 만들었다. 일시에 회오리바람처럼 우리를 휘감았다.

5시 도착 예정이던 열차는 마지막 코스까지 연착이다. 로스앤젤레스 유니온 역에 도착한 것은 밤 9시, 총영사와 문화원 교포 등 관계자들이 현수막을 들고 환영해주었다. "영원한 민족 비전의 선線, 미 대륙을 횡단하다"라고 전수천 작가는 일필로 휘날렸다. 회색으로 변한 흰 천 위에 우리들도 각자 나름대로 감회를 그려나가는 퍼포먼스를 끝으로 대장정의 피날레를 장식했다. "점과 선의 역사, 철로 길 위에서"라고 나도 한 모퉁이에 써두었다. 네온사인과 어둠으로 장식된 역사 주변은 화려했다. 역사적인 울림의 순간이었다.

움직이는 드로잉은 움직이는 선線이다.

현재 진행의 선이요,

외연이 열려 있는 변화무쌍한 선이다.

그 선은 사람과 사람, 지역과 지역을 연결하고

거대한 자연 위에 멈추지 않는 그림을 그려 놓았다.

— 전수천의 「기록」 중에서

못생긴 나무가 산을 지킨다

세계부동산연맹FIABCI은 1951년 제2차 세계대전으로 폐허된 도시 건설을 효율적으로 하기 위해 프랑스 파리를 중심으로 미국·벨기에·프랑스·오스트리아 등 5개국이 발기하여 창설된 부동산전문가들의 글로벌사업 네트워크연합기구이다. 현재는 전 세계 약 65개국 회원국으로 늘어났다. 부동산 감정평가사, 부동산 금융전문가, 개발업자, 건설업자 및 부동산 중개업자 등이 모여 국제적 연대를 갖고 활동 중이다. 또한 FIABCI는 유엔 경제사회이사회의 주택정책을 자문하고 있으며, 유럽연합EU에는 사무국을 설치, 세계부동산 관련 종사자들의 활동 및 권익을 도모하고 있다.

나는 1995년부터 제4차 아시아태평양 지역회의ASIA PACIFIC REAL ESTATE CONGRESSES를 서울 올림픽공원에서 개최한 계기로 20여 년간 활동해왔다. 국내 초대회장으로 전 노인회 회장 이심, 3대 전 수자원공사 사장인 이태교 박사 등 전 국토개발원장 오진모 박사, 7대 (주)광야호데코 이주영 회장, 8대를 거쳐 9대 회장은 지태용 회장이 맡고 있다. 나는 4대 회장부터 이취임의 과정을 지켜보았다.

회원 수는 회장의 역량에 따라 줄었다 늘어났다를 반복했으며 해바라기 회원들은 그 회장이 바뀌면 자연적으로 사라졌다. 투철한 국가관과 사명감이 있어야만 꾸준하게 활동할 수 있는 단체였다. 나는 민간외교 교류의 장으로 더 큰 생각을 펼쳤다. 개척지를 해외로 잡았기에 더욱 가능했다. 그 옛날 광개토대왕은 영토 확장을 위해 피를 흘렸고 또 잃기도 했다. 미국이 소련으로부터 매입한 알래스카는 좋은 일례다. 우리보다 앞서간 일본은 이미 자국 영토보다 3배나 넓은 영토를 해외에 갖고 있다. 우리도 국력을 키워나아가야 한다고 생각했다.

해마다 5월 말이면 나는 세계총회에 참석하면서 그들과 교류를 끈끈하게 이어나갔다. 2006년 세계대회는 물론 한일 부동산교류회의에서 만난 아리츠크 마사오리는 나의 오랜 친구로 지금까지도 그와는 가끔 안부를 주고받는다.

"FIABCI 세계대회는 주로 유럽 국가들이 개최를 해왔다. 아시아에서는 일본·대만·싱가포르·인도네시아·말레이시아 등이 개최국이었다. 세계부동산연맹 세계총회는 부동산의 올림픽이라 할 만한 규모이다. 파급효과는 지대하여 역사나 규모 면에서 어떤 국제대회보다 전통과 권위가 있다. 외국의 경우는 정부와 단체, 민간기업 등이 적극적인 후원 하에 본 대회를 범국가적 차원에서 성대하게 개최한다.

2003년 FIABCI는 '빈민층 구조개선과 도심재개발상賞'을 해마다 UNDP(유엔개발계획)의 공식후원을 받게 되고, 그 상은 유엔 해비하트(사랑의 집짓기) 운동본부와 파트너 관계인 세계주택재단Global Housing Foundation과 함께 주관한다.

2003년 5월, 우리는 FIABCI 세계대회를 개최하는 국가가 되기 위해 제54차 베를린 세계대회를 9박 10일간 참가했다. 공석인 사무국장을 대신하여 나는 20여 명의 일행을 총괄 담당했다. 지금 생각하면 손에 땀을 쥐게 되는 파리 드골 국제공항에서 국제선(베를린)을 갈아타야 하는 긴박한 순간까지 넉넉지 못한 시간(소요시간 50분) 때문에 우리들은 정예부대 요원들처럼 일사분란하게 움직였다. 그렇게 도착한 국제행사장 호텔 앞 노천 카페에서 차를 한 잔하면서 모두들 한숨을 돌렸다. 나는 일행들의 경비를 관리했다. 카드는 물론 현금도 만만치 않게 준비하고 있었다. 그런데 그때부터 문제가 조금씩 생겼다. 일행 중 외투를 벗어서 의자에 걸쳐두었는데 지갑이 없어졌다는 것이다. 처음에는 현지인 소행이라 생각하고 서로 조심하자고 귀띔해주었다. 총회 개최를 성공적으로 이끌어내기 위해 나는 파티복으로 특별한 한복을 준비했었다. 경쟁국들인 터키·스페인·콜롬비아·오스트리아 등과 경합을 벌인 결과 우리는 2006년 개최국으로 선정되었다.

성공 개최의 깃발을 들고 돌아오는 길에 동유럽을 돌기로 했다. 예정된 코스를 전세버스로 돌기로 했는데 첫 도착국은 체코였다. 늦은 밤, 나는 루밍리스트를 작성하고 방 배정을 했다. 성공 개최의 벅찬 가슴은 생각보다 아름다운 체코의 고풍스런 야경으로 쉬이 잠들지 못했다. 그 이튿날부터 심상치 않은 소식이 들려왔다. 지갑에서 돈이 없어진다는 조심스런 제보였다. 그때부터 나는 공금을 허리춤에 차기 시작했다. 이틀 동안 같은 방을 쓴 사람이 룸 배정을 달리해달라는 주문이 들어왔다. 지갑을 조심하라고 일러주었다. 그는 큰돈에는 손을 대지 않고 지갑에서 달러나 유로화 몇 장을 건드리는 수준이었다.

문제는 베를린에서 우리 일행을 실어나르는 버스 기사의 돈뭉치가 없어진 사건이었다. 난감했다. 그는 헝가리에서 베를린으로 여행객을 싣고 와서 돌아가는 길에 우리 일행들을 태웠다. 베를린에서 받은 돈이 자동차에 실려 있었고, 자기 나라에 가면 그 돈을 입금해야 했다. 그는 처음에 투숙한 호텔을 상대로 경찰에 신고를 하겠다고 했다. 그때 총지배인이 나와서 밤새도록 그의 행방과 방으로 들어간 사람을 수소문했으나 단서가 나오지 않자 우리 일행을 의심했고 경찰에 신고를 하겠다고 해 우리들을 난감하게 했다. 남은 일정도 있고 이 무슨 국가망신인가 싶어 회의 결과 우리들이 일정 금액을 보상해주기로 하고 이어서 여행을 마쳤다. 그는 매번 조식 시간에 남들보다 일찍 내려와 테이블 위에 모자만 올려놓고 사라졌다. 나는 투숙하는 날마다 방 배정을 바꾸어가면서 단행했다. 사람들이 함께 자기를 꺼려했기에 그와 함께 투숙하는 분에게는 꼭 주의를 주었다.

2004년 제35차 휴스턴 대회를 다녀와야만 했다. 우리는 2006년 대회 개최국으로 많은 회원을 유치해야 했기에 홍보는 필수였다. 총회가 끝난 후 부시 전 대통령의 목장 방문은 평생 잊을 수가 없다. 정문에 도착하니 일억 원이 넘는다는 잘 생긴 말이 이끄는 마차가 대기 중이었고 방문자 웰컴센터에 비치된 목장의 공산품과 소고기 바비큐는 전통 목장 방식 그대로 재현되었다. 전 미 대통령의 취미로 수집한 마차는 할리우드 영화촬영 때 사용하는 영화 포스터와 함께 귀족 대접을 받고 있었다. 자동차 차고 같은 곳에 한 대씩 잘 보관되어 있었다. 배우들처럼 어느 영화에 출연했다는 스토리와 팸플릿도 걸려 있었다. 그런 후 목동의 휘슬과 함께 어느 사이 종 개발용 소떼가 구름같이 밀려왔는데 소 한 마리가 집채만 했다. 그들은 모두 귀에 고유 넘버를 달고 있었다. 어느 사이 그들의 쇼가 끝나는가 싶더니 하얀 양떼의 쇼가 시작되고 공연은 끝없이 이어졌다. 나는 그것을 보며 우리나라의 낙농산업의 미래를 그리고 있었다.

서울 총회의 성공적인 개최를 위하여 2005년 2월 14일 오후 6시에서 7시 30분까지 삼성동 코엑스 신관 1층에서 조직위원회 결성을 성대하게 가졌다. 2006년 국회 예산결산위원회 강봉균 위원장을 대회장으로 영입하고 국가예산도 2억 원을 타냈다. 이와 같이 만반의 준비를 하고 있던 중 노무현 전 대통령의 강남부동산 죽이기 정책으로 2006년 세계총회를 못하게 하여 아쉽게도 태국에 넘겨주어야 했다.

그러는 사이 7대 회장의 퇴임이 왔고 8대 회장의 가교자적인 역할이 끝나고 다른 사람에게로 넘겨주려고 하니 그는 딴소리를 하여 우리를 당황하게 했다. 할 수 없이 초대 회장부터 묵묵히 지켜오던 7대 회장(40년 회원)과 부회장인 나로서는 소임을 다하기로 했다. 못생긴 나무가 산을 지키듯이 그들이 모두 떠났지만 명분이라도 지키기로 했다. 공교롭게도 나는 국내외 사업을 그즈음 접어야 했고, 굳건하게 자리를 빛낼 적임자를 찾아야만 했다. 부산으로 향했다. 그는 떠오르는 별이었다. 그에게 넘겨주는 과정에서의 우여곡절은 필설로 다 말하지 못한다. 차려진 밥상에 숟가락을 들었다고 그 숟가락 든 값을 요구해 왔다. 지저분한 과정을 7대 회장과 나는 현장에서 지켜보았고 그래도 묵묵히 성사시켜야만 했다. 이렇게 지켜온 이 조직은 새로운 회장을 탄생시켰고 그는 뒤에 아시아태평양 회장이 되었다.

새로운 동력으로 2017년 제14차 아시아대회를 성공리에 부산에서 개최한다는 낭보를 받고 초대장이 왔지만 나는 갈 수가 없었다. 최소한의 예의를 갖추어야 한다는 것이 나의 생각이었다. 나는 무임승차를 할 수가 없었다. 이 조직은 나의 또 다른 분신과도 같다. 새로운 회장에게 짐이 잔뜩 실려 있는 것 같아서 늘 마음이 쓰였다. 현 회장에게 묵묵하게 초대 회장부터 자리를 지킨 7대 회장에게 공로상 건의를 드렸다. 그 분은 진정으로 이 조직의 가치를 알고 아끼고 사랑한 분이다.

현 회장의 성공을 빌어본다. 그의 성공이 이 조직의 세계대회를 유치시킬 수 있기 때문이다. 그는 세계 회장도 거뜬히 해낼 사람이다. 이제는 그렇게 할 시기도 되었다. 분명 후세들에게는 좋은 자양분이 될 것이다. 왜냐하면 FIABCI는 국내외 비즈니스를 영위하는 기업의 우산 역할을 하는 국제기구이기 때문이다. 세계 경제의 흐름을 읽고, 그들과 교류하며 국익을 선양하여 나라를 발전시킬 것으로 확신한다.

지나고 나니 꿈 같은 시간이었다. 먼 발치에서나마 발전을 기원한다.

문제적 작가의 문제적 화두

유한근/ 문학평론가

허순애는 미지의 혹은 미개척의 작가이다. 『에세이문학』으로 등단한 수필가이기는 해도 그의 수필에 대한 평가는 전무하다. 이는 일천日淺한 등단연도 문제가 아니라 수필가로서 문제적 작가이며 신비주의적(?) 작가이기 때문이다. 신비주의적 작가로 칭할 수밖에 없는 이유는 그의 수필이 기존의 수필문학계의 어느 경향에도 편입되기를 거부하고, 어느 계열에도 종속되어 있지 않아서이다.

다만 그의 수필을 일별하고, 편의상 그 맥락을 잡는다면, 수필 「공명共鳴의 집」이나 「다섯 작가 이야기」 「로사리오의 반지」 등에서 보이는 관여 맹난자 수필가와 사제 간의 인연과 친교, 그리고 수필세계에 대한 영향권을 짐작할 수 있지만 그렇다고 해서 관여수필의 계열이라고는 볼 수는 없다. 그 나름의 개성적이고 독특한 취향이 있기 때문이다. 그것은 인적성검사의 하나인 CPAColor Personal Anylisist에 대한 에세이에서 보여주고 있는 특특한 구조와 내용미학, 그리고 특별한 형식의 장편수필(?)이라 할 수 있는 「물만 마시고 온 토끼」에서 보여주는 자서전적 에세이, 그리고 「다섯 작가 이야기」에서 보여준 문화향유성 비평적 에세이의 파격성 때문이다. 따라서 허순애 작가는 발칙한 상상력과 기존의 창작계에서 야만성을 보여주는 작가에게 호감을 보이는 독자에게는 흥미로운 작가이며 문제적 작가일 수밖에 없다.

따라서 필자는 강단비평을 경험한 정통적인 비평가로서 그의 수필세계를 들여다보는 일은 난감하다. 나름 재단비평을 할 수 없고, 그의 수필들이 수필 전형성 밖에 있기 때문이다. 더 난감한 것은 보이지 않은 세계 혹은 실체가 명증하지 않은 형이상학적 인식을 탐색하는 일이다. 하지만 그의 미개척 수필세계는 주목할 가치를 지니고 있다는 점에서는 이견이 있을 수 없다.

1. 화두, 빛과 소리의 떨림과 울림

이를 전제로 하고, 먼저 기존 수필의 맥락에 자리하고 있는 수필 같은 수필부터 살펴보자. 이 영역에 들어가 살필 수 있는 수필은 「공명共鳴의 집」「무경계의 지점에서」「요세미티 국립공원에서」「너도바람꽃」「두 개의 필통」「밧줄놀이」「빗살무늬로 서 있는 야자수」 등이다.

수필 「공명共鳴의 집」의 공간은 작가가 서울을 떠나 현재 거주하는 강원도 인제에 소재한 집이다. 이 집을 맹난자 수필가가 '공명共鳴의 집' 이라고 명명命名해주었다고 수필에서 밝히고 있다. 그 집에서 작가는 "눈에 보이지 않는 어떤 기운과 사물들, 그들과 나의 시선이 중첩되어 공명을 일으키는 꿈을 꾸"고, "그들과의 떨림과 울림"과 "언제나 그 미세한 하모니를 이곳에서 실천할 수 있게 되기를" 소망하며, "춥고 방황하는 이에게 희망의 빛을 지펴주고 싶다"고 결말 부분에서 토로한다. 이러한 토로는 허순애 작가가 자연인으로서의 삶에서의 화두이며, 문학적 모티프로 자리잡고 있는 문제로 보인다,

허순애는 '공명의 집', 그 공간에서 후지르 마을의 그 '니키타'를 떠올리며 이 수필의 서두를 시작한다. 이 또한 기존 수필과는 변별성이 있는 연역적인 인식구조를 보여준다.

> 벌써 십사 년 전의 일이다. 한민족의 시원이라고 하는 바이칼 호수를 한겨울에 찾았다. 블루 컬러와 짙은 인디고 컬러의 물빛처럼 차가운 겨울의 심장, 내면에 얼어붙은 시린 삶의 편린들, 거센 시베리아의 바람과도 맞서보고 싶은 욕구가 일었다. 바이칼 호수는 그렇게 나의 근원을 통째로 흔들며 다가왔다. 영하 40도로 급습한 칼바람은 바이칼 호수의 파도 모양을 한 폭의 풍경화로 박제시켰다. 차창 밖 나뭇가지에 걸려 있던 부랴트 족들의 소망의 빛바랜 깃발은 언제부터 저렇게 흩날리게 되었을까? 성황당 길이었다. 알혼 섬으로 향하는 '우와직'이라는 소련제 군용차에 몸을 싣고 얼음호수 위를 달렸다. 광활한 동화 속 얼음나라에서 백설공주와 일곱 난장이들이 튀어나올 것만 같다. 태고의 신비를 간직한 샤머니즘의 상징인 부르한 바위에 우두커니 앉아본다. 영기靈氣가 세게 느껴진다. 너는 누구냐? 너의 정체성은? 나는 꼭 쥐고 있던 무감각해진 주먹을 놓아버렸다. 석양빛은 서서히 바위를 붉게 물들이고 있었다.

알혼 섬에서 제일 큰 마을은 후지르다. 그 마을 중간에 위치한 '니키타하우스'인 숙소로 향했다.

—「공명共鳴의 집」 중에서

수필 「공명共鳴의 집」에서 위의 인용문이 주목하는 이유는 바이칼 호수의 겨울을 "블루 컬러와 짙은 인디고 컬러의 물빛" 심장으로 인식하고 있다는 점이다. 이는 허순애의 관심 모드인 CPA의 색깔로 인식한다는 점과 알혼 섬으로 가는 얼음호수에서 동화 '백설공주와 일곱 난장이'들을 소환하고 있다는 점, 그리고 "태고의 신비를 간직한 샤머니즘의 상징인 부르한 바위에"서 영기靈氣를 느낀다는 토로 때문이다. 뒷장에서 다시 탐색하겠지만, 수필 「내 빛의 소명은 무엇인가?」에서도 "보신각 종소리가 울리고 신년을 카운트다운하는 부산스러움을 뒤로 하고 계속되는 '빛' 이야기의 파동은 떨림을 수반하고 울림이 되어 온종일 이어지는 수강임에도 지치지 않았다"라는 느낌과 연결된다. 이렇듯 이 수필에서는 작가의 수필적 화두는 빛과 색과 소리를 통한 "사람과 사람 간의 공명"임을, 그것을 꿈꾸고 있음을 말한 수필이다.

수필 「두 개의 필통」은 필통을 모티프로 한 유년의 체험과 현재의 필통에 대한 작가의 사유가 병렬식으로 구성된 작품이다. 제목이 시사하는 것처럼 '두 개의 필통'은 칠남매의 막내로 지냈던 유년시절의 두 개의 필통, 하나는 대물림받은 늘 입을 벌리고 있는 양철 필통과 형제 눈치 때문에 1년 동안 장롱 속에 있어야 하는 플라스틱 새 필통 이야기를 소환하여 들려준다. 그리고 후반부에는 핸드백 속에 들어 있는 두 개의 필통 이야기이다. "하나는 업무용이고 다른 하나는 학습용이랄까? 업무용 필통은 검정색으로 분홍색 지퍼가 달린 헝겊으로 된 것이고, 다른 하나는 붉은 색 가죽으로 된 고급스런 필통이다. 그 가죽 필통 속에는 뚜껑이 없는 검정색 몽블랑 볼펜과 뚜껑이 있는 붉은 색 고급 몽블랑 만년필, 그리고 샤프 연필이 들어 있다. 검정색 볼펜은 큰아이로부터, 붉은 색 만년필은 작은아이로부터 수필로 등단할 때 받은 선물이다. 응원하는 아이들 앞에서 나는 학생이 된 듯한 기분"을 들게 하는 필통이다.

그러나 작가는 이 두 개의 필통에 대해서 이렇게 사유한다. "언젠가는 글을 써야지 하면서도 요즘 학습용인 그 필통은 자주 열어보지 못한다. 그러나 어쩌다 글을 쓸 때는 검정색 볼펜과 붉은 색 만년필을 번갈아가면서 함께 사용한다. 아이들을 만나듯 형평에 어긋나지 않으려는 마음이다. 사용을 한 후에 필통 속에 펜을 넣을 때면 뚜껑 부분을 나란히 같은 방향으로 두게 된다. 어깨를 나란히 하는 두 딸을 보듬듯이 꽂아놓으면 손끝에 행복이 만져진다. 그런데 볼펜이 만년필보다 쓰기 편한 건 왜일까? 검정색 볼펜이 더 편하게 쓰이는 것처럼 큰아이에게 마음이 더 가는 것은 어떤 마음의 움직임일까? 자주 열어보지 못하는 필통처럼 요즘 아이들과의 교류도 뜸한 편이다. 물론 지금 내 문학공부도 지퍼가 닫쳐져 있기는 마찬가지지만, 그러나 가끔 나는 필통을 연다. 그럴 때마다 어깨를 맞댄 고놈들의 응원 소리가 손끝으로 전해진다. 제 일을 똑 떨어지게 하는 작은딸과 마음이 넉넉한 큰애의 응원이. 한번만이라도 명기名器를 기쁘게 해주는 연주를 하고 싶다.

그 꿈은 언제쯤이나 이루어지려는지…. 눈으로 그놈들을 쓰다듬는다. 미안한 마음과 무언지 모르게 벅차오르는 두 마음을 지그시 가누게 된다"고 마무리한다. 필통이라는 사물에 대한 사유가 디테일하다. 이 수필은 두 딸에 대한 사랑과 문학에 대한 열정, 소리에 대한 파동을 재확인하게 한다.

소리의 파동에 대한 인식은 수필 「오카리나의 소리를 찾아서」에서 보여준다. 이 수필은 숲해설가 회원들과 오카리나 연주를 배우면서, 감동적인 영화 〈타이타닉〉의 주제곡과 만나, 오카리나의 "휘어질 듯 이어지는 애조哀調띤 음색, 감성을 울리는 영혼의 소리"를 인식하면서 그 소리 속으로 빠져들게 된다. 그로 인해 작가는 자신의 내면에 잠재되어 있는 "슬픔의 바위덩어리도 점점 작아져가는 것을 깨닫게 되"고, 그 소리가 "영혼이라도 치유하는 선율로 다시 피어나고" 있음을 느끼고 "그 소리를 향하여" 나가고 있음을 알게 된다. 이렇듯 허순애 작가는 빛과 소리의 공명을 찾아 자신을 찾아간다.

2. '피지'라는 공간에 대한 작가의 특별한 사유

작가가 제2의 고향으로 인식하는 '피지'라는 특별한 공간을 모티프로 한 수필은 수필 「무경계의 지점에서」와 장편수필이라 할 수 있는 「물만 마시고 온 토끼」이다. 전자의 수필은 미국의 금융쓰나미로 인해 작가의 의지와는 상관없이 투자했던 사업이 어려워져 지친 몸으로 피지로 여행을 떠나 인터내셔널 데이트 라인Date line에 선 체험, 그 사유를 쓴 수필이다. 그리고 후자는 피지에 진출하여 모텔 사업을 하게 된 경위, 그 시작과 끝을 15토막의 소제목으로 나누어 그 서사를 논픽션처럼 서술한 수필이다. 그러나 전자는 '무경계의 경계'라는 모티프 전언을 위해 다른 에피소드인 작가의 막내 초등학교 입학 후 시작한 사회생활에서의 좌초, 그 사유를 첨가시키는 특이한 구조미학을 보여준다.

「무경계의 지점에서」의 서두는 이렇게 시작된다. "트랩에서 내려서자 피지의 강렬한 태양이 따갑게 달려들었다. 나는 걸쳤던 두터운 겨울 외투를 벗어들었다. 마중나온 지배인 리띠아와 포옹하며 그동안의 안부를 묻고 싶었지만 그럴 기력조차 없었다"가그것이다. 리띠아라는 원주민 여자는 작가의 소유인 모텔 'ODECO SUNVIEW MOTEL & YOUTH HOSTEL'의 종업원이다. 「물만 마시고 온 토끼」에서도 등장한다.

작가는 "'자신이 사는 곳을 떠나고자 하는 자는 행복하지 않은 사람이다'라는 밀란 쿤데라의 말을 가슴에 담고 잃어버린 시간을 찾아나서듯" 여행을 떠난다. 수바 항을 거쳐 샤부샤부 항구를 지나 종착지인 타뷰니 섬에 도착한다. 그곳 민박집에 짐을 풀고 하루를 지낸 뒤 이른 새벽, 배낭에 물만 달랑 넣고 날짜 변경선이 있는 그 지점을 찾아간다. 그 지점을 설레는 마음으로 찾아갔지만 인터내셔널 데이트 라인Date line은 너무나 평범한 들판이었고, 날짜변경선에 서자, 그 지점에서 "왼발은 오늘(서쪽)이고 오른발은 어제(동쪽)"라는 경외로움을 체험하게 된다.

그곳에서 작가는 "어제와 오늘이라는 경계가 없다. 가상의 선만 있을 뿐. 그러나 우리는 이 선을 경계로 초와 분과 시간을 재고 그 틀에서 일상을 수없이 반복하면서 그렇게 길들여 살고 있지 않은가? 호킹의 말이 떠올랐다. 1983년 영국의 물리학자 스티븐 호킹은『시간의 역사』에서 '우주에는 시작과 끝을 나타내는 시간적 경계가 없고, 또 공간적 부피는 있되 경계가 없다'고 하지 않았는가. 무경계 우주론, 즉 우주는 마치 지구 표면처럼 면적은 있지만 경계선이 없다고 설파"했던 것을 환기한다.

그리고 이백의「춘야연도리원서春夜宴桃李園序」의 서두인 "광음자백대지과객光陰者 百代之過客" 즉 '시간이란 백대百代의 지나가는 나그네'라고 일컫던 시구처럼 작가는 "시간 속 나그네가 되어 이 자리에 홀로 서"서 "이 무경계의 들판에 홀로 선 나는 누구인가? 정작 내가 쉴 곳은 어디란 말인가? 가상의 선임에도 불구하고 우리 모두는 엄격하게 시간이라는 틀 안에서 규칙을 만들고 이분법을 세워 살고 있다. 스스로 거기에 구속되어 있다"고 깊게 사유한다.

이러한 사유는 날짜변경선 체험과는 다른 체험인 결혼과 자식 양육 후 다시 시작하게 된 사회생활에서 체험하게 된 "희망과 배반, 낮과 밤, 선과 악의 이분법 속에 악이 선 속에서도 존재한다는 것을 많은 대가를 치른 뒤에야 비로소" 느낀 종교 간의 갈등을 알게 되면서 경계와 무경계의 무위함을 환기하게 된다.

이곳도 종교가 필요할까? 요즘은 더 이상 경계를 만들지 않으려는 움직임이 지구촌에서 진행되고 있는데…. 유로화도 만들고 국가 간의 경계도 허물고 있지만 어리석게도 종교 간의 갈등은 여전히 사람들에게 피를 흘리게 한다. 지금 여기는 그 어떤 것으로부터 방해받지 않은 텅 빈 공간, 푸른 하늘과 강렬한 태양과 자연과 바람이 존재할 뿐이다. 제한 없고 경계 없는 지점에서 나는 한껏 자유롭고 싶다. 나는 없다. 나를 놓아버린 무아無我의 경지를 그려본다. 우주의 "모든 사물과 사건 사이에는 아무런 경계도 없다"는 화엄의 '법계'를 천착해본다. 경계의 그 지점에 서서 내가 없는 한마음을 크게 그려본다. 경계가 없는 그곳에서 나는 죽는다 해도 좋았다. 부서지는 파도에 쌓고 또 쌓은 모래성도 결국은 물로 돌아가지 않던가?

우리 모두는 매일 밤 살아서 죽어본다. 의식으로 사실의 세계에서, 무의식이 확장된 세계로. 그러자 알 수 없는 어느 커다란 손이 내 온 가슴을 쓸어내린다. 신선한 공기가 폐부를 가득 채운다.

—「무경계의 지점에서」 중에서

위 인용문은「무경계의 지점에서」의 결말 부분이다. 이 부분에서 작가는 화엄 사법계의 하나인 '사사무애법계事事無碍法界'을 환기한다. 『화엄경』에 의하면, 네 가지 법계인 사법계, 이법계, 이사무애법계, 사사무애법계를 통해 조화로운 우주적 질서 체계로 절대적인 진리의 세계를 이루어야 한다는 것이다. 사사무애법계는 차별화된 개별적 존재들이 서로 걸림 없이 융합하여 조화를 말한다. 서로와 서로의 경계를 무너뜨리고 유일화唯一化할 때 이분법적 갈등은 해소된다. 이러한 불교적 사유로 작가는 "매일 밤 살아서 죽"고, "의식으로 사실의 세계에서, 무의식이 확장된 세계로" 알 수는 없지만 "어느 커다란 손이 내 온 가슴을 쓸어내"리는, "신선한 공기가 폐부를 가득" 차게 되는 체험을 하게 된다. 이 체험은 불교의 궁극적 실천목표인 무상無常, 고苦, 비아非我의 이치를 깨달아 바른 지혜에 이르는 유여의열반有餘依涅槃의 길에 들어서게 된다.

한편, 피지를 모티프로 한 수필인 「빗살무늬로 서 있는 야자수」는 「무경계의 지점에서」의 전반부 에피소드와 장편수필이라 할 「물만 마시고 온 토끼」의 창작 배경을 제시해주는 예고편 같은 수필이다. 이 수필은 서두 부분을 읽으면 기행수필처럼 보인다. "공중에서 기체가 몸을 몇 번 뒤채더니 하강을 시작한다. 약간의 흔들림과 긴장이 싫지 않다. 성급한 마음에 비행기 쪽문의 커튼을 열었다. 눈이 부시다. 이윽고 남국의 쪽빛 바다가 한눈에 들어온다. 드문드문 그림처럼 작은 집들이 정겹다. '쿵' 발통이 땅을 찍는다. 롤러스케이트처럼 바퀴는 미끄러져 나간다. 피지에 도착한 것이다. 피지는 호주와 뉴질랜드의 삼각지점에 위치한다"가 그것이다. 그러나 이 수필은 여행을 테마로 한 수필이 아니라 사업차 여행한 것임을 곧 알게 된다. "나는 5년째 피지를 드나들고 있다. 난디 중심가에 작은 모텔을 갖고 있기 때문이다"가 그것이다. 그리고 피지의 야자수에 대한 단상을 그리기 위한 수필임도 알게 된다. "어느새 익숙해진 거리의 풍경들을 무심하게 바라본다. 스쳐지나가는 창밖의 야자수가 아는 체를 하며 고개를 주억거린다. 나도 반가운 마음에 무언의 점두點頭를 보낸다. 잎사귀의 기분 좋은 흔들림으로 보아 얼마간의 바람이 감지된다"는 감각적인 표현이 그것이다. 이러한 감각적 표현은 계속된다. "바람이 불지 않을 때의 야자수는 멈추어버린 풍차 같"다는 비유적 표현. 그것을 통해 "정지된 삶을 보는 것 같아, 차라리 흔들릴 때의 모습이 훨씬 더 보기 좋다. 그러고 보면 사물이나 사람의 마음을 움직이게 하는 것은 바람의 위력이며 속성인 것도 같다. 그간 내 삶이 멈춰지지 않는 풍차와도 같이 돌아야만 했기 때문일까"라는 사유가 이 수필이 단순한 감각적 표현이 아닌 깊은 사유를 위한 표현임을 알게 된다.

특히, "피지에 처음 도착하던 날, 무리에서 떨어져 나와 바람에 찢긴 채 홀로 서 있는 야자수", "제 몸을 찢어 빗살무늬로" 강렬한 햇살과 맞서고 있는 야자수를 보고, 그들의 생존법의 비밀을 사유한다. "이 생존법의 비밀은 더 이상 그들만의 것이 아니었다. 내 아이들을 생각해서라도 일을 놓을 수도 없는 처지였다. 직장을 옮겨가면서 격무에 건강이 무너짐을 느껴도 어쩔 수 없었다"는 자아성찰 사유가 그것이다. 또한 "코코넛 열매가 돋아날 때부터 공작새의 깃털 같은 큰 잎을 펼쳐서 그 안의 어린 것들을 보호"하는 야자나무의 "눈물겨운 모성" 때문에, 작가가 "서울에 두고 온 아이들 생각이 간절해진다"고 말하는 부분은 모성의 진정성을 느끼게 된다.

그리고 "코코넛 속의 달콤한 물은 베트남 전쟁 당시, 군인들의 영양제 링거 주사약으로 쓰이기도 했던 무공해 식품"으로 "갈증을 해결할 수 있는 최상의 음료수"이며, "잘 익은 야자열매 속의 하얀 속살은 말려서 짜면 기적의 기름이라고 일컫는 무채색에 가까운 버진virgin 코코넛 오일을 얻을 수 있"고, "겉껍질은 땔감과 질퍽한 도로의 덮개용으로도 쓰이며, 재는 화초의 거름으로 쓰인다"는 실용성에서 작가는 야자수를 "완전 연소의 삶"으로 인식한다. 그리고 오히려 그들의 삶이 부러워진다. 이렇게 '빗살무늬로 서 있는 야자수'를 자기화한다.

바람에 나부끼고 있는 저 새의 깃털 같은 나뭇잎들. 그러나 그 이면에는 땡볕에 벌서듯, 두 팔을 높이 쳐들고 열 손가락으로 버티고 있는 저 빗금무늬가 왠지 늑골에 와닿는 것이다. 놀랍도록 강인한 정신, 한편 가녀린 어느 여인을 보는 것도 같다. 찢겨져 홀로 부대끼는 야자수는 이따금씩 내 안의 존재를 환기시키곤 했다. 그것은 또 다른 나의 표상表像, 삶을 단단히 껴안으라고 내게 말하는 듯했다. 그 때문에도 이곳을 더욱 찾게 되는 것인지도 모른다. 무엇보다 나는 곁가지 없이 올곧게 자란 저 나무들의 삶을 오래도록 주목하고 싶다. 온갖 역경 속에서도 꼿꼿하게 뻗어나가는 정신이야 말로 내가 본받고 싶은 으뜸 덕목이기 때문이다.

차창 밖에 줄지어 선 그놈들이 고개를 끄덕이며 아는 체를 한다. 나도 따라서 대꾸하다보니 어느새 집 앞이다. 오늘 따라 대문 앞의 간판도 왠지 새롭게 느껴진다.

'호데코 썬뷰 모텔 앤드 유스호스텔Hodeco SunView Motel & Youth Hostel'

태양은 이곳에서도 뜬다.

—「빗살무늬로 서 있는 야자수」 중에서

작가는 '빗살무늬로 서 있는 야자수'를 자기화하는 표현을 위 인용문에서 극명하게 보여준다, "두 팔을 높이 쳐들고 열 손가락으로 버티고 있는 저 빗금무늬가 왠지 늑골에 와닿는 것이다. 놀랍도록 강인한 정신, 한편 가녀린 어느 여인을 보는 것도 같다. 찢겨져 홀로 부대끼는 야자수는 이따금씩 내 안의 존재를 환기시키곤 했다"가 그것이다. 눈부신 땡볕이 늑골에 와닿는 느낌을 느끼면서 몸은 가녀려도 정신 강인한 '어느 여인'은 야자수를 통해 자기 존재를 암시한다. 그 존재를 표상하는 공간은 작가가 피지에서 경영하는 '호데코 썬뷰 모텔 앤드 유스호스텔'이다. 그 공간에서 일어난 일을 논픽션으로 서술한 글이 「물만 마시고 온 토끼」이다. 이 글을 논픽션으로, 장편수필이라고 불러도 좋고 사소설 혹은 신변소설이라 불러도 좋을 것이다. 장르의 경계를 허무는 글이다.

「물만 마시고 온 토끼」는 열다섯 개의 부제가 붙어 있다. 그 부제는 시간적 순차에 의해 구성된 스토리의 소제목과 다르지 않다. 1. 북섬과의 만남 → 2. 출판비 → 3. 피지 진출 → 4. 상업부지 → 5. HODECO SUNVIEW MOTEL & YOUTH HOSTEL → 6. 홍수 → 7. H 변호사 → 8. 매도자의 무례 → 10. 고소장 → 11. 인지대 FJ$3 → 12. 악덕 변호사의 자격상실 → 13. 투숙객 리띠아 → 14. 지배인 3명 → 15. 모든 사업정리로 이어진 피지 모텔과의 인연을 시작으로 한 편의 장편소설을 쓰기 위한 스토리를 메모하는 것처럼 기록한 듯 보인다. 영상화하기 위한 글인 트리트먼트TREATMENT와 같은 성격의 글이다. 영화, TV로 영상화하기 위한 시놉시스의 내용 중 일부인 트리트먼트와도 같은 장편수필이라 해도 족할 것이다.

가장 짧은 씬scene은 '2. 출판비' 부분이다. "바쁜 와중에도 자주 만나

교류를 하면서 지내고 있던 어느 날, 그녀의 하소연이 시작되었다. 그녀의 주변 특히 교민(자기로 인해 투자했던 이가 정착) 중에 어떤 이가 책을 출간하여 자기들의 얘기를 언급했다는 내용으로 아들딸도 책을 출간하는 데 비용이 필요하다면서 도와달라고 했다. 그녀는 자식들의 출판에 비용을 못대주는 아픔을 눈물로 호소했다. 자식들과의 아픔이 있는 나는 망설임 없이 『시작』이라는 책의 출판 비용을 차용해주었다. 그날 그녀는 정중하게 차용증을 써주었다"가 그 전부이다. 이 부분에서는 스토리 개요만 있을 뿐이다.

그리고 마지막 씬인 '15. 모든 사업정리'는 200자 원고지로 8장 정도의 글로 "어느 날인가? 릴리아나가 심각한 얼굴로 나에게로 왔다. 키리바시에서 온 투숙객 중 다른 나라로 가려면 이틀이나 머물러야 하는데 그는 선물용으로 랍스타를 갖고 왔다고 했다"로 시작해서, "그래! 그것이야 나는 인제로 2020년 4월 이동했다. 이곳 지역주민들과의 색채 테라피, 색채 상담, 인생상담을 통해 이들과 오카리나 봉사로, 이웃들과의 작은 행복을 꿈꾸는 중이다"로 끝맺는다. 피지 모텔 사업을 시작부터 사업을 정리하고 '공명의 집'으로 돌아온 이야기를 트리트먼트로 쓰고 있다.

장편수필로 소개한 「물만 마시고 온 토끼」를 수필문학으로 보아야 할 것인가에 대한 결론적 판단은 유보해야 할 것이다. 많은 논의가 필요한 문제작이기 때문이다. 수필이 지녀야 할 진솔함이나 진정성은 물론이고, 체험을 통한 깊은 사유가 그 분량이 적든 많든 편편마다 있다는 점에서, 그리고 에세이의 어원적 의미가 무엇인가를 새롭게 시도한다는 실험적 의미로 보아 이 글은 편의상 지칭해야 한다면 '트리트먼트 수필'이라 불려야 할 것이다.

또한, 다음에 살피게 될 허순애의 '문화향유 에세이' 혹은 '인문학적 에세이'가 새로운 영역의 낯선 수필이라는 점에서 주목되는 것처럼, 허순애 수필은 크로스오버 시대의 수필로 새로운 지평선에 서 있다고 할 수 있을 것이다.

3. 새 지평의 영역 확대를 위한 문제적 에세이

「다섯 작가 이야기」는 이렇게 시작된다. "마당에서 계단을 세 단계 올라서면 '공명의 집' 나무대문과 마주한다. 2층 문을 열고 들어서면 안이 들여다보이는 격자무늬 유리문, 그 문을 열고 서너 발자국을 앞으로 나아가 좌측 방향으로 몸을 돌려서 보면 3층으로 향하는 통나무 계단이 있다. 그 계단 앞에서 고개를 들어보면 바로 정면 높은 곳에 다섯 명의 작가 사진이 걸려 있다"는, 사무엘 베케트, 말라르메, 보들레르, 도스토예프스키, 그리고 헤르만 헤세 등 다섯 작가의 흑백사진을 걸어두고 그들을 주인공으로 해서 쓴 수필이다.

이 흑백사진은 작가가 "인사동에서 잠시 'MOON' 카페를 운영할 때 걸었던 것들이다. 그 당시 '젊은수필' 작가모임, '송현수필문학회' 모임, 관여 맹난자 선생님 출판기념회와 김홍근 박사 등 다수 문인과 철학박사들의 이런저런 모임이 있었던 곳"에 걸렸던 사진이라고 소개한다. 그리고 "그분들은 나와 동거를 하며 매일 나의 일거수일투족을 내려다보고 계신다. 눈만 뜨면 가슴 떨리고 벅찬 다섯 명의 작가들과의 눈인사. 나는 문학과 함께 산다"라고 글머리를 시작하면서 다섯 작가를 중간 소제목으로 하여 그들의 문학세계를 일별한다.

첫 번째 작가인 베케트에서는 이렇게 시작한다. "어떤 날은『고도를 기다리며』의 작가 베케트 씨에게 말을 걸어본다. 베케트 씨, 작년 가을 맹난자 선생님께서 이곳에 오셔서 당신의 정신세계를 다시 한번 그려보아야겠다고 하시던데 만나보셨는지요? 저는 두 분 다 알 수 없어요. 그 정신세계를 말입니다. 그래서 저는 열흘 동안 당신에 대하여 글을 쓴 관여 선생님의 책『시간의 강가에서』(P200~P211)를 펼쳐놓고 읽고 있습니다"라며, 주관적 서술과 대화체 서술로 자유스럽게, 맹난자 수필집『시간의 강가에서』를 통해 베케트의 작품과 관여 맹난자 수필과의 정신세계의 교류를 더듬어본다. 그리고 자신의 생각을 자유롭게 표현한다.

다섯 번째 작가, 헤르만 헤세Herman Hesse(1877-1962)에서는 이렇게 시작한다. "집에서 걸어서 15분 거리에 원시림이 있습니다. 시냇물 소리를 들으며 한참을 걷다보면 요들송이 곧 울려퍼질 것 같습니다. 잔설이 희끗희끗합니다. 산줄기가 다 드러나 보이는 산등성이 위로 구름이 따라옵니다. 구름의 작가 헤르만 헤세의 고향 같습니다. 까악까악 까마귀도 웁니다. 졸졸 흐르는 시냇물 소리에 버들강아지도 못 견딘 듯, 기지개를 한껏 켜고 있습니다"라면서, 자신과 헤르만 헤세와 동일화하기 위해 자연 묘사를 통해 시도한다. 이것은 정신적인 공감대를 형성하기 위한 장치미학이다. 그리고 "카를 융을 만나 정신치료도 받았다지요. 지금 카를 융의 책 6권이 저를 기다리고 있습니다. 카를 융과 만나 정신치료 후 저작된 『데미안』, 중학교 1학년 때 읽고 또 읽었지요. 무슨 뜻인지 몰라 일 년에 걸쳐서 읽었던 기억이 납니다. 데미안이 싱클레어나에게 들려준 이야기, '우리 마음속에는 모든 것을 다 알고 모든 것을 원하고 우리 자신보다 모든 것을 더 잘해내는 누군가가 살고 있어'라는 그 글을 일기장에 적어둔 것 때문에 훗날 마음공부하는 곳을 기웃거리게 되었는지도 모릅니다. 그 '마음'을 찾아서요"처럼 헤세의 자연인으로 삶과 헤세의 『데미안』에서 감동받은 부분을 진솔하게 써내려가며, 결말 부분의 "빛의 메시지인 DNA로 인적성검사하는 공부를 했어요. 당신의 것도 궁금해요. 곧 당신과 마주 앉을 겁니다. 탁상 위에 12컬러 버틀을 올려놓을 그날이 기다려집니다"로 자신이 연구하고 있는 CPA를 통해 그와 만나볼 것을 약속하기도 한다. CPA은 인적성검사 중 하나인데 그것으로 그와 만나기를 희망한다는 메시지를 자연스럽게 전언한다.

조야하게 「다섯 작가 이야기」을 살펴보았지만, 이 수필의 경우에도 많은 독자들이 낯설어할 것이다. 이 수필은 맹난자류 비평에세이도 아니고 그렇다고 해서 나름의 전형화된 수필이 아니라, 다만 자유롭게 시도된 이른바 넓은 의미에서의 문화향유수필(?)인 셈이다.

이런 맥락에서 「CPA는 나에게 무엇인가?」의 소제목 'Who am I'와 'CPA intro'의 경우에도 어떤 성격인가를 규정하는 데 쉽지 않다. 이 작품은 문예지 『인간과문학』에 「인문·학에세이 | 예술인의 본색 DNA 컬러를 말한다」라는 꼭지로 연재를 시작한 에세이이다. 이 에세이는 계속 연재될 것이기에 좀 더 지켜봐야 할 것이다. 그러나 이 연재에세이

를 읽기 전에 먼저 읽어야 할 수필이 「내 빛의 소명은 무엇인가」이다.

「내 빛의 소명은 무엇인가」의 서두는 이렇게 시작한다. "3년 전 딸의 산후조리를 하기 위해 미국에 갔었다. 밤이면 블랙홀같이 캄캄한 어둠과 손에 잡힐 듯한 별빛과 현란한 춤사위의 반딧불이는 내 원초적인 본능을 일깨우기에 충분했다. 매일 새벽에 일어나 도마 소리와 함께 유튜브를 통해 듣게 되는 우주와 '빛' 이야기는 내 마음을 설레게 했다. 광활한 미대륙이 가져다주는 환경 탓일까? 뒤늦게 찾아온 우주의 신비, 그리고 빛 이야기. 그렇게 3개월을 경이로움으로 지내다 귀국한 후 그 강력한 떨림은 나를 양재동 '에너지사이언스' 사무실로 이끌었다"가 그것이다. 딸 산후조리를 위해 미국에 가서 체험한 "유튜브를 통해 듣게 되는 우주와 '빛' 이야기"의 충격적인 전율 체험, 그리고 그 파동과 떨림에 대한 체험이 "CPACColor Personality Analysis counselor 강사 과정 리뷰를 듣"게 했다는 것이 이 수필의 핵이다.

"모든 존재는 본래 빛이며, 육체를 빌어서 살아가는 동안 우리는 이 땅에서 어떤 소명을 다하도록 태어났는지, 빛의 정보를 담고 있는 12 컬러를 통하여 이를 전달하고자 한다"는 것이 국제 CPA 인적성검사의 목표라고 한다. 나는 내 빛의 소명이 무척 궁금했다.

'CPA 인적성' 검사의 구성은 세계 공통인 컬러, 도형, 혈액형, 그리고 생년월일로 검사한다. 그 방법은 굉장히 단순하다. '빛깔Color은 사람의 꿈, 개성, 욕망 등을 상징하고, 성격Personality은 사람의 말, 생각, 행동으로 만들어진 습관을 유추하고, 분석Analisis은 얽히고설킨 마음의 실타래를 풀어내는 것'이라 한다.

눈으로 보이는 거시세계에서 눈으로 보이지 않는 미시세계로 나는 점차 빠져들고 있었다. 노벨상으로 세계를 주목시켰던 아인슈타인, 그리고 빛으로부터 색의 영역을 발견한 뉴턴(1966년). 우주가 상식 밖의 법칙들로 가득하다는 닐스 보어 외 여러 양자물리학자들에 이르기까지 그들 모두는 '빛' 이야기로 일관되었다.

—「내 빛의 소명은 무엇인가」 중에서

위 인용문에서 언급되어 있는 '국제 CPA 인적성검사'는 인간의 근본적인 성격과 심신 상태를 분석하는 특허받은 성격검사 프로그램이다. 이를 허순애 작가는 "모든 존재는 본래 빛이며, 육체를 빌어서 살아가는 동안 우리는 이 땅에서 어떤 소명을 다하도록 태어났는지, 빛의 정보를 담고 있는 12컬러를 통하여 이를 전달하고자"하는 검사 프로그램으로, '내 빛의 소명은 무엇인가?'에 대한 화두 해명 의지를 역설한다. 그리고 "눈으로 보이는 거시세계에서 눈으로 보이지 않는 미시세계로 나는 점차 빠져 들고 있다"고 고백하기도 한다. 이 수필에서 허순애 작가가 말하고자 하는 것은 "빛은 굴절과 반사, 투과, 회절, 흡수, 산란, 간섭 등의 다양한 성질의 파동(떨림)들이 눈으로 보이는 몸, 눈으로 보이지 않는 마음에까지" 미치는 영향과 작가 자신의 CPA이다. "사고 패턴인 나의 인지 컬러는 블루그린Bluegreen 컬러이고 후천적으로 형성된 행동 컬러는 터과이즈Turquize 컬러"로 자신의 CPA를 통한 자아성찰이기도 하지만, "컬러는 빛이고 에너지(떨림)이고, 곧 생명

(울림)이다. 빛은 평등하다. 모두에게 주어지는 선물이다. 태양은 매일 매일 생명을 키워낸다"는 새로운 인식이다. 그리고 "자연의 흙으로 빚은 작음 악기인 오카리나의 교습은 빛의 '떨림과 울림의 꽃' 그 자체였다. 나는 오늘도 오카리나 가방을 들고 숲으로 자원봉사를 하러간다. 그리고 컬러 버틀 가방도 빠뜨리지 않는다. 내 소명의 빛은 그들과의 떨림과 울림, 언제나 그 미세한 하모니를 꿈꾸게 한다"는 결말 부분을 재확인하기 위해서 쓴 수필이다.

이 떨림과 울림이 지속될 때, 허순애 작가는 그것이 거시세계이든 미시세계이든 인간의 마음에 대해서 글을 쓸 것이다. 그 에세이가 무엇으로 명명되든 그것은 중요하지 않음을 그는 알 것이다. 보이지 않는 세계에서 떨림 혹은 진동으로 전해오는 그것이 빛이든 소리든 그의 포충망에 걸리는 것을 디테일하게 포착하면 될 것이다. 따라서 아직은 선불리 평가할 수 없지만 허순애 작가는 분명 문제적 작가이다. 그가 화두로 삼고 있는 삶과 인간의 제 문제가 기본적인 문제이며 문제적이기 때문이다.

허순애 수필집
무경계의 지점에서

지은이_ 허순애
펴낸이_ 조현석
펴낸곳_ 북인
디자인_ 푸른영토

1판 1쇄_ 2021년 07월 01일
출판등록번호_ 313 - 2004 - 000111
주소_ 121 - 842 서울 마포구 서교동 467 - 4, 301호
전화_ 02 - 323 - 7767
팩스_ 02 - 323 - 7845

ISBN 979-11-6512-031-3 03810